KB073265

가톨릭 예술가 25인 이야기

내 영혼이 춤추고 노래하며

가톨릭 예술가 25인 이야기
내 영혼이 춤추고 노래하며

초판1쇄 2024년 2월 19일 발행
지은이 백형찬
펴낸이 이재욱
펴낸곳 (주)새로운사람들
디자인 김성환 디자인플러스
마케팅·관리 김종림

등록일 1994년 10월 27일
등록번호 제2-1825호
주소 서울 도봉구 덕릉로 54가길 25 (창동 557-85, 우 01473)
전화 02)2237-3301, 02)2237-3316
팩스 02)2237-3389
이메일 ssbooks@chol.com

ISBN 978-89-8120-663-5(03810)

*책값은 뒤표지에 씌어 있습니다.

가톨릭 예술가 25인 이야기

내 영혼이 춤추고 노래하며

백형찬

새로운사람들

신앙과 삶을 아우른
스물다섯 영혼의 선율

장미꽃 향기는 가장 추울 때 가장 진합니다. 세상에서 제일 좋은 향수는 발칸 반도 산맥 기슭에서 매섭게 추운 날씨를 견디고 핀 장미에서 추출합니다. 꽃을 피울 수 있는 북방한계선에서 혹독한 추위를 견뎌냈기에 그 향기는 깊고 강합니다. 예술가에게는 시련과 역경 그리고 고난은 운명처럼 따라다닙니다. 그것은 가난일 수도 있고, 고독일 수도 있고, 병일 수도 있습니다. 시련을 극복하고 예술의 꽃을 활짝 피운 예술가들이 바로 '발칸의 장미'입니다.

예술은 인간의 내면 깊숙한 곳을 건드려줍니다. 그러한 예술에 신앙까지 더해지면 영혼은 춤을 추며 하느님을 찬양하게 됩니다. 가톨릭 신앙을 가진 스물다섯 명의 예술가의 삶과 예술세계를 펼쳐보았습니다. 이 책에 등장하는 예술가는 소설가, 시인, 수필가, 아동문학가, 작곡가, 가수, 화가, 조각가, 건축가, 영화배우, 연극연출가입니다. 예술가의 삶은 그의 예술과 밀접하게 연결되어 있습니다. 예술가에게는 삶이 예술이며, 예술이 삶입니다. 가톨릭 신앙을 갖고 예술을 추구했던 그들은 우리에게 어떤 삶이 행복한 삶인지, 어떤 삶이 하느님께서 원하시는 삶인지 이야기해 줄 것입니다.

이 책에 실린 글은 가톨릭평화신문에 2023년 한 해 동안 매주 연재했던 글입니다. 책을 펴내자니 고마운 분들이 생각납니다. 우선 가톨릭 예술가에 대해 글을 쓸 수 있도록 허락해 주신 하느님께 감사드립니다. 그리고 가톨릭평화신문의 백영민 편집국장님께 감사드립니다. 또한 예술가의 얼굴을 연필로 정성껏 그려준 작가 미단 선생님께 감사드립니다. 끝으로 출판시장이 무척이나 어려운데 선뜻 출판의 청을 들어주신 '새로운사람들'의 이재욱 대표님께 감사드립니다.

2024년 2월
설악산에서 백형찬 라이문도

차례

정지용

"

옮겨다 심은 종려나무 밑에 삐뚜루 선 장명등,
카페 프란스에 가자. … 나는 나라도 집도 없단다.
대리석 테이블에 닿는 내 뺨이 슬프구나.

"

피천득. 「금아문선」. 일조각. 1980.

권영민 편. 「정지용 전집」(산문). 민음사. 2016.

권영민 편. 「정지용 전집」(시). 민음사. 2016.

정지용. 「초판본 정지용 시집. 미르북. 2021.

「월간조선」. 문인의 유산, 가족 이야기(정지용의 손자 정운영). 2015.3월호.

가톨릭뉴스 지금여기. '잃어버린 시인 정지용 신앙시 다시 읽기'. 2012.10.25.

신경림. 「신경림의 시인을 찾아서」. 우리교육. 1998.

한국 가톨릭 문학의 개척자, **정지용**

넓은 벌 동쪽 끝으로

옛이야기 지줄대는 실개천이 휘돌아나가고,

얼룩백이 황소가

해설피 금빛 게으른 울음을 우는 곳,

그곳이 차마 꿈엔들 잊힐리야.

우리가 잘 알고 있는 '향수'이다. 이동원과 박인수가 함께 불러 더욱 유명해졌다. 이 시는 정지용(프란치스코, 鄭芝溶, 1902~1950)이 일본으로 유학 떠나기 전에 썼다. 다시 볼 수 있는 고향을 슬프도록 아름답게 노래했다. 마치 죽기 전에 가장 아름다운 노래를 부른다는 백조처럼.

수필가 피천득은 '향수'를 다시 반갑게 읽고는 오래 잊었던 '향수'가 새로워졌다고 했다. 또한, 재가 식어진 질화로와 엷은 졸음에 겨운 늙으신 아버지가 돋아 고이시는 짚베개가 그리워졌다고 했다. 그래서 질화로 하나 갖고 싶어 여기저기 수소문해 다니기도 했다. 또한 '아무렇지도 않고 예쁠 것도 없는 사철 발 벗은 아내'는 밀레의 그림에서 보는 여인상이라 했다.

'정지용' 하면 떠오르는 이미지는 동그란 안경과 반듯한 가르마, 그리고 두루마기이다. 정지용(鄭芝溶)은 충북 옥천에서 태어났다. 정지용의 어렸을 때 이름은 지용(池龍)이다. 어머니가 못에서 용이 하늘로 올라가는 꿈을 꾸어서 그렇게 지었다.

옥천공립보통학교를 졸업하고 서울에 있는 휘문고등보통학교(현

휘문고교)에 입학했다. 휘문고보에는 선배로서 홍사용, 박종화, 김영
랑이 있었고, 후배로는 이태준이 있었다. 재학 중에 '서광'지 창간호
에 소설 '삼인(三人)'을 발표했다. 휘문고보 문학동아리 문우회 학예
부장을 맡아 '휘문' 창간호를 만들기도 했다. 이러한 문학적 경험은
작가에 대한 그의 열망을 더욱 뜨겁게 만들었다.

정지용은 3.1 만세 운동에서 휘문고보 주동자였다. 이 일로 안타깝
게도 정학당했다. 정지용의 대표작 '향수'는 휘문고보 졸업 후에 발
표된 작품으로 우리 민족의 정서가 가득 담긴 시어로 이루어져 있다.

정지용에게 우리 말의 아름다움을 가르친 사람이 있었다. 바로 조
선어연구회를 발족시킨 가람 이병기였다. 가람은 정지용의 휘문고보
시설에 소선어를 가르친 선생님이있다. 가람에게서 민족 정서와 민
족 언어를 배운 것이다.

정지용은 일본으로 건너가 교토에 있는 도시샤대학(同志社大學) 영
문학과에 입학했다.

가난했던 그에게 모교 휘문고보가 학비를 대주었다. 조건은 학업
을 마치고 돌아오면 모교의 교사로 봉직한다는 것이었다.

도시샤대학에는 야나기 무네요시(柳宗悅)가 19세기 영국 시인 월
리엄 블레이크에 대해 강의하고 있었다. 그에게서 많은 것을 배웠다.
야나기는 조선의 문화예술에 대해 깊은 애정을 가진 사람으로 「조선
과 예술」이란 책을 쓰기도 했다.

정지용은 '윌리엄 블레이크 시의 상상력'이란 논문을 쓰고 졸업했
다. 그리고 교토의 조선 유학생 잡지 '학조(學潮)' 창간호에 '카페 프

란스'라는 시를 발표했다.

"옮겨다 심은 종려나무 밑에 삐뚜루 선 장명등, 카페 프란스에 가자. ⋯ 나는 나라도 집도 없단다. 대리석 테이블에 닿는 내 뺨 이 슬프구나!"

시 속에는 머나먼 이국땅에서 힘들게 살아가는 한 젊은이의 고뇌 가 깊이 서려 있다. 이때부터 일본의 문학지를 통해 수많은 작품을 발 표했다. 귀국 후 모교인 휘문고보 교사로 꽤 오래 근무했다. 학생들을 가르치다가 시상이 떠오르면 창밖을 바라보면서 방긋방긋 웃었다. 어떤 제자가 당시 스승에 대한 글을 썼다.

"시인은 수업 시간에 시상이 떠오르면 '자습해!' 하며 소리치곤 창 밖을 내다보며 혼자 흥겨워 방긋방긋 웃으며 아름다운 시구를 담뿍 입속에 물어 혀를 굴리었다. ⋯ 중학교 3학년쯤 되면 시를 좋아하는 생도들이 생기게 되어 정지용 선생도 이런 제자들의 청을 들어 시에 다 음을 붙여 성악가 못지않게 노래를 불렀다. 생도들은 박수는 물론 발을 굴리며 '앙코르' '앙코르'를 외치며 교실이 떠나갈 듯 소리쳤다."

('내가 본 시인'에서)

그러나 정지용은 교사가 된 것과 전쟁과 가난이 그토록 바라던 작 가의 꿈을 모조리 빼앗아 갔다고 생각했다. 또한, 자신이 시인이 된 것을 "남들이 '시인, 시인'하는 말이 '너는 못난이, 못난이' 하는 소리"

같아 마음이 아팠다고 했다. 당시 경향신문에 쓴 글이다.

"학생 속에서 청춘을 유실하고 청춘 틈에서 나는 산다. 학생과 청춘! 그들은 팔팔하고 싱싱하다. 괴상하고도 기발하다. 우스워서 요절할 적도 있고 화가 나서 역정이 날 때도 있다. … 나는 무수한 학생을 보아 왔고 이제토록 왕성한 학생 삼림 속에서 방황하고 있다. 자식과 제자라는 사이에 인색한 경계선을 긋지 않을 만한 심정의 여유도 가져진다."

('학생과 함께'에서)

이렇게 정지용은 교직 생활에 대해 매우 복잡한 생각을 가졌다. 스승과 제자 사이에 재밌는 일화도 전해진다.

징병 갔다가 38선을 넘어 살아 돌아온 제자가 정지용을 찾아왔다. 스승은 형색이 남루한 제자를 허름한 식당으로 데리고 가 술과 밥을 사 먹였다. 스승이 먼저 취했다. 스승은 주먹을 들고 눈을 부라리며 "이놈, 너의 동네에서는 선생님보고 동무라고 한다지! 너도 날 보고 동무라고 할 테냐! 이놈" 하고 말했다. "아니올시다! 그럴 수 있습니까? 선생님은 영원히 선생님이지요. 이북에도 그런 법은 없습니다."

그 후에 제자가 스승에게 보낸 편지에는 "스승 지용에게, 선생님보고 '선생님'이라고 부르기는 이제 속된 말씀이 되었습니다. 이제부터는 스승이라 불러들이겠습니다." 정지용은 생각했다. 다음 기회에 돈이 생기면 그 제자를 다시 데리고 가서 "동무 선을아!" 하고 주정을 부리겠다고.

정지용은 순수 서정시를 지향하는 '시문학' 동인으로 활동했다. 함께 참여한 사람은 박용철, 김영랑, 정인보, 변영로, 이하윤이었다. 이것이 계기가 되어 현대적 언어로 시를 쓰는 모더니즘 운동이 힘차게 일어났다. 정지용은 문예전문지 '문장'을 통해 후에 청록파 시인이 된 박두진, 조지훈, 박목월을 발굴해냈다. 또한, 민족시인 윤동주도 정지용에 의해 문단에 등단했다. 정지용의 첫 시집은 시문학사에서 간행했는데, 제목은 「鄭芝溶詩集」(정지용 시집)이었다.

시집이 나오자 문단은 열광했다. 모윤숙은 시집을 읽고 "나는 이 시집 속에 가득 찬 조선말의 향기를 잊을 수 없다."고 했다. 윤동주는 「鄭芝溶詩集」에 "1936.3.19. 평양에서 구입"이라 쓰고 시에 밑줄을 그어가며 읽고 또 읽었다.

'시문학' 동인 박용철은 시집의 발문을 이렇게 썼다.

"그는 한 군데 자안(自安)하는 시인이기보다 새로운 시경(詩境)의 개척자이려 한다. 그는 이미 사색과 감각의 오묘한 결합을 향해 발을 내어 디딘 듯이 보인다."

시집의 표지 그림은 이탈리아 화가 프라 안젤리코의 '주님 탄생 예고' 중에서 천사 가브리엘을 가져왔다. 주님 탄생 예고는 성모 마리아가 성령에 의해 잉태했음을 천사 가브리엘이 마리아에게 알린 일이다. 이렇게 정지용은 자신의 첫 시집 표지에 성화를 넣을 정도로 신앙심이 깊었다. 또한, 시집에 실린 많은 시가 신앙 시이다. 대표적인 시가 '임종', '갈리리 바다', '그의 반', '다른 하늘', '또 하나 다른 태양'이다. 정지용은 시 속에서 자신의 신앙을 노래했다.

'영원한 나그네길 노자로 오시는 성주 예수의 쓰신 원광(圓光)! 나의 영혼에 칠색(七色)의 무지개를 심으시라.'

('임종' 중)

'내 무엇이라 이름하리, 그를? 나의 영혼 안의 고운 불, 공손한 이마에 비추는 달, 나의 눈보다 값진 이.'

('그의 반' 중)

'그의 옷자락이 나의 오관(五官)에 사무치지 않았으나 그의 그늘로 나의 다른 하늘을 삼으리라.'

('다른 하늘')

정지용은 도시샤대학에 다닐 때, 교회 입교지원서를 작성하여 제출했다. 도시샤대학은 개신교 대학이었다. 지원서에 입교 동기를 "구원을 받고 싶은 마음의 요구 때문에"라고 적었다. 정지용은 대학 안에 있는 교회에서 세례를 받고 개신교 신자가 되었다. 그런데 정지용은 개신교 세례를 받은 지 채 1년도 안 되어 가톨릭으로 귀의했다. 성 프란치스코 하비에르 성당에서 프랑스 신부에게 '프란치스코(方濟角)'로 세례를 받고 가톨릭 신자가 되었다.

정지용이 왜 가톨릭으로 귀의했는지는 알 수 없다. 당시 교토제국대학의 한 한국인 교수의 권유로 귀의했다는 이야기도 있다. 교토제국대학에 다녔던 한 한국인 학생이 쓴 글에 따르면 정지용은 가톨릭에 귀의한 후에는 거의 다른 사람이 되어 신앙생활을 해나갔다고 했다. 어떤 국내 신문사가 정지용에게 책 추천을 의뢰했다. 이에 대해 정지용은 최근에 읽은 책 제목을 써주었다. 성경을 비롯해 「준주성범」, 「진화론과 가톨릭 정신」, 「가톨릭 사상사」, 「가톨릭교리서」… 모두 가톨릭 관련 책이었다. 이렇게 정지용은 가톨릭에 깊이 심취해 있었다. 이때 쓴 시가 '승리자 김 안드레아'이다.

> "새남터 우거진 뽕잎 아래 서서 옛 어른이 실로 보고 일러주신 한 거룩한 이야기 앞에 돌아 나간 푸른 물굽이가 이 땅과 함께 영원하다면 이는 우리 겨레와 함께 끝까지 빛날 기억이로다. … 오오 좌깃대의 목을 높이 달리우고 다시 열두 칼날의 수고를 덜기 위하여 몸을 틀어 대인 오오 지상의 천신 안드레아 김 신부! … 형장의 이슬로 사라질 때까지도 오히려 성교를 가르친 선목자 안드레아! … 오오 승리자 안드레아는 이렇듯이 이기었도다."

정지용은 대학을 졸업한 후에 재일본조선가톨릭신우회 교토지부 서기로 봉사했다. 귀국해서는 서울 명동성당 청년회 간부직을 맡아 활동했다. 그리고 프란치스코회 재속 회원이 되어 신앙생활을 더욱 굳건히 해나갔다.

또한 조선 천주교에서 창간한 월간지 '가톨릭청년'의 편집을 맡으며 시와 산문을 발표했다. 화가 장발 루도비코도 함께 편집일을 도왔다. 장발은 '가톨릭청년'과 '가톨릭소년'의 표지 그림을 그렸다. 정지용은 우리나라 최초로 한국식 성화를 그린 장발의 아틀리에를 방문했다. 그곳에서 수도자처럼 경건하게 그림 그리는 화가의 모습을 보고는 깊은 감동을 받았다.

2021년 2월에 국립현대미술관 덕수궁에서 '미술이 문학을 만났을 때'라는 전시회가 열렸다. 한 코너에 정지용과 장발의 '이인행각(二人行脚)'이 있었다. 두 사람이 함께 작업한 자료가 나란히 전시되었다.

'가톨릭청년'의 문예면은 1930년대 문단의 주요한 발표 무대였다. 이 잡지에 글을 쓴 사람은 당시 최고의 시인과 소설가였던 이상, 신석정, 김안서, 유치환, 이병기, 이태준, 박태원, 김동리 등이었다. '가톨릭청년'은 신자가 아닌 작가들에게도 작품을 발표할 수 있는 기회를 줌으로써 가톨릭과 사회의 충실한 가교 역할을 했다.

정지용은 천주교에서 발행하는 '경향' 잡지 편집일을 맡았다. 경향 잡지는 우리나라 최초로 발간된 잡지로 신자들에게 필요한 교리와 교양을 알려주었다. 또한 한글을 사용함으로써 한글 보급에 커다란 역할을 했다.

아울러 정지용은 천주교 재단에서 창간한 경향신문 초대 주필이 되기도 했다. 당시 경향신문 주간은 노기남 주교가 맡고 있었다. 노 주교는 정지용을 주필로 기용한 이유를 "열렬한 가톨릭 신자로서 내가 종현성당(현 명동대성당) 보좌신부로 있을 때부터 종현성당에 자주 드나들어 잘 아는 사이였기 때문이다."라고 했다.

일제가 공습을 이유로 서울 소개령을 내렸을 때, 정지용은 소사(현

부천)로 이사 갔다. 그곳 소사공소에서도 신앙생활을 열심히 한 것으로 밝혀졌다. 당시 정지용의 이웃에 살았던 사람은 "소사로 이사 온 정지용은 평일엔 기차로 서울에 있는 휘문학교까지 출퇴근하며 2세들을 위해 열심히 강단에 섰고, 일요일이 되면 집 바로 옆에 자리한 소사공소에서 공소 예절로 하느님께 감사하는 마음을 잊지 않았다."고 증언했다.

이렇듯 정지용은 신앙생활을 열심히 하면서 복음화를 위해 갖은 노력을 다하였다. 그런데 안타깝게도 정지용은 친일파 문인들이 만든 '국민문학'에 일제 찬양 시를 썼다.

"탄환 찔리고 화약 싸아한 충성과 피로 끓아진 흙에 싸흠은 이겨야만 법이요 씨를 뿌림은 오랜 믿음이라."

['이토(異土)'에서]

정지용은 일제 찬양 시를 쓴 것에 대한 자신의 입장을 「문장」지에 다음과 같이 밝혔다.

"친일도, 배일도 못 한 나는 산수(山水)에 숨지 못하고 들에서 호미도 잡지 못하였다. 그래도 버릴 수 없어 시를 이어 온 것인데 이 이상은 소위 국민문학에 협력하든지 그렇지 않고서는 조선 시를 쓴다는 것만으로도 신변의 협위를 당하게 된 것이었다."

('조선 시의 반성'에서)

내 영혼이 춤추고 노래하며

약할 수밖에 없었던 가냘픈 지식인의 심경을 읽을 수 있다. 한편, 정지용은 해방되던 해 11월 명동성당에서, 상해에서 귀국한 대한민국 임시정부 요인들을 환영하는 자리에 나아가 축시 '그대들 돌아오시니'를 낭송했다.

"백성과 나라가 이적(夷狄)에 팔리우고 국사(國祠)에 사신(邪神)이 오연(傲然)히 앉은 지 죽음보다 어두운 오호 삼십육 년! 그대들 돌아오시니 피 흘리신 보람 찬란히 돌아오시니! …"

정지용은 광복과 함께 이화여자전문학교(현재 이화여대) 교수로 옮겨갔다. 「이화 100년 야사」란 책에 정지용에 대한 일화가 적혀있다.

"1930년대의 한국 문단에 모더니즘 시인으로 이름을 드날리던 정 선생은 1945년 10월 개강과 함께 부임해서 3년간 국어와 영어, 라틴어를 담당했다. 애주가, 호주가인 데다 이름까지 비슷해서 학생들은 그에게 '정종'이라는 별명을 붙였지만 그의 기질과 휴머니즘을 좋아하고 따랐다. 눈 오는 겨울밤에 제자들과 마차를 타고 동대문까지 가서 넉넉잖은 월급을 털어 형제주점의 추어탕을 사주기도 하고 가난한 학생에게는 아낌없이 도움을 주기도 했다."

가난한 시인이 가난한 학생을 끔찍이 아끼고 사랑하는 모습이 떠오른다. 광복 이후 좌익과 우익은 물불을 안 가리고 싸웠다. 이런 모습에 정지용은 크게 실망했다. 윤동주 유고 시집 「하늘과 바람과 별과 시」 서문에 자신과 시대를 한탄하는 글을 실었다.

"재주도 탕진하고 용기도 상실하고 8.15 이후에 나는 부당하게도 늙어간다. … 청년 윤동주는 의지가 약하였을 것이다. 그렇기에 서정시에 우수한 것이겠고, 그러나 뼈가 강하였던 것이리라. 그렇기에 일적(日敵)에게 살을 내던지고 뼈를 차지한 것이 아니었던가? 무시무시한 고독에서 죽었고나! 29세가 되도록 시도 발표하여 본 적도 없이! 일제 시대에 날뛰던 부일문사(附日文士) 놈들의 글이 다시 보아 침을 배앝을 것뿐이나, 무명 윤동주가 부끄럽지 않고 슬프고 아름답기 한이 없는 시를 남기지 않았나? …일제 헌병은 동(冬) 섣달에도 꽃과 같은 어름 아래 다시 한 마리 이어(鯉魚)와 같은 조선 청년 시인을 죽이고 제 나라를 망치었다."

정지용은 경향신문 주필과 이화여대 교수를 사임하고 녹번동 자택에서 은둔했다. 그러다가 6.25 전쟁이 일어나자 좌익계 인사들에 의해 연행되었다. 그 후 정지용에 대한 소식은 여러 갈래로 들려왔다. 인민군에 의해 북으로 끌려가다 경기도 포천 근처에서 포격으로 사망했다는 설도 있고, 평양으로 끌려가 감옥에 투옥되던 중 폭격으로 사망했다는 설도 있다.

어쨌든 정지용은 월북작가가 되었기에 반공을 국시(國是)로 삼은 남한에서 그의 작품은 일체 논의되거나 간행되는 것이 금지되었다. 그러다가 월북 문인 해금 조치에 따라 그의 작품이 세상에 알려지게 되었다.

내 영혼이 춤추고 노래하며

시인 신경림은 '동족상잔의 진흙밭에서 뒹굴기엔 역시 지용은 너무 고고하고 도도한 시인'이라 했다. 수필가 이양하는 "우리는 이제 여기 처음 다만 우리 문단 유사 이래의 한 자랑거리가 될 뿐 아니라, 온 세계 문단을 향하여 '우리도 마침내 시인을 가졌노라.' 하고 부르짖을 수 있을 만한 시인을 갖게 되었다."고 했다.

장발

"

장발은 시복식에서 받은 감동을 어서 빨리 그림으로
표현하고 싶어 한국에 돌아와서는 곧바로
명동대성당의 제대 벽화 '14사도'를 제작했다.

"

가톨릭평화신문. '장발 화백의 미공개 "김대건 신부 초상화",
수원교구에 기증.' 2022.7.17.

가톨릭신문. '장발 화백(상)' 한국 가톨릭문화의 거장들. 2016.5.8.

가톨릭신문. '장발 화백(중)' 한국 가톨릭문화의 거장들. 2016.5.15.

가톨릭신문. '장발 화백(하)' 한국 가톨릭문화의 거장들. 2016.5.22.

가톨릭신문. '한국 화단의 거장 우석 장발 선생'. 특별초대석. 1997.1.12.

경인일보. '서양화가 장발'(인천인물 100인). 2005.10.20.

정영목. '장발평전(1946-1953)-https://s-space.snu.ac.kr

한국 가톨릭 미술의 선구자, 장발

장발(루도비코, 張勃, 1901~2001)이 그린 성 김대건 신부 초상화 한 점이 새롭게 발견되었다. 이 초상화는 장발이 용산신학교(가톨릭대학교 신학부 전신) 교장 기낭 신부 은경축(사제 수품 25주년)을 기념해 그린 것이다.

장발은 동경미술학교 유학 시절이던 열아홉 나이에 김대건 신부 초상화 두 점을 그렸다. 한 점은 가톨릭대학교가 소장하고 있는 '김대건 신부상'인데, 다른 한 점의 소재가 불분명했었다. 그 베일에 가려졌던 작품이 발견된 것이다.

어떻게 십대에 '김대건 신부상'을 그리려고 마음을 먹었을까. '김대건 신부상'은 갓 쓴 양반 복장을 하고 있다. 오른손에는 종려나무 가지를 들었고, 왼손에는 성경을 가슴에 품었다.

김 신부는 눈을 크게 뜨고 입술은 꼭 다문 채 정면을 향하고 있다. 표정은 조선 최초의 사제답게 경건하기만 하다. 이 작품은 국내에 현존하는 가장 오래된 성화이다.

장발은 한국인으로는 유일하게 형인 장면(요한 세례자)과 함께 로마 바티칸에서 열린 '조선 순교 복자 79위 시복식'에 참석했다. 이 행사는 장발 생애에서 매우 중요한 전환점이 되었다. 장발은 성 베드로 대성전 외벽을 장식한 조선 복자 순교 성화를 보고 크게 감동했다.

그 성화는 장발이 평생 성화를 그리는 계기가 되었다. 그 성화는 서울대교구 주교좌 명동대성당 벽에 걸려 있는 '79위 복자화'이다. 그림의 배경은 성 베드로 대성전이다. 하늘에서는 찬란한 빛이 쏟아져 내리고 두 천사가 79위의 영광을 노래한다. 가운데는 조선에서 순교한 두 명의 프랑스 신부와 조선교구장이었던 앵베르 주교가 서 있다. 그들을 가운데 두고 조선 순교자들이 모였다. 그림 양쪽 맨 앞에는 소년으로 옥사한 유대철 베드로와 참수당한 동정 자매 김효주 아녜스와 김효임 골룸바가 있다.

장발은 시복식에서 받은 감동을 어서 빨리 그림으로 표현하고 싶었다. 한국에 돌아와서는 곧바로 명동대성당의 제대 벽화 '14사도'를 제작했고, '복녀 골룸바와 아녜스 자매', 그리고 '성인 김대건 안드레아' 성화를 그렸다. '14사도' 그림을 그릴 때 장발은 경주 석굴암을 둘러보고, 내벽의 원형구조와 본존불 둘레의 10대 제자상 입상 부조를 참작했다고 한다. '14사도'는 우리나라 불교와 가톨릭이 자연스럽게 융합된 결과라 할 수 있다.

'복녀 골룸바와 아녜스 자매'와 '복자 김대건 안드레아' 성화는 현재 절두산순교박물관에 있다. '복녀 골룸바와 아녜스 자매'는 기해박해 때 순교한 자매를 기리는 성화이다. 자매는 관군에게 체포되어 고문 끝에 목이 잘려 나가는 참수형을 받았다. 이 성화는 자매가 복자로 인정된 것을 기념하기 위해 그린 것이고, 자매는 서울 여의도에서 성 요한 바오로 2세 교황에 의해 시성되었다. 성화는 한복을 곱게 차려 입은 자매가 나란히 서 있는 그림이다. 언니는 노랑 저고리에 분홍치마를 입었고, 동생은 분홍 저고리에 청색 치마를 입었다. 자매가 각각 들고 있는 백합은 '순결'의 상징이며, 언니가 들고 있는 종려나무는 '그리스도의 승리'를 뜻하고, 동생이 들고 있는 칼은 '참수 순교'를 상징한다. 성화의 배경에는 산이 펼쳐졌고 강이 휘돌아 흐른다. 전형적인 조선의 평화로운 풍경이다.

'복자 김대건 안드레아'는 김대건 신부의 초상을 전신상으로 그린 성화다. 갓 쓴 조선 선비의 모습으로 오른손은 종려나무를 잡고, 왼손은 성경을 감싸 가슴까지 품어 올렸다. 시선은 정면을 바라보는 엄숙한 표정이다. 조선의 파란 하늘이 열려 있고, 푸른 산이 저 멀리 보이며 푸른 강이 유유히 흐른다. 좌우대칭의 엄격한 분위기다.

장발은 김대건 신부의 초상을 여러 번 그렸다. 백수를 바라보는 나이에도 '복자 안드레아 김대건 초상'을 그렸다.

복녀 김 골룸바와 김 아녜스를 소재로 한 성화도 여러 점 그렸다. '복녀 골룸바와 아녜스 자매'를 그렸고, 평양 서포성모회수녀원의 '복녀 김 골룸바와 아녜스 치명'을 그렸다. 또한 '김 골룸바와 아녜스 자매'를 그렸다. '김 골룸바와 아녜스 자매' 작품은 꽃이 가득한 길을 두 자매가 나란히 걸어가는 모습으로 천국에 있는 순교자 모습을 상징적으로 표현했다.

장발은 성화를 워낙 잘 그려 여러 성당에서 성화 제작 의뢰를 받았다. 그때 의뢰받고 그린 작품들이 평양교구 신의주성당 벽화 '성령 강림'과 비현성당 제단 벽화 '예수 성심상', 가르멜수녀원 제단화 '예수 탄생 예고'와 '십자가에 못 박히신 예수'이다.

장발은 국전(대한민국미술전람회)을 창립하는 데 크게 이바지했다. 그리고 서울대와 홍익대 교수들로 서울미술가회를 구성해 '성미술전람회'를 개최하였다. 서울 미도파백화점 화랑에서 열린 전람회 개막식에는 당시 서울교구 노기남 주교를 비롯해 가톨릭 주요 성직자들이 참석했다. 당대 미술계를 대표하는 24명의 작가가 참여했는데, 대표적인 전시 작품으로는 장발의 '십자가의 그리스도', 김세중의 '복녀 김 골룸바와 아녜스', 장우성의 '성모자', 남용우의 '성모칠고', 김병기의 '십자가의 그리스도', 김정환의 '성모영보'를 들 수 있다.

'성미술전람회'로 우리나라에 가톨릭 미술이 있다는 것을 세상에 알렸다. 또한 장발은 혜화동성당 설계를 비롯하여 부조 제작을 총지휘했다. 혜화동성당은 우리나라 건축가와 조각가, 그리고 우리나라 자본에 의해 설립된 성당이다. 한국의 가톨릭 미술은 이렇게 장발에 의해 시작되고 꽃을 피워나갔다.

장발은 인천(당시 제물포)에서 독실한 가톨릭 집안의 3남 4녀 중 둘째로 태어났다. 본명은 지완(志完)이었으나 후에 개명했다. 호는 우석(雨石)이고, 가톨릭 세례명은 루도비코이다.

아버지는 인천 해관(현재의 세관)의 직원이었다. 장발은 서구의 새로운 문물을 쉽게 접할 수 있는 개항지에서 살았기에 사물을 새롭게 볼 수 있는 눈을 갖게 되었다.

이렇듯 장발은 독실한 가톨릭 신앙을 가진 최고의 신식 가정에서 자랐다. 이런 성장 환경은 장발의 신앙과 삶에 매우 큰 영향을 주었다. 형인 장면 박사는 민주당 정부의 초대 내각 수반(현 국무총리)을 역임했다. 그의 셋째 아들이 장익 주교이다. 동생인 장극 박사는 항공공학의 세계적인 석학이 되었다. 누이동생은 메리놀수녀회의 첫 동양인이었으나 안타깝게도 6.25 전쟁 때 평양에서 순교했다.

장발에게 깊은 영향을 준 외국 선교단체로 프랑스 파리외방전교회와 독일 성 베네딕도회 오틸리엔연합회, 그리고 미국 메리놀외방선교회를 들 수 있다.

파리외방전교회는 명동대성당을 신축했는데 장발은 성당 내부의 제단 둘레에 '14사도'를 제작했다. 장발의 성화 제작에 중요한 계기를 만들어 준 로마 바티칸의 '조선 순교 복자 79위 시복식'이 거행되도록 한 기관도 파리외방전교회였다.

성 베네딕도회 오틸리엔연합회는 성화 제작에 깊은 관심을 보였던 장발에게 보이론(Beuron) 화파의 미술 양식을 전해주었다. 그래서 장발의 모든 성화에서는 보이론 화파의 특징인 절제와 균형의 미가 살아 있다.

메리놀외방선교회는 장발 가족 전체와 연관이 있다. 장면·장발 형제가 미국으로 유학을 갔을 때 메리놀신학교에서 영어를 배웠다. 그리고 장면은 유학 후 메리놀외방선교회 평양교구에서 외국 신부들에게 한글을 가르쳤고, 누이동생은 신의주 메리놀 수녀회의 일원으로 평양 '성모수녀회' 원장 수녀를 역임했다.

장발은 휘문고등보통학교 재학 시절부터 그림을 잘 그렸다. 당시 휘문고보에는 한국 최초의 서양미술가인 고희동이 미술 교사로 있었다. 고희동의 그림지도를 받으며 화가의 길을 꿈꿨던 장발은 오래전부터 성화에 뜻을 품고 있었다.

이를 본격적으로 공부하기 위해 동경미술학교 서양화과에 입학했다. 그곳에서 서양화의 기초를 닦았다. 이듬해에 동경미술학교를 중퇴하고는 미국으로 건너갔다. 뉴욕의 국립디자인학교에서 1년간 수학하고 한국인으로서는 처음으로 미국 컬럼비아대학 실용미술학부에 입학해 다양한 미술 과목을 공부했다.

장발 형제는 유학 중에 재속(在俗) 프란치스코 회원이 되었다. 한국인 최초로 입회한 것이다. 형제는 나중에 우리나라 재속 프란치스코회 뿌리가 되었다. 재속 프란치스코회는 세속에 살면서 아시시의 프란치스코 성인의 정신을 실천하며 세상의 성화를 위해 힘쓰는 신자들의 단체이다.

미국 유학 후, 장발은 형과 함께 이탈리아 로마로 갔다. 조선 가톨릭교회가 장발 형제를 조선 신자 대표로 바티칸에 파견한 것이다. 그곳에서 '조선 순교 복자 79위 시복식'이 거행돼 이를 참관하라고 보낸 것이었다.

장발은 시복식을 참관하고 고국으로 돌아왔다. 그 후 자신의 모교 휘문고보를 비롯해 동성상업학교, 계성여고에서 학생들을 가르쳤다. 학생을 가르치면서도 시간을 내어 성화를 그렸다. 일반 작품은 거의 그리지 않았다.

그런데 안타깝게도 친일 미술 단체로 분류된 조선미술가협회 서양화부 평의원으로 활동했고 창씨개명도 하였다. 그러나 다른 친일 작가들처럼 일제를 찬양하는 작품은 그리지 않았다. 오히려 조선총독부가 주최한 조선미술전람회에 참가하지 않았으며, 민족적 색채가 짙은 서화협회전에만 작품을 냈다.

그렇지만 서울대 일제잔재청산위원회에서는 장발을 서울대 1차 친일 인물 12명 중의 한 명으로 발표했다. 장발은 해방 후, 미군정 서울시 학무과장으로 있으면서 서울대학교 설립에 중요한 역할을 했다. 그 후 서울대 예술대학 초대 미술학부장으로 취임했다.

초대 학부장이 된 배경은 이렇다. 당시 미군정청의 헤리 앤스테드가 서울대 임시 총장이었는데 미국에서 공부하고 영어를 잘하는 사람을 물색하다가 서울시 학무과장으로 있던 미국 컬럼비아대학 출신의 장발을 발탁한 것이다. 장발은 15년 동안 학장으로 재임하면서 대한민국 최고 예술가를 교수진으로 확보했다. 교수진은 김환기, 길진섭, 윤승욱, 김종영, 이순석, 이병현, 장우성, 박의현, 유영국, 노수현, 김세중, 박세원, 성낙인, 장욱진 등이었다.

장발은 '가톨릭 신자가 아니면 서울대 미대 교수 후보에 들지도 못한다.'는 소문이 날 정도로 가톨릭 신앙을 가진 사람을 채용하려 했다. 또 개신교인으로 교수가 된 사람은 어떻게 해서든지 개종시켜 가톨릭에 입교시켰다. 그러곤 자신의 세례명까지 물려주며 대부가 되었다.

1950년대 미술 단체는 대한미술협회(회장 고희동)만 있었다. 그러나 한국미술가협회가 서울대 문리대 강당에서 발족했다. 회장은 서울미대 학장 장발이었다.

양 단체는 심하게 대립했다. 그 연유는 이렇다.

대한미술협회 정기총회 회장 선거에서 전 회장이었던 고희동과 장발이 경합을 벌였다. 아이러니하게도 스승과 제자가 회장 자리를 놓고 경합한 것이었다. 투표 결과 고희동이 앞섰으나 과반수 획득에 한 표가 부족하다는 장발 측의 주장이 있었다. 그런데 다음 날 신문에 고희동이 당선된 것으로 보도되었다. 이에 장발을 지지하던 사람들은 대한미술협회를 탈퇴해 별도로 한국미술가협회를 결성했다.

고희동 지지 세력의 핵심은 홍대 미대 교수였던 윤효중이었고, 장발은 서울대 미대 학장이었기에 '홍대파'와 '서울대파'가 대립하는 모양이 되었다. 이 대립으로 오늘날까지도 '서울대파'와 '홍대파'라는 파벌 의식이 남아 있다.

장발은 서울대학교 마크를 만들었다. 국립서울대의 머리글자인 'ㄱㅅㄷ'를 상징하는 마크로 글자 주변을 월계관으로 둘렀다. 월계관은 경기의 승리나 학문 등의 업적에서 명예와 영광을 상징한다. 펜과 횃불이 월계관을 대각선으로 가로지르게 디자인했다. 이는 지식의 탐구를 통해 겨레의 길을 밝히는 데 앞장서겠다는 의지를 나타낸다. 그리고 마크 한복판에는 책 한 권이 펼쳐져 있는데 라틴어 'VERITAS LUX MEA'가 적혀있다. 그 뜻은 '진리는 나의 빛'이다.

서울대학교는 개교 50주년을 기념해 '자랑스러운 서울대인' 상을 제정했다. 서울대는 그 상의 주인공으로 장발을 선정했다. 그리고 서울미대 교수들과 동문은 장발 교수의 공로를 기리기 위해 뜻을 모아 동상을 제작해 교내에 세웠고, 서울대 미대 갤러리를 장발의 호를 따서 '우석홀'이라 이름 붙였다.

서울대 발전을 위해 혼신의 노력을 기울인 장발에게 학교와 교수 그리고 제자들이 바치는 존경의 오마주였다.

4.19 혁명이 일어났다. 장발은 '미대 권력'으로 찍혀 퇴진 운동의 대상이 되었다. 미술대학 운영에서의 권위 의식과 카리스마가 문제가 된 것이었다. 그런데 학생 혁명 전에 이미 장발은 이탈리아 특명전권대사로 내정되어 현지 발령 대기 중이었다. 그러나 5.16 군사정변으로 안타깝게도 중단되었다.

장면 총리가 실각하자 장발은 한국 화단에서 공식 활동을 접고 미국으로 건너갔다. 세인트 빈센트 대학에서 미술사를 강의하며 지내다가 다시 붓을 잡고는 성화와 추상화를 그렸다. 그때 그린 자화상 한 점이 전해진다. 그 작품은 현재 성 베네딕도회 왜관 수도원이 소장하고 있다.

줄 처진 셔츠를 입었다. 자세는 측면이다. 그런데 고개는 정면을 바라보고 있다. 깨끗이 빗어넘긴 머리에는 흰 머리카락이 듬성듬성 보인다. 굵은 뿔테 안경테 밑으로 보이는 둥근 눈에서는 따스한 온기가 느껴진다. 오른쪽엔 호랑나비 한 마리가 힘차게 날아오르고 있다. 나비는 부활을 상징한다. 미국에서 다시 화려하게 부활하고 싶은 소망을 담은 것 같다.

장발이 삶의 마지막 여정을 보낸 곳은 미국의 펜실베이니아주 피츠버그라는 도시였다. 장발의 제자인 최종태 요셉(서울대 명예교수)이 스승을 찾아갔다. 스승은 아흔다섯의 나이였다. 최 교수는 방문하기 전에 궁금한 것을 정리해 가져갔다. 김대건 신부와 명동성당 14 사도 그림을 그릴 때, '성미술전람회' 때, 혜화동성당을 만들 때의 일화를 듣고 싶었다.

그러나 이미 귀가 어두워 말귀를 잘 알아듣지 못했다. 마침 뉴욕 맨해튼 천주교회에서 사목하는 셋째 아들 장흔 신부가 와 있었다. 장 신부에게 메모를 전달하고 대신 여쭤봐 달라고 부탁했으나 답을 얻지 못했다.

집에는 그림 여러 점이 걸려 있었다. 그중에 삼위일체의 성부·성자·성령이 한복에 도포를 입고 갓 쓴 그림이 있었다. 최종태는 그런 형식의 그림은 처음 보았다.

그림 속에는 김효임 골룸바와 김효주 아녜스가 있었는데, 멀리 봄 안개 너머로 남대문이 보이고 성녀가 가는 길가에는 꽃들이 예쁘게 그려져 있었다. 또 성모 승천도로 보이는 아름다운 여인상도 있었다. 머리 위에는 화환이 얹혀 있고 손에는 백합이 들려 있다. 예전에 그렸던 성화를 다시 새로운 형식으로 그린 것이다.

이렇게 평생토록 가톨릭 성화를 그린 장발은 머나먼 이국땅에서 생애를 마쳤다. 장발은 독실한 가톨릭 신앙인으로 진정 한국 가톨릭 미술의 선구자였다.

피천득

<blockquote>
"

예수님의 친구는 어부같이 당시 가난하고 천대받던 이들,
사회에서 소외받는 사람들이었는데, 이들을 오직
사랑으로 대했지요. 얼마나 인간적인 분입니까?

"
</blockquote>

피천득. 「수필」. 범우사. 1976.

피천득. 「피천득 시집」. 범우사. 1987.

피천득. 「생명」. 샘터. 1997.

피천득. 「금아문선」. 일조각. 1980.

피천득. 「어린 벗에게」. 여백. 2002.

정정호. 「피천득 평전」. 시와진실. 2017.

정정호 엮음. 「인생은 작은 인연들로 아름답다」. 샘터. 2014.

한국 수필문학의 거장, 피천득

고등학교 국어책에 실린 수필 '인연'으로 기억하는 피천득(皮千得, 프란치스코, 1910~2007)은 평생 어린이 같은 마음으로 산 문인이었다. 키가 1m 50cm 정도이고 몸무게는 40kg이 조금 넘는 작은 체구였지만 영혼은 한없이 맑았다.

어떤 사람은 "암흑이 지배하는 시대에 선생님의 수필을 읽는 것은 밤하늘에서 별을 발견하는 것과 같다."고 했다.

피천득은 평생 세 종류의 책을 지었다. 「인연」이라는 수필집 한 권, 「생명」이라는 시집 한 권, 「셰익스피어 소네트」라는 번역시집 한 권이다. 시와 수필은 각각 100편 내외만 창작한 지독한 과작(寡作)의 작가이다.

중학교 때, 국어책에는 '나의 사랑하는 생활'이란 수필과 나다니엘 호손이 지은 「큰 바위 얼굴」, 그리고 알퐁스 도데의 「마지막 수업」이 들어 있었다. 고등학교 국어책에도 수필 '인연'을 비롯해 로버트 프로스트의 시 '가지 않은 길'이 실려있었다. 모두 피천득이 짓고 번역한 글이다. 지금도 그 글의 앞부분은 영화 예고편처럼 내 가슴 속을 흐른다.

"나는 우선 내 마음대로 쓸 수 있는 돈이 지금 돈으로 한 오만 원쯤 생기기도 하는 생활을 사랑한다. 그러면은 그 돈으로 청량리 위생 병원에 낡은 몸을 입원시키고 싶다."

(나의 사랑하는 생활)

"어느 날, 오후 해 질 무렵, 어머니와 어린 아들은 자기네 오막살이

집 문 앞에 앉아서 큰 바위 얼굴에 대한 이야기를 하고 있었다."

(큰 바위 얼굴)

"그날 아침 나는 학교에 가는 것이 대단히 늦었고, 더구나 아멜 선생님이 물어보시겠다고 한 분사법에 대하여 하나도 몰랐기 때문에 꾸지람을 들을 것이 겁이 났었습니다."

(마지막 수업)

"지난 사월, 춘천에 가려고 하다가 못 가고 말았다. 나는 성심여자대학에 가보고 싶었다. 그 학교에, 어느 가을 학기, 매주 한 번씩 출강한 일이 있었나."

(인연)

"노란 숲속에 길이 두 갈래로 났었습니다. 나는 두 길을 다 가지 못하는 것을 안타깝게 생각하면서, 오랫동안 서서…"

(가지 않은 길)

이렇듯 피천득은 국어책을 통해 아름다운 글로 우리에게 많은 것을 가르쳐주었다. 그때 배양된 정서가 아직도 내 가슴 속에서 따뜻하게 숨 쉬고 있다.

피천득의 책상 위에는 늘 엄마 사진이 놓여있었다. 흑백 사진 속의 엄마는 언제나 젊고 아름다웠다. 일곱 살에 아버지를 여의고 열 살에

는 어머니를 잃었다. 피천득은 엄마가 '나의 엄마'였다는 것은 타고
난 영광이었다고 했다. 자신에게 좋은 점이 있다면 엄마한테서 받은
것이고, 자신이 많은 결점을 지닌 것은 엄마를 일찍이 잃어버려 엄마
의 사랑 속에서 자라나지 못했기 때문이라고 했다. 또한, 자신이 새
한 마리 죽이지 않고 살아온 것은 엄마의 자애로운 마음 때문이며, 햇
빛 속에 웃는 자신의 미소는 엄마한테서 배운 웃음이라고 했다. 그런
엄마는 피천득의 모든 글 속에 살아 있다.

피천득은 무척이나 순수하고 순진한 사람이었다. 몇 가지 일화가
이를 말해준다.

고해성사를 보기 위해 성당 고해소로 들어갔다. 죄를 고해야 하는데
판공성사 표만 달랑 놓고 나왔다. 피천득을 모르는 젊은 신부가 고해
실에서 뛰쳐나왔다. "할아버지 성사 표만 내고 가면 어떻게 하세요?"
라고 따져 물었다. 그러자 "나는 죄가 없는데 어떡하나요?"라고 대답
했다. 이에 젊은 신부가 야단을 쳤다. "사람에게는 죄를 짓지 않았을지
모르지만, 하느님께 죄 없는 사람이 어디 있습니까?" 그랬더니 피천
득은 이내 자신이 매우 교만했고, 죄를 성찰하지 못했다고 고백했다.

그리고 이런 일이 있었다.
지인 한 사람이 피천득을 모시고 서울대 구내 중국 음식점에 들어
갔다. 코스 요리를 주문했는데 순서에 따라 짜장면이 나왔다. 피천득
은 짜장면을 보더니 잠시 주저하다가 젓가락을 댔다. 그러고는 "나 짜

장면 처음 먹어 보는 거야"라고 했다. 그때가 95세였다. 지인은 그 연세까지 짜장면을 들지 않았다는 것이 믿기지 않았다. 까닭을 물었더니 "모양이 좀 혐오스러워서…"라고 말을 흐렸다.

또 이런 일도 있었다.

여름 방학에 제자들이 가르침을 받기 위해 댁을 찾아갔다. 골목이 많은 동네라 문패를 보고 찾아야 했다. 아무리 다녀도 문패가 보이지 않았다. 날은 덥고 다리는 아프고 학생들은 짜증이 났다.

그런데 어느 집 앞 나무 조각에 희미하게 '피천득'이라 적힌 문패가 보였다. 붓글씨로 쓴 글자였는데 오랜 세월로 많이 지워져 간신히 읽을 수 있었다. 문을 열고 들어가니 선생님이 반갑게 맞이해 주었다. 문패 찾느라 고생했다고 하자, "나는 번쩍번쩍 빛나는 돌에 이름 석 자를 기록할 만큼 유명하지도 위대하지도 않으니까"라고 했다.

그리고 이런 일화도 있다.

신년 세배 때, 제자가 세배하면 스승은 책상 위에 나란히 세워 놓은 크리스마스카드 중에서 하나를 골라 주었다. 그해에 받은 카드 중에서 가장 좋아하는 것을 모았다가 주는 것이었다. 또는 예쁜 양말이나 미제 초콜릿(당시는 귀한 식품)을 주기도 해서 받는 사람은 어린애처럼 좋아했다. 또 길을 걸을 때도 늘 가장자리로 걸었고, 자리를 잡아도 늘 낮은 곳에 자리를 잡았다.

이 모든 일화가 피천득이 얼마나 솔직하고 순수하며 겸손한지를 말해준다.

피천득의 호는 금아(琴兒)이다. 거문고 '금(琴)', 아이 '아(兒)'이다. '금아'는 춘원 이광수가 지어 주었다. 금아의 엄마는 거문고를 잘 탔다. 춘원이 그 거문고와 아이를 결합해 '금아'라 지어 준 것이다. 피천득은 '금아'를 무척 사랑했다.

피천득은 자기 이름에 대해 '피가지변(皮哥之辯)'이란 글을 통해 재밌게 얘기했다. 옛날 조상이 제비를 뽑았는데 피(皮)씨가 나왔다. 피(皮)가 좋지만, 더 좋은 성(姓)이었으면 하고 면사무소 직원에게 부탁해 다시 뽑았다. 이번에는 모(毛)씨가 나왔다. 모(毛)씨도 좋지만, 모(毛, 털)는 피(皮, 피부)에 의존한다고 생각해 피(皮)씨를 택했다고 한다.

피천득은 자신의 이름인 '천득(千得)'이 점잖은 것 같지 않아 다른 이름으로 바꾸려고 했다. 그러나 엄마가 부르던 이름을 도저히 고칠 수가 없었다. 원래 이름은 하늘에서 얻었다고 해서 '天得(천득)'인데, 호적계의 실수로 '天'이 '千'으로 바뀌었다. 이름을 풀이하는 사람의 말에 따르면 평생 부자로 살 팔자였는데 이름의 획수가 하나 적어 가난하게 산다고 했다.

피천득은 어려서부터 유교식 교육을 받았다. 서당에서 한문을 배웠는데, '신동(神童)'이라는 소리까지 들었다. 이십 대 중반에는 금강산 장안사에서 상월 스님에게 유마경과 법화경을 1년간 공부했다. 어떤 이는 피천득이 금강산에 계속 머물러 스님이 되었다면 고승(高僧)이 되었을 것이라 했다.

피천득은 '잠'이란 글에서 "목사님 설교를 들으면서 곧잘 잠을 잔다. 찬미 소리에 잠이 깨면 천당 갔다 온 것 같다."라고 했다. 이를 보면 개신교 신앙도 가졌던 것 같다.

예수회 김태관 신부는 피천득이 77세였을 때, 서강대학교 사제관에서 세례성사를 거행했다. 세례명은 '프란치스코'였다. 피천득은 자신이 존경했던 중세 이탈리아 아시시의 성 프란치스코를 닮고자 '프란치스코'를 택한 것이었다.

그런데 세례명을 '프란치스코'로 정한 다른 이유도 전해진다. 수도회 '회칙'에 깊이 공감했기 때문이라는 이야기도 있고, 오래전에 제자 한 사람이 '주님, 저를 당신의 도구로 써주소서'로 시작하는 성 프란치스코의 '평화를 구하는 기도'가 적힌 족자를 선물해 그것이 계기가 되었다는 이야기도 있다.

피천득은 교적을 서울 반포성당에 두었으며, 세상을 떠날 때까지 영어 성경을 가죽 표지가 다 닳을 정도로 읽고 또 읽었다.

「샘터」 지령 400호를 기념하는 대담에서 김재순이 피천득에게 물었다. "언젠가 선생님께서는 저에게 '나는 죽을 때까지 종교를 못 가질 것 같아요.'라고 하신 적이 있었습니다. 그런데 선생님께선 만년에 가톨릭 신자가 되셨지요. 과연, 이 세상에 신이 있음을 믿으시는지요?"

금아가 대답했다. "확언은 할 수 없지만 신의 높은 경지나 정신은 가끔 느끼지요. 대자연의 아름다움이나 웅장함을 볼 때도 그런 걸 느낄 수 있고 음악 중에 최상의 음악, 이를테면 베토벤의 교향곡 제9번과 같은 음악을 들을 때도 신의 존재를 느낍니다."

그리고는 가톨릭에 입문하게 된 사연도 이야기했다. "얼마 전 작고한 김태관 신부님이 제가 쓴 글 한 편을 보고 특별히 문답도 없이 저한테 세례를 줬어요. 그때 신부님이 읽었던 제 글이 '권력에 굴복하지 말고, 불쌍한 사람 저버리지 않게 해주소서. 일상생활에 있어서 대단치 않은 것에 근심 걱정하지 않게 해주소서' 이런 내용이었답니다."

피천득은 예수님에 대해서도 말했다. "예수님의 친구는 어부같이 당시 가난하고 천대받던 이들, 사회에서 소외받는 사람들이었는데, 이들을 오직 사랑으로 대했지요. 얼마나 인간적인 분입니까? 저는 신적인 면보다도 예수님의 그런 인간적인 면을 사랑합니다."

피천득은 가톨릭평화신문과의 인터뷰를 통해 자신의 신앙을 다음과 같이 이야기했다.

"난 아직도 그때 들어선 그 문턱에서 서성거리고 있어요. 신앙에 충실치 못한 건 지금도 마찬가집니다. 아직 내가 믿는 바는 하늘에 군림하시는 전지전능한 신이기보다는 불쌍한 우리들 속에서 고뇌를 같이하시고 우리의 상처에 향유를 발라주시는 인간적인 예수님이십니다. 내가 공경하는 성모 마리아는 여성의 가장 아름다운 순결의 상징입니다. 그 순결미는 어느 종교적 진리보다도 귀한 것이라고 생각합니다."

피천득은 좋은 기도란 바로 '감사의 기도'라고 했다. 자신의 방에 노인이 수프 한 그릇, 빵 한 조각을 놓고 기도를 드리는 그림이 하나 있는데, 그 소박한 것에 감사하는 마음이 바로 종교의 본의(本意)라고 했다. 그러면서 무릎을 꿇고 고요히 앉아 있는 것도 '기도'라고 했다. 말로 표현하건 안 하건 간절한 소망이 담겨있으면 그것이 기도라는 것이다.

그리고 브루흐의 '콜니드라이'와 바다르체프스카의 '소녀의 기도'는 음률로 나타낸 기도이고, 엘 그레코의 '산토 도밍고'와 밀레의 '만종'은 색채로 이뤄진 기도라고 했다. 그러면서 말로 드리는 으뜸가는 기도는 마태오 복음서 6장에 있는 '주님의 기도'라고 했다. "오늘 저희에게 일용할 양식을 주시고"라고 하신 예수님 말씀은 인간미를 느끼게 한다고 했다.

그리고 피천득은 타고르의 '기탄잘리' 한 구절인 "저의 기쁨과 슬픔을 수월하게 견딜 수 있는 그 힘을 저에게 주시옵소서."를 좋아했고, 자신이 읽은 짧고 감명 깊은 기도는 "저희를 지혜로운 사람들이 되게 도와주시옵소서."라고 했다.

피천득은 눈물은 인정의 발로이며 인간미의 상징이며 성스러운 물방울이라고 했다. 그러면서 성경에서 아름다운 데를 묻는다면, 루카 복음서 7장, 죄지은 여자가 예수님의 발 위에 자신이 흘린 눈물을 머리카락으로 닦고, 그 발에 입을 맞추고 향유를 부어서 바르는 장면이라고 했다.

또 미술품으로 자신이 가장 아름답게 여기는 것은 미켈란젤로의 '피에타'라고 했다. 피에타에는 마리아의 보이지 않는 눈물이 있다고 했다. '피에타'는 성모님이 십자가에 못 박혀 죽은 아들 예수님을 끌어안고 있는 처절한 모습이다. 고개를 숙인 성모님의 얼굴은 이루 말할 수 없는 슬픔으로 가득 차 있다. 어느 미술평론가는 성모님의 그 표정은 '인간이 표현할 수 있는 가장 슬픈 표정'이라 했다.

　피천득이 인간적으로 존경하고 사랑한 사람으로 도산 안창호, 춘원 이광수, 주요섭, 윤오영을 들 수 있다.

　피천득이 중국 상해로 유학 가게 된 동기는 존경하는 도산 안창호 선생을 만나기 위해서였다. 도산을 처음 만난 느낌을 "용모·풍채·음성 등 모든 것이 고아하였다. 그의 인격은 위엄으로 나를 억압하지 아니하고 정성으로 나를 품 안에 안아버렸다"라고 했다. 도산이 잠깐 나간 틈을 타서 도산의 모자를 써 보기도 하고 도산이 짚고 다니던 지팡이와 비슷한 것을 구입하기도 했다. 도산을 닮고 싶어서였다.

　피천득이 심한 병이 들었을 때 도산은 피천득을 차에 실어 상해 요양원에 입원시켰고, 겨울 아침 일찍이 문병을 오기도 했다. 그런데 피천득은 도산의 장례식에 참석하지 못했다. 일본 경찰의 감시가 무서웠기 때문이다. 피천득은 이 일을 두고두고 후회했다. "예수를 모른다고 한 베드로보다도 부끄러운 일이다."라고 고백했다. 이렇듯 피천득의 첫 번째 스승은 도산이었다.

　다음으로 존경한 사람은 춘원 이광수였다. 피천득은 춘원을 "싱싱하고 윤택한 오월의 잉어"라고 했다. 춘원은 피천득에게 워즈워드의 '수선화'를 비롯해서 수많은 영시를 가르쳐 주었고, 도연명의 「귀거래사(歸去來辭)」를 읽게 했고, 인도주의 사상과 애국심을 불어넣어 주었다. 피천득은 춘원을 마음이 착한 사람이라고 했다. 춘원은 가톨릭 신부나 승려가 될 사람이었다. 동경 유학 시절, 길가의 관상쟁이가 춘원을 보고 출가할 상이나, 눈썹이 탁해서 속세에 산다고 했다.

피천득이 경기부속국민학교 때 검정고시를 보고 두 해 빨리 경성제일고보(현 경기고)에 들어갔을 때 그의 재능을 제일 먼저 알아본 사람은 춘원이었다. 당시 춘원은 동아일보 편집국장이었다. 춘원은 고아였던 피천득에게 깊은 동정심을 느끼고 자기 집에서 3년 동안 데리고 살았다. 춘원은 피천득의 두 번째 스승이었다.

그리고 피천득은 여덟 살 위인 소설가 수요섭을 '친형보다 너한 존재'라고 했다. 주요섭을 만난 것은 열일곱 살 때, 중국 상해에서였다. 주요섭은 당시 호강대학에 재학 중이었다. 학교로 찾아간 피천득을 YMCA 식당에 데려가 저녁을 사주었고, 주말이면 영화를 구경시켜 주었다. 주요섭은 특대생이었고, 영자신문 주간이었다.

모든 학생이 주요섭을 흠모했다. 피천득은 그를 이상적인 인물로 보았다. 주요섭의 「사랑방 손님과 어머니」에는 피천득 어머니에 대한 에피소드가 들어있다.

또한 피천득은 수필가 윤오영과 무척 친하게 지냈다. 피천득은 윤오영을 정으로 사는 사람으로 서리같이 찬 그의 이성이 정에 용해되면서 살았다고 했다. 윤오영은 양정고보를 졸업했다. 그는 밤이면 송강 정철과 노계 박인로를 읽고 연암 박지원을 숭앙했다. 그리고 중국의 노신을 좋아했다. 또한 「사서삼경」은 물론 「노자」와 「장자」도 탐독했다. 그는 해방 후 보성고등학교 국어 교사로 30년간 근무했다. 피천득은 윤오영을 '조지훈 이후로 남은, 그리고 미래에도 있을 선비 중 한 사람'이라고 했다. 윤오영은 피천득의 글에 대해 '산곡(山谷) 간에 옥수같이 흐르는 맑은 물로 그 시냇물의 밑바닥에는 거친 돌부리와 아픈 자갈이 깔려 있다.'고 했다.

피천득이 문학작품을 보고 존경하고 사랑한 사람은 셰익스피어, 도연명, 로버트 프로스트, 찰스 램이었다. 피천득은 셰익스피어를 보고 '사람은 신과 짐승의 중간적인 존재가 아니라 신 자체라는 것'을 느낀다고 했다. 그리고 '세대를 초월한 영원한 존재'라고 했다. 또 민주 국가의 지도자가 되려는 사람은 반드시 셰익스피어를 읽어야 한다고 했다.

피천득은 "나는 그저 오늘도 도연명을 생각한다."고 했다. 피천득은 시끄러운 도시 생활을 싫어했다. 그래서 도연명처럼 아홉 평 집 마당에 꽃을 심었고, 울타리에는 국화를 심었다. 그러면서 도연명을 늘 생각했다. 도연명이 쓴 유명한 시 '귀거래사'에는 "젊어서부터 속세에 맞는 바 없고, 성품은 본래 산을 사랑하였다. 잘못 도시 속에 빠져 삼십 년이 가버렸다."라는 구절이 있다. 도연명은 마흔한 살에 귀거래 했는데 자신은 쉰 살이 되는데 늙은 말 같은 몸을 채찍질하며 잘못 들어선 길을 가고 있다고 한탄했다.

피천득은 미국에서 시인 로버트 프로스트를 만났다. 그를 정직한 사람, 순박한 사람, 지성을 뽐내지 않는 사람, 인생을 사랑한 사람이라고 칭송했다. 그러면서 프로스트의 시는 뉴잉글랜드 과수원에 사과가 열리고, 겨울이면 그 산과 들에 눈이 내리는 것 같이 영원할 것이라고 했다. 그래서 프로스트의 '가지 않은 길'을 정성껏 번역했는지도 모른다.

피천득은 평범하고 정서가 섬세한 사람, 동정(同情)을 주는 데에 인색하지 않은 사람, 작은 인연을 소중히 여기는 사람, 수줍어하고 겁많은 사람, 순진한 사람, 아련한 애수와 미소 같은 유머를 지닌 사람을 좋아했다. 바로 그런 사람이 찰스 램이었다.

찰스 램은 평생 독신으로 지냈다. 그는 오래된 책, 옛날 작가, 그림과 도자기를 사랑하였고, 작은 사치를 사랑했다. 또한 어린 굴뚝 청소부들을 사랑했다. 그들이 웃으면 따라 웃었다. 그는 램(羊)이라는 자기 이름을 향해 "나의 행동이 너를 부끄럽게 하지 않기를. 나의 고운 이름이여!"라고 했다. 사람들은 피천득이 찰스 램과 취향이 비슷해 '한국의 찰스 램'이라 부른다.

피천득은 하루에 세 시간 이상 클래식을 들었다. 음악을 들을 때는 "잃어버린 젊음을 안갯속에 잠깐 만난다."고 했다. 그의 시 '이 순간'에서도 "오래지 않아/ 내 귀가 흙이 된다 하더라도/ 이 순간 내가/ 제9 교향곡을 듣는다는 것은/ 그 얼마나 찬란한 사실인가"라고 음악을 찬양했다. 피천득은 베토벤을 가장 좋아했다. 피천득이 세상을 떠났을 때 장례식장에서는 베토벤의 피아노 소나타 31번이 울려 퍼졌다.

피천득은 살았을 때, 가까운 사람에게 자신의 장례식장에 소나타 31번을 미리 부탁했었다. 피천득은 경기도 남양주 모란공원에 묻혔다. 그곳에 제자들이 시비를 세웠다. 시비에는 스승이 가장 좋아했던 시 '너'가 새겨져 있다.

눈보라 헤치며/ 날아와
눈 쌓이는 가지에/ 나래를 털고
그저 얼마 동안/ 앉아 있다가
깃털 하나/ 아니 떨구고
아득한 눈 속으로/ 사라져 가는/ 너

오는 주말에는 잠실에 있는 금아기념관에 갔다 오려 한다. 잠실 석촌호수 겨울 경치가 아름다울 것이다.

한국 동요의 아버지, 윤석중

윤석중

"

어린이는 어른의 스승입니다. 어른들은 어린이들로부터
진실과 착함과 아름다움을 배움으로써
자신들의 위선과 몰인정과 추함을 버릴 수 있습니다.

"

윤석중. 「날아라 새들아」. 창비. 2012.

한국문인협회 서산지부. 「세계적인 동요시인 윤석중」. 시아북. 2021.

권영민 편. 「정지용 전집」(산문). 민음사. 2016.

가톨릭다이제스트 엮음. 「확실한 암호」. 흰물결. 2006.

가톨릭신문. 1975.7.20, 1975.7.27., 1975.8.24.

조선일보. [모던 경성] 양정고보생 윤석중·동학 최시형 외손자 정순철,
　　　국민동요 '짝짜꿍' 만들다(2022.5.14.)

홍성신문·내포타임즈. '내포길 주변의 숨겨진 이야기' 우리나라 동요의 아버지 윤석중
　　　과 율목리 느티나무.(2017.6.26.)

[네이버 지식백과] 윤석중-수많은 동요를 만들어 어린이들에게 부르게 해준
　　　동요의 아버지(인물한국사, 노경수, 장선환)

https://namu.wiki/(윤석중)

"날아라 새들아 푸른 하늘을/ 달려라 냇물아 푸른 벌판을/ 오월은 푸르구나 우리들은 자란다."

'어린이날 노래'는 윤석중(요한, 尹石重, 1911~2003)이 시를 짓고 윤극영이 곡을 붙였다. 윤석중은 1,300편이 넘는 동시를 지었고, 그 중 800여 편이 동요로 불렸다. 작품 활동이 가장 왕성했던 30대에는 한 달에 예순 편 넘게 창작했다. 날마다 일기처럼 동요를 쓴 것이다.

사람들은 윤석중에게 "그동안 지은 동요가 몇 편이나 되냐?"고 묻는다. 그러면 "천 편"이라고 말하려다가 "천 편 남짓"이라고 답한다. 그저 '천 편'이라고 하면 천편일률이 생각나기 때문이었다. '밤낮 같은 소리', '그게 그것'이라는 뜻을 지닌 말이라 그렇게 대답한 것이다. 또 사람들이 "대표작이 무엇이냐?"고 묻는다. 그러면 "1년만 기다려 달라."고 대답한다. 그렇게 답해온 것이 오래되었다. 혹시 나이가 더 들어 더 좋은 작품이 나올 수도 있기에 "기다려 달라."고 한 것이다.

내가 알고 있는 윤석중 동요가 얼마나 되는지 찾아보았다. 그랬더니 '고향 땅', '새 신', '고추 먹고 맴맴', '달맞이', '기찻길 옆', '동대문놀이', '달 따라 가자', '퐁당퐁당', '어린이날 노래', '새 나라의 어린이', '우리 산 우리 강', '졸업식 노래', '나란히 나란히', '앞으로', '옹달샘', '봄나들이', '옥수수나무', '산바람 강바람', '우산1', '낮에 나온 반달'… 이렇게 많았다. 모두 어린 시절에 친구들과 불렀던 동요이다. 나이가 든 지금도 이 동요들을 부르면 가슴이 따뜻해진다. 윤석중은 우리의 어린 시절을 밝고 아름답게 꾸며주었다.

윤석중이 지은 동요는 한결같이 밝고 희망에 차 있다. 그 어둡던 일제강점기와 그 참혹했던 6.25 전쟁 때 지어진 동요가 그렇게 밝고 희망찼던 까닭은 무엇일까? 윤석중은 그 이유를 이렇게 말했다.

"어찌 해방 전만 그렇겠습니까? 38선의 기막힘, 6.25 동란, 겨레 싸움의 원통함, 남의 전쟁에 뛰어든 괴로움, 이런 일들이 연달아 생기는 동안 우리 겨레에게는 근심 걱정이 끊일 날이 없었습니다.… 아무리 괴롭고 아무리 슬프더라도 자는 시간, 노는 시간, 웃는 시간이 필요합니다. 더군다나 동요에 있어서는 무겁거나 벅차지 않은 가볍고, 우습고, 재미나는 것이 많아야 합니다."

윤석중은 서울 중구 수표동에서 태어났다. 아버지는 사회운동을 하던 지식인이었고, 어머니는 부농 집안의 무남독녀 외동딸이었다. 윤석중은 두 살 때 어머니를 여의고 외할머니 손에서 자랐다. 윤석중의 형제들은 8남매였다. 그런데 안타깝게도 형제들은 어린 나이에 세상을 떠났다. 막내로 태어난 윤석중만 살아남아 외톨이가 되었다.
윤석중의 이름을 '석중(石重)'이라고 지은 것도 돌처럼 무거워 '날아가지 마라.'는 의미였다. 아버지는 윤석중이 아홉 살 때 재혼했기에 서울 수은동 외가에 맡겨져 자랐다.

열 살에 교동보통학교에 들어갔다. 학교에서 처음 배운 노래가 '하루(春)'라는 일본 창가였다. 우리말도 '봄'이 있는데 굳이 '하루'라고 해야 하는지 이해할 수가 없었다. 그래서 '봄'이란 동시를 지었고, 어린이 잡지 '신소년'에 실렸다.

양정고보로 진학했다. 그해 '어린이' 잡지에 "책상 위에 오뚝이 우습구나야/ 검은 눈은 성내어 뒤룩거리고/ 배는 불룩 내민 꼴 우습구나야."로 시작하는 '오뚝이'가 당선되었다. 어른의 모습을 오뚝이에 비유한 것이다.

윤석중은 동요를 창작하면 이를 들고 홍난파, 윤극영, 박태준 등 당대 최고의 작곡가들을 찾아다녔다. 그래서 나온 동요가 홍난파의 '낮에 나온 반달', '퐁당퐁당', '달마중', 윤극영의 '흐르는 시내', '제비 남매', 박태준의 '냄냄', '오뚝이' 등이나.

윤석중은 10대 중반부터 천재 소년 예술가로 이름을 날렸다.
"조선의 동포들아/ 이천만민아/ 두 발 벗고 두 팔 걷고/ 나아오너라/ 우리 것 우리 힘/ 우리 재주로/ 우리가 만들어서/ 우리가 쓰자."
'조선물산장려가'이다. 물산장려운동을 기념하는 노래 현상 공모에 열다섯 살 학생의 작품이 당선된 것이다. 또한 윤석중은 열여덟 살에 정순철과 함께 동요 '짝짜꿍'을 만들었다. '엄마 앞에서 짝짜꿍/ 아빠 앞에서 짝짜꿍'으로 시작하는 이 동요는 '우리 애기 행진곡'이란 제목으로 신문에 실렸다.

동요가 발표되자 인기가 폭발했다. 경성 라디오 방송이 노래를 내

보내자 누가 만들었냐는 문의가 쇄도했고, 재방송 요청이 쏟아져 들어왔다. 또한, 어린이 행사에선 인기 레퍼토리가 되었다. '짝짜꿍'의 노랫말 중 "엄마 한숨은 잠자고/ 아빠 주름살 펴져라"를 보면 슬픔에 잠겨있던 당시 어른들의 마음을 어린이가 달래주는 듯하다.

양정고보 시절 춘원 이광수가 편집국장으로 있던 신문에 윤석중의 시가 발표되었다. 그런데 신문에 윤석중(尹石重)이라는 이름이 '윤석동(尹石童)'으로 잘못 나왔다. 이를 보고 춘원은 '석동(石童)'이라는 이름이 더 좋다고 했다. 그래서 '석동'은 윤석중의 아호가 되었다. 또 춘원은 후에 「윤석중 동요집」 머리말에 윤석중을 '아기 노래 시인의 거벽'이라 칭찬했다.

"석동 윤석중 군은 조선 아기 노래 시인의 거벽이다. 그의 노래 중에는 전 조선 아기네의 입에 오른 것이 여러 편이다. 그는 지금 이십이 넘은 청년이지만, 그의 머릿속에는 4~5세로부터 12~13세에 이르는 아기네의 마음과 뜻을 겸하여 가졌다. 이른바 '동심'이라는 것이다. 아마도 그에게 백발이 오고 이가 다 빠져서 꼬부랑 늙은이가 될 때까지 이 '어린 맘'을 잃어버리지 아니할 것이다."
춘원의 말대로 윤석중은 아흔 살이 넘어서도 '어린 맘'으로 동요를 창작했다.

광주에서 학생독립운동이 일어났다. 운동은 전국적으로 전개되었다. 양정고보 졸업반이었던 윤석중은 그 운동에 동참하지 못했다. 양정고보에서 호응이 적었기 때문이다. 독립운동에 참가하지 않고 졸업장을 받는 것이 마음에 가책되어 '중외일보'에 '자퇴생의 수기'를 쓰고는 학교를 그만두었다.

스물여덟 살에 일본 유학길에 올랐다. 조선일보사 사장이 윤석중에게 학비를 대주며 일본에서 신문학(新聞學)을 배워오라고 한 것이었다. 윤석중은 당시 편집을 맡고 있던 잡지 '소년'에 다음과 같은 인사말을 남기고 떠났다.

"들입다 퍼 쓰기만 한 나의 지식의 우물은 마침내 바닥이 나고 말았습니다. 물이 나지 않는 우물은 메워버리거나 더 깊이 파야 합니다. 나는 마침내 더 깊이 파기로 하고, 일손을 멈추고서 유학의 길을 떠납니다."

윤석중이 일본으로 유학 간 대학은 예수회에서 운영하는 '소피아 대학(上智大學)'이었다. 독일인 신부들이 강의와 학교 운영을 맡았다. 학교에는 마음을 닦는 수련관과 작은 성당이 있었다. 운동장에서 쉬는 시간도 묵상할 수 있을 정도로 캠퍼스는 조용했다.

벨기에 태생의 한 신부가 윤석중이 잡지 편집 경험한 것을 알고는 '빛'이라는 우리말 가톨릭 잡지 편집을 맡겼다. 그 신부는 집을 전세 내 한글 활자를 구해다가 조판소를 차리고는 매월 몇만 부씩 잡지를 인쇄해 한국으로 보냈다. 우리말과 우리글을 빼앗긴 그 시절에 '빛'은 우리말, 우리글을 지키는 역할을 톡톡히 해냈다. 한국인보다 한글을 더 사랑하고 소중히 여긴 신부였다. 그 신부를 통해 진정한 한글 사랑을 배웠다.

또한 학장 신부를 통해서는 가톨릭 신앙을 깨우쳐 나갔다. 학장 신부는 하느님을 이렇게 비유했다.

"무한히 뻗어있는 기차를 생각해보자. 아무리 끝이 없더라도 맨 앞에는 기관차가 이끌고 있을 것 아닌가! 아득히 뻗어있는 기차를 우리네 인간에 비긴다면, 맨 앞에서 끌어주는 기관차야말로 천주님이 아니겠는가!"

윤석중은 이 말씀을 통해 자신의 안에 있는 영혼의 샘을 발견했다. 윤석중은 집에서 대학까지 가려면 성당 앞을 지나가야 했다. 성당 앞을 지나갈 때마다 성당이 자신을 늘 지켜보는 느낌을 강하게 받곤 했다. 학교 안에도 성당이 있어 유학하는 내내 가톨릭 분위기에 젖어 지냈다. 윤석중은 세례받기로 했다. 그리하여 대학 수련관에서 '요한'이란 세례명으로 세례를 받았다.

귀국해서는 혜화동성당 근처에 집을 얻었고, 정릉과 반포로 이사해서도 성당이 옆에 있었다. 그 후 방배동으로 이사했을 때 성당이 없었는데, 나중에 성당이 생겼다.

성당은 윤석중을 따라다니며 지켜주었다.

드디어 해방이 되었다. 윤석중은 해방의 기쁨을 시로 읊었다.

"해방의 날/ 서울 장안에/ 태극기가 물결쳤다/ 옥에 갇혔던 이들이/ 인력거로 트럭으로 풀려 나올 제/ 종로 인경은 목이 메어/ 울지를 못하였다/ 아이들은/ 설에 입을 때때옷을 꺼내 입고/ 어른들은/ 아무나 보고 인사를 하였다/ 서울 장안을 뒤덮은/ 태극기, 우리 기/ 소경들이 구경을 나왔다가/ 서로 얼싸안고 울었다."

('해방의 날')

윤석중은 이 시를 꾸며서 쓴 것도 아니고 보태서 쓴 것도 아니었다. 그날 자신의 눈으로 똑똑이 본 감격의 순간을 그대로 적은 것이다. 동족상잔의 비극이었던 6.25 전쟁은 어린이들에게 이루 헤아릴 수 없는 아픔과 슬픔을 안겨주었다.

윤석중은 이 땅의 어린이늘을 위해 다시 일어섰다. 스승 방정환의 '색동회'를 잇기 위해 새롭게 '새싹회'를 만들었다. '새싹회'는 많은 일을 했다. 어린이합창단, 어린이 합주단, 글짓기 교실, 애기회 등을 운영했고, 소파상, 장한 어머니상, 해송동화상, 새싹문학상을 제정하였으며, '새싹문학'도 창간했다.

그렇게 어린이에게 쏟아부은 사랑과 정성이 세계적으로 인정받아 윤석중은 '아시아의 노벨상'이라 불리는 막사이사이상을 받게 되었다. 수상소감을 이렇게 밝혔다.

"어린이는 어른의 스승입니다. 어른들은 어린이들로부터 진실과 착함과 아름다움을 배움으로써 자신들의 위선과 몰인정과 추함을 버릴 수 있으며, 모든 사람이 최상의 양심이며 만물의 본심인 동심으로 돌아간다면 지상낙원이 이룩될 수 있습니다."

이 말에 모든 참석자가 뜨거운 박수갈채를 보냈다.

"기찻길옆 오막살이/ 아기아기 잘도 잔다/ 칙칙폭폭 칙칙폭폭/
기차소리 요란해도/ 아기아기 잘도잔다/ 칙칙폭폭 칙칙폭폭"
'기찻길 옆'이란 동요이다. 윤석중이 일본으로 유학 가기 위해 경
부선 완행열차를 타고 부산으로 가고 있었다. 달리는 기차의 창가에
앉아 갖가지 상념에 잠겼다. 그때 기찻길 옆 오막살이에서 잠을 자는
아기를 보았다. 당시 철길 가에 늘어선 집들은 안이 훤히 들여다보이
는 판잣집이 대부분이었다. 달리는 기차 소리에도 새근새근 잠자는
아기의 모습을 보면서 이 동요를 지었다.

또 이런 일화도 있다.
"아기가 잠드는 걸 보고 가려고/ 아빠는 머리맡에 앉아 계시고/
아빠가 가시는 걸 보고 자려고/ 아기는 말똥말똥 잠을 안 자고"
'먼 길'이라는 동요이다. 윤석중은 일본 유학 시절에 징용 통지서
를 받았다. 징용을 가면 어떻게 죽을지 몰랐다. 조선인이 일본을 위
해 죽을 수는 없었다. 그래서 통지서를 받자마자 가족을 데리고 한국
으로 피신해 들어왔다. 금강산 장안사 마을에 숨었다. 그리고는 혼자
서 피해 다녔다.
윤석중에게 아기가 있었다. 아기는 말똥말똥한 눈망울로 먼 길을
떠나는 아빠의 얼굴을 쳐다보았다. 아빠는 아기가 잠들면 먼 길을 떠
나려고 했는데 아기는 잠들지 않고 계속해서 말똥말똥 쳐다보았다.
아빠는 차마 떠날 수가 없었다. 먼 길을 떠나야 하는 아빠와 아기의

슬픈 사연이 담긴 동요이다.

윤석중은 문교부(교육부)에서 졸업식 노래를 지어달라는 부탁을 받았다. 그래서 "빛나는 졸업장을 타신 언니께, 꽃다발을 한 아름 선사합니다"로 시작하는 '졸업식 노래'를 지었다. 그때 윤석중은 "꽃다발을 한 아름 선사합니다"가 마음의 꽃다발을 생각하고 쓴 것인데 이후 졸업식장에 꽃다발이 그렇게 많이 등장할 줄은 몰랐다고 했다.

윤석중은 꿈을 가졌다. 막사이사이상으로 받은 상금과 여러 기관의 협조를 얻어 이 땅에 '어린이도서관'을 세우고 싶어 했다. 어린이도서관에는 어린이책은 물론 세계의 인형, 세계의 장난감, 세계의 어린이 노래, 세계의 어린이 모습을 볼 수 있는 자료들을 모두 모으려고 했다. 그러나 그 꿈은 이루어지지 못했다.

그런데 윤석중의 고향인 충남 서산에서 윤석중의 그 꿈을 실현하려 하고 있다. 서산시는 윤석중이 남긴 유산을 보존하기 위해 많은 사업을 기획하는 중이다. 대표적인 것이 '윤석중 동요 마을'이다. 이 마을에는 윤석중 유물전시관, 동요·동시 역사관, 아동문학도서관, 어린이 공연 전용극장, 동요공원 등의 시설과 함께 동요·동시 관련 다양한 교육프로그램을 운영할 계획이다.

서산 율목리에는 수령 700년을 자랑하는 느티나무 한 그루가 서 있다. 어떤 여름날, 가방을 든 30대 신사가 그 느티나무 아래로 왔다. 그는 나무 아래 앉아 눈을 감고는 생각에 잠겼다. 그러더니 무엇인가 썼다. 그 신사가 바로 윤석중이었다. 동시 "우리 마을 느티나무/ 하도 오래되어서/ 아무도 모른대요"로 시작하는 '우리 마을 느티나무'와 "고향 땅이 여기서 얼마나 되나"의 '고향 땅'도 이곳에서 지었다.

윤석중의 아버지는 서울에서의 사회운동을 접고 새어머니와 이복동생을 데리고 율목리 마을로 이주했다. 마을에는 어머니가 물려받은 많은 논과 밭이 있었다. 이 재산은 외가의 유일한 혈육인 윤석중의 것이었다. 아버지가 대신 관리하며 살았다. 윤석중은 결혼 후에 서산에 적을 두고 30여 년간 서울로 오가며 생활했다. 율목리에서 자식을 낳고 길렀다. 그렇게 정든 율목리를 떠난 것은 6.25 전쟁 때문이었다. 전쟁은 아버지와 새어머니 그리고 이복동생들을 모두 앗아갔다. 그 참혹한 슬픔을 잊으려고 정든 고향을 떠난 것이다.

윤석중 장례 미사가 서울 방배동성당에서 봉헌되었다. 평생을 어린이 동요에 바친 숭고한 뜻을 기리기 위해 성가대에서는 특별히 '졸업식 노래', '낮에 나온 반달'을 부르며 애도했다. 참석자들이 '냇물이 바다에서 서로 만나듯 우리들도 이다음에 다시 만나세'를 부를 때는 모두 눈물을 흘렸다. 윤석중은 국립대전현충원 국가사회공헌자 묘역에 묻혔다.

"금년 8.15날에는 석중에게 기를 높이 들리우고 우리 어린이를 나팔 불리고 북 치라고 해야겠다."

(시인 정지용)

한국 현대화의 최고봉, 장우성

장우성

"

동양화는 붓을 들기 이전에 정신의 자세가 중요하다.
물체의 외형을 묘사하는 것이 아니고,
그 내면을 관조하여 자기의 심상을 표현한다.

"

장우성. 「월전 회고 80년사」. 호암미술관. 1994.

장우성. 「月田 張遇聖」. 지식산업사. 1981.

장우성. 「畵脈人脈」. 중앙일보사. 1982.

장우성. 「月田隨想」. 열화당. 2011.

가톨릭신문 2004.9.19., 2005.3.13., 2009.5.24.

아흔이 넘은 장우성(요셉, 張遇聖, 1912~2005)은 성당에서 세례를 받고 싶어 했다. 그러나 성당까지 가기엔 거동이 불편했다. 그 얘기를 전해 들은 김수환 추기경이 서울 삼청동의 자택으로 찾아갔다. 장우성은 '요셉'이라는 세례명으로 세례를 받았다.

장우성이 가톨릭 신자가 된 배경에는 서울대 미대 동료 교수이며 학장이었던 장발 루도비코의 권유가 있었다. 그렇지만 결정적인 계기는 가톨릭 신자였던 딸들의 권유 때문이었다.

장우성은 "마음에서는 오래전부터 성화를 그리며 하느님과 늘 가까이 있었습니다. 주님 안에서 더욱 깊이 있는 삶을 살게 돼 기쁩니다."라고 소감을 밝혔다.

장우성이 가톨릭과 인연을 맺은 것은 매우 오래됐다. 그는 1949년 교황청이 주관한 '국제성화미술전'에 한국 대표로 '한국의 성모와 순교복자' 3부작 성화를 출품했다. 많은 공을 들여 완성한 작품이었다. 출품은 장발 루도비코 학장과 서울대교구 노기남 대주교의 권유로 이루어졌다.

3부작 중 가운데 그림은 한복 입은 성모님이 한 손으로는 아기 예수님을 안고 다른 한 손으로는 어린 요한 세례자의 손을 잡은 다정한 모습이고, 왼쪽 그림은 한국의 여성 순교자 3인(강완숙 골룸바, 김효임 골룸바, 김효주 아녜스), 오른쪽 그림은 남성 순교자 3인(남종삼 요한, 김대건 안드레아, 유대철 베드로)의 모습이다.

'한국의 성모와 순교복자'를 계기로 장우성은 한국적인 성화를 그리기 시작했다. 서울대교구 성미술 담당 정웅모 신부는 "장우성은 신자가 아니었는데도 한국 교회 미술의 독창성과 아름다움을 살린 작품을 선보이고, 세계적으로 널리 알리는 데 공헌하고, 예술을 통해 신앙을 전한 인물이다"라고 했다.

그리고 장우성은 비오 12세 교황의 팔십 세 송수축하(頌壽祝賀) 병풍화를 그렸다. 병풍화는 비단과 은장식으로 아름답게 꾸며 바티칸으로 보냈다.

장우성은 교황의 반응이 궁금했다. 병풍화를 바티칸으로 보낸 한참 후에야 노기남 대주교로부터 만나자는 연락이 왔다. 노 대주교는 교황을 알현하고 돌아왔다며 좋은 소식을 전해주겠다고 했다. 교황께서 "한국에 돌아가면 병풍화를 그려준 화가를 만나 '그림이 마음에 들어 침대 옆에 펴놓고 늘 보고 있다.'고 꼭 전해 달라."고 말했다는 것이었다. 이러한 말을 전해 들은 장우성은 무척이나 기뻤다.

또 장우성은 서울 미도파 화랑에서 개최한 '성화 전람회'에 '성모자상'을 출품했고, 성 라자로 마을의 이경재 신부가 주최한 '노약자·불구자·나환자 양로원 건립기금 마련 도서화전(陶書畵展)'에도 작품을 출품했다.

장우성의 조상은 대대로 한학자였다. 집에는 한문 서적이 수천 권이나 쌓여있었다. 위로는 누이가 네 명이 있었고 장우성은 다섯 번째 맏아들로 태어났다. 귀한 아들이었다.

그러나 부친은 무척이나 엄했다. 부친 앞에만 서면 두 다리가 벌벌

떨렸을 정도였다. 그러한 부친 앞에서 재롱 한 번 부려본 적이 없었다. 부친은 배일사상이 무척 강했다. 일제의 단발령에 저항해 세상을 떠날 때까지 상투를 자르지 않았다. 그런 사상을 가졌기에 자식들을 일본인이 지은 신식 학교에 보내지 않았다. 집에서 한학을 가르치며 한학자가 되길 원했다.

장우성은 다섯 살부터 열다섯 살까지 한문 공부만 했다. 그때 「천자문」 「동몽선습」 「소학」 「명심보감」 「사서삼경」을 다 떼었다. 그런데 장우성은 한문보다 서화에 관심이 많았다. 사군자나 노안(蘆雁)을 그린 문인화가 그렇게 좋았다. 그림이나 글씨를 보면 그대로 따라 쓰고 그렸다. 한 번은 미인도를 그렸는데 사람들은 똑같이 그린 것을 보고 무척이나 놀랐다.

부친은 그림 그리는 것을 못마땅하게 여겼다. 그런데 옛날에 어떤 지관이 "몇십 년 뒤에 이 집안에서 유명한 서화가가 나올 것"이라고 한 말이 생각났다. 결국, 한문 공부를 병행하는 것을 조건으로 그림 공부를 허락했다.

열여덟 살에 서울로 올라와 본격적인 미술 공부를 시작했다. 한학은 당시 최고 한학자인 위당 정인보에게 배웠다. 그림은 당대 최고 화가인 이당 김은호에게 배웠다. 이당 화숙에는 평생 친구로 지냈던 운보 김기창이 있었다. 글씨 역시 최고 서예가인 성당 김돈희에게 배웠다.

그림 공부한 지 1년 만에 '조선미술전람회'에서 초입선했다. 그다음 해에는 '서화협회전'에서 글씨로 입선했다. '선전'과 '협전' 두 곳에서 글씨와 그림으로 나란히 실력을 인정받은 것이다.

'선전'에 초입선한 작품은 파도가 부서지는 바닷가 바위 위에 앉은 갈매기를 그린 대작 '해빈소견(海濱所見)'이었다. 장우성은 갈매기를 본 적이 없었다. 갈매기를 그리기 위해 창경원 동물원을 찾아갔다. 손끝이 얼어붙는 엄동설한에 갈매기 앞에 쪼그리고 앉아 열심히 스케치했다. 장우성은 부친을 닮아 뭐든지 하나를 붙들면 포기하지 않았다.

장우성이 '월전(月田)'이란 아호를 쓰게 된 까닭이 있다. 하루는 부친이 장우성의 작품에 찍힌 낙관을 보고는 신통치 못하니 다른 것으로 바꾸라고 했다. 그러면서 '월전(月田)'이란 호를 내려주었다. 부친은 "달(月)은 어두운 밤을 대낮같이 비춰 주는 광명을 가졌고, 그 빛은 정감에 넘쳐 누구에게나 친근하고 반갑기에 좋고, 밭(田)은 펼쳐진 넓은 들녘이며, 우리 마을 이름인 '絲田(사전)'에도 '田'이 들어있으니 달(月)과 밭(田)을 함께 쓰면 더할 나위 없이 좋을 것이다."라고 했다.

사실 장우성은 어렸을 때부터 유난히 달을 좋아했다. 달빛이 흘러내리는 뒷산 봉우리를 무엇에 홀린 사람처럼 바라보기가 일쑤였고, 달 밝은 밤이면 비단옷을 입고 거닐거나 숲속이나 시골길을 혼자서 걷곤 했다. 작품도 달을 소재로 많이 그렸으며, '명월전신(明月前身)'이란 인장도 새겨 사용할 정도로 달을 사랑했다.

장우성은 '그림이라고 다 예술품일 수 없고, 화가라고 다 예술가일 수는 없다.'고 했다. 그래서 화가란 '마음으로 우주를 그리는 사람'이라고 했다. '예술은 손끝의 기술로 되는 것이 아니고 인격과 교양과 수련을 토대로 한 정신의 표상'이라고 했다. 그러므로 예술가란 기술 공이 아니고 원숙한 교양인이 되어야 한다고 했다. 교양과 철학이 쌓여야 비로소 참된 그림을 그릴 수 있다는 것이다.

이와 관련된 말이 있다. 바로 '회사후소(繪事後素)'이다. 장우성은 이 말을 무척이나 좋아했다. 그 뜻은 '그림 그리는 일은 맑고 깨끗한 정신적 바탕이 있은 다음에 한다.'로 「논어」에 들어있는 말이다. 장우성은 그림에서 정신이 무척 중요하다고 하며 자신의 예술철학을 밝혔다.

"동양화는 붓을 들기 이전에 정신의 자세가 중요하다. 물체의 외형을 묘사하는 것이 아니고, 그 내면을 관조하여 자기의 심상을 표현한다. 선은 함축을 지닌 점의 연장이다. 그리고 공간은 백지가 아닌 여운의 세계다. 먹빛 속에는 요약된 많은 색채가 압축되어 있고, 눈에 보이지 않는 테두리 밖에서 아름다움을 찾는다."

장우성은 꽃이나 새 등의 자연을 많이 그렸다. 젊었을 때는 인물화를 그렸으나 사람의 얼굴은 세월에 따라 복잡하게 변해 염증을 느꼈다. 세월이 흘러도 세상이 바뀌어도 변하지 않는 것은 자연이라 자연을 많이 그렸다.

그가 즐겨 그린 새는 학, 백로, 까마귀였다. 학은 가장 좋아했던 새로, 몸이 희고 머리에 단정(丹頂)이 곱고 자리가 훤칠하여 외모가 뛰어나기 때문이었다. 더구나 주변 사람들이 장우성의 모습이 학과 닮았다고 해서 더욱 좋아했다. 장우성은 세속을 벗어난 고귀한 경지와 상서로운 기분을 표현할 때 학을 그렸다. 그리고 백로는 몸 전체가 순백이고 형태와 성격이 학과 비슷해서 좋아했다. 또한, 까마귀는 예부터 흉한 새라고 했음에도 불구하고 그렸다. 이유는 까마귀가 흉한 일을 경계하라고 예고하는 길조(吉鳥)라고 생각했기 때문이다.

장우성은 자신의 생애에서 가장 기뻤던 때를 든다면 '선전'에서 연속적으로 네 번 특선하고 추천작가가 되었을 때라고 했다. 당시 민족적 색채가 짙었던 순수미술단체인 서화협회가 있었다. 서화협회는 고희동, 안중식, 오세창 등이 주축이 되었다. 일제는 서화협회를 흡수하기 위해 '선전'을 만들었다. 서화협회 회원들은 '선전' 참가를 거부했다. 장우성도 서화협회 회원이었다.

세월이 흐르면서 '선전'에 대한 민족 감정도 흐려졌다. 장우성은 '선전'에 작품을 출품하기 시작했다. 그리하여 앞서 설명한 대로 네 번 연속 특선하고 추천작가가 되었다. 특선은 일석, 이석, 삼석으로 구분했는데 일석은 '창덕궁상', 이석은 '총독상', 삼석은 '정무총감상'으로 불렸다. 장우성은 '푸른 전복(戰服)', '청춘일기', '화실', '기(祈)'로 특선을 받았다.

전쟁이 막바지로 치닫자 일제는 '반도총후미술전람회(半島銃後美術展覽會)'를 개최했다. 이 전람회는 유난히 시국을 강조하는 작품을 요구했다. 산수화를 그려도 군인들이 배낭을 메고 걸어가는 모습을 넣어야 했고, 농가의 사립문에도 일장기를 꽂아 넣어야 했다. 일제는 장우성을 초대작가로 위촉하고 작품을 출품하라는 통지를 보냈다.

안타깝게도 장우성은 일제의 요구를 거절하지 못하고 일본 군국주의의 호국불(護國佛)이었던 '부동명왕상(不動明王像)'를 그렸다.

　작품은 무척 커서 버스에 실리지 않아 트럭에 싣고 서울로 왔다. 그런데 운반 도중에 비가 많이 내려 그림은 엉망이 되었다. 도저히 전시 불가능한 상태였다. 그래서 이러한 사정을 글로 써서 출품 불가 사유를 밝혔다.

　일제강점기의 경성제국대학은 경성대학으로 이름을 바꾸었고, 해방이 되자 서울대학교로 새롭게 출범했다. 미술대학 초대 학장으로 장발이 임명되었다. 장발의 부탁으로 장우성은 동양화과에서 학생을 가르치게 되있다. 장우싱은 후에 서울대를 그만두고 홍익대학교로 자리를 옮겨 미술학부장을 맡았다. 그 뒤로 국전 심사위원과 예술원 회원이 되었고, 5.16 민족상 수상, 금관문화훈장 수상, 원광대학교 명예 철학박사 학위 등을 받았다.

　장우성은 우리나라 위인 초상화를 많이 그렸다. 가장 힘들게 그린 작품은 현충사의 충무공 영정과 행주산성 충장사의 권율 장군 영정이었다. 충무공 영정은 충무공기념사업회의 회장이 의뢰했다.

　당시 현충사에는 청전 이상범이 그린 충무공 이순신 초상화가 있었는데, 너무 오래되어 낡았으며, 크기도 작았다. 충무공이 손에 지휘봉을 쥐고 의자에 앉아 있는 모습인데 퇴색해서 얼룩덜룩했다. 그래서 충무공 영정을 새롭게 장우성에게 의뢰한 것이다. 장우성은 쾌히 승낙하고 충무공에 대해 더 많이 알기 위해 「충무공전서」와 「징비록」을 읽기 시작했다. 육당 최남선을 만나 충무공 이야기도 들었다. 그리고 온양 현충사에 내려가 충무공 후손들과도 이야기를 나누었다. 마침내 오랜 시간 작업 끝에 충무공 영정이 완성되었다.

또한 장우성은 낙성대 안국사의 강감찬 장군, 경주 남산 통일전의 김유신 장군, 중국 산동성 법화원의 장보고 장군, 포은 정몽주, 의병장 사명대사, 행주대첩의 권율 장군, 진주대첩의 김시민 장군, 문익점, 다산 정약용, 3.1 운동의 유관순 열사, 윤봉길 의사 등 수많은 인물의 영정을 그렸다.

장우성이 그린 대형작품으로는 세종대왕기념관의 '집현전 학사도', 고려대학교 도서관 벽화 '군록도(群鹿圖)', 국회의사당의 '백두산 천지도'가 있다. '백두산 천지도'에는 스토리가 담겨있다.

당시 여의도에 새 국회의사당이 준공되었다. 국회 사무총장이 장우성에게 국회의사당 벽화 제작을 의뢰했다. 국회 벽면의 크기는 길이 7m, 높이 2m였다. 장우성은 통일을 대비한 전 민족적인 국회의사당의 이미지를 그려야 했다. 그래서 생각해 낸 것이 백두산 천지 그림이었다. 자료를 모으기 시작했다. 일제강점기에 백두산을 등정한 사람들의 이야기도 들었고, 백두산 흑백 사진도 구했다. 그리고 남북회담 때 평양을 다녀온 사람이 갖고 있던 백두산 천지 천연색 사진도 보았다. 그림이 워낙 커서 홍익대 강의실 한 개를 통째로 빌려 제작했다. 꼬박 다섯 달 동안에 작품을 완성했다.

서울대 김원룡 교수는 "'백두산 천지도'는 장우성의 평생의 대표작일 뿐 아니라 우리나라 회화사에 길이 남을 기념물임이 틀림없다. 세상에 이렇게 맑고 티 없고 큰 그림이 또 있을까. 천부(天賦)의 재(才)와 노심각고(勞心刻苦)의 산물이며 작가 월전의 정진과 노력, 청순불염(淸純不染)의 인품과 예술정신을 그대로 보여주는 세기의 걸작이 아닐 수 없다."고 찬탄했다.

장우성은 한국 화단을 위해 사재를 사회에 환원하려는 뜻을 세우고 장우성미술문화재단을 설립했고, 서울시 종로구 팔판동에 정원이 있는 월전미술관(寒碧園)을 건립했다. '한벽원'이란 이름은 "대나무같이 맑고 차며, 물빛처럼 투명하고 푸르다(竹色淸寒 水光澄碧)."라는 시구에서 가져왔다.

장우성은 자신의 얼이 담긴 작품들과 애장품 등 총 1,532점을 고향 이천에 기부했다. 이천시는 이러한 장우성의 정신을 기리기 위해 설봉산 자락에 이천시립월전미술관을 건립했다.

선비와 같았던 화백 장우성의 장례 미사가 서울 혜화동성당에서 김수환 추기경 주례로 봉헌됐다. 미사는 유족과 제자, 그리고 지인들이 참여한 가운데 추도식과 함께 거행됐다. 미사에서 유족들은 장우성의 유언에 따라 소장했던 순교자 정약종(아우구스티노)의 귀한 인장 한 점을 봉헌했다. 이날 미사는 아들 장학구(도미니코), 딸 정란(베로니카), 성란(소피아), 혜란(크리스티나) 등 유족과 제자 그리고 지인들이 참석한 가운데 추도식과 함께 거행됐다.

딸 장정란(가톨릭대 교수)은 "유명한 인장 수집가이기도 했던 아버님은 정약현과 약전·약용·약종, 그들의 아버지인 정재원 등 정씨 일가의 인장 다수를 소장하고 계셨습니다. 특히, 정약종의 인장은 단 하나뿐으로 신유박해 200주년 기념 특별전을 계기로 순교자의 위상과 유품의 중요성을 더욱 절실히 아시고 교회에 봉헌하길 간절히 원하셨습니다."라고 밝혔다.

정약종은 정약용의 셋째 형이며 성인 정하상 바오로의 아버지이다. 초대 조선 천주교회장을 지냈고 가톨릭 한글 교리서 「주교요지」를 집필하기도 했다. 정약종은 프란치스코 교황이 방한하여 집전한 시복 미사에서 복자로 추대되었다. 이렇듯 장우성은 역사적으로 종교적으로 매우 큰 가치가 담긴 인장을 교회에 봉헌한 것이었다.

"월전은 언제 보나 그의 '집현전 학사도'에 나오는 단아한 조선시대의 선비와 같다. 지금의 우리나라에서 시서화를 겸비한 전통적인 작가는 월전이 유일이고 월전으로서 아마 마지막이 될 것이다."

(김원룡)

"월전 장우성은 화단의 백학이요, 텍스트적인 존재다."

(김동리)

한국화의 새로운 개척자, 김기창

김기창

"

'예수의 일대기'는 조선 풍속에 따라 그렸다.
예수님도 갓 쓴 조선 양반으로 그렸고,
성모님도 저고리와 치마를 입은 조선 여인으로 그렸다.

"

김기창. 「沈默의 세계에서」(오늘의 산문선집15). 민음사. 1976.

운보 김기창 전작도록발간위원회. 「雲甫 金基昶」(Ⅰ,Ⅱ,Ⅲ,Ⅳ,Ⅴ). 도서출판
        API. 1994.

오광수. 「김기창·박래현」(재원미술작가론15). 재원. 2003.

가톨릭신문(2001.2.4.) 고 김기창 화백의 예술과 삶.

동아일보(2006.1.23.) 2001년 '운보 김기창 화백 별세'

오마이뉴스(2005.4.19.) '친일화가가 그린 만원권 세종대왕 바꿔야'

나의 서재에는 다섯 권으로 이루어진 운보 김기창 전작 도록
이 있다. 내가 매우 귀하게 여기는 책이다. 김기창(베드로, 金基昶,
1913~2001)의 팔순을 기념하기 위해 만든 전집이라 규모가 굉장하
다. 운보의 모든 작품이 들어있다. 그림뿐만 아니라 자신이 쓴 수필을
비롯해 신문잡지에 난 기사와 평론까지 들어있다.

그 커다란 책을 펼치면 나의 귀에는 음악이 흐른다. 영화 '아웃 오
브 아프리카'의 주제곡이다. 존 베리가 작곡한 아름다운 곡이다. 이
어서 모차르트의 클라리넷 협주곡도 흐른다. 기차는 아프리카 대륙
을 가로질러 달린다. 전작 도록은 운보의 파란만장한 삶을 담고 달리
는 기차와 같아 영화 장면과 오버랩된다.

나는 김기창이 청주에 '운보의 집'을 열었을 때 가보았다. 운보는
예전에 프랑스 지베르니 마을에 있는 '모네의 집'을 갔었다. 그 집을
보고 한없이 부러워했다. 자신도 외가가 있는 청주에 집을 짓고 평생
그림을 그리며 살고 싶다며 지은 집이었다.

한국 전통 가옥에서 한복을 차려입고 손님을 맞이하던 운보의 모
습이 생각난다. 동네의 어진 할아버지 같았다. 그때 방문 기념으로 운
보의 그림이 담긴 접시를 한 개 받았다. 여름철 원두막 풍경이 정겹게
그려져 있는 접시로 아직도 고이 간직하고 있다.

운보 김기창은 서울 종로구 운니동에서 태어났다. 어린 시절을 북
촌 일대에서 보냈다. 와룡동에는 글방이 있었고, 스승 이당 김은호의
집도 있었다. 돈화문과 휘문중·고교, 효자동과 북악산, 세검정 그리

고 돈화문 쪽으로 뻗은 길에 단성사가 있었다. 단성사에서는 저녁마다 손님을 부르기 위해 날라리 소리를 내며 북을 쳤다.

저녁 하늘에 울려 퍼지던 그 처량한 소리는 운보가 귀먹기 전에 마지막으로 들은 소리였다.

운보는 보통학교에 입학했다. 입학식을 치른 얼마 후 운동회가 있었는데 그때 몹쓸 병이 찾아왔다. 장티푸스에 걸린 것이었다. 몇 달을 치료해 다소 병이 회복되었다. 그런데 외할머니가 보약으로 인삼을 달여 먹였다. 그것이 고열로 이어져 청신경이 다 타버렸다.

그 무렵 집안 사정도 급속히 나빠졌다. 외할머니의 재산은 손자의 치료비와 집안의 금광 사업 실패, 자식의 극심한 낭비로 모두 탕진됐다. 어머니는 가족의 생계를 위해 직업을 가졌다.

개성에 있는 여학교에서 학생들을 가르쳤고, 서울 세브란스 병원 치과 간호사로도 일했다.

운보는 학교에서 수업할 때 선생님 말소리를 전혀 들을 수 없었다. 그래서 혼자 책에 있는 그림을 공책에 그리곤 했다. 어머니는 이런 아들에게 특별한 방법으로 글을 가르쳤다.

종이에 날아가는 새 한 마리를 그리고 그 위에 한글로 '새'라고 쓴 후, 다시 커다란 한문 글씨로 '鳥'를 썼다. 운보는 대번에 '鳥'자 위에 쓴 '새'가 날아다니는 새를 뜻한다는 것을 알 수 있었다. 무서운 반복과 피눈물 나는 노력으로 마침내 글을 읽게 되었다. 어머니의 기쁨은 말할 수 없었다.

어머니는 책을 많이 사주었다. 운보는 독서에 취미가 생기며 글을 쓰기 시작했다. '어린이' 잡지에 동시 '매암이와 쓰르람이의 노래'를 투고했다. 동시는 순수하고 재밌고, 스토리가 살아있었다. 심사위원들은 운보의 작품을 당선작으로 뽑았다.

이를 계기로 운보는 책방을 찾았다. 그곳에는 수많은 책이 있었다. 운보의 책상에는 교과서보다 문학책이 점점 더 높이 쌓여갔다. 세계 문학 작품을 밤새워가며 탐독했다. 운보는 한때 소설가가 되려 했다. 콩트 '광녀와 늙은 머슴'도 지었다. 문학적 실력이 인정되어 신문사와 잡지사에서는 운보에게 미술평론과 수필을 청탁했다.

운보가 지은 책은 여러 권이다. 대표적인 책이 「서방여적(書房餘滴)」, 「나의 사랑과 예술」, 「침묵과 함께 예술과 함께」, 「세계화필기행화문집」, 「침묵의 심연에서」이다. 운보는 화가, 시인, 수필가, 소설가, 미술평론가로 멀티 아티스트였다.

어머니는 아들을 화가로 키울 생각을 가졌다. 그러나 아버지의 생각은 달랐다. 장애아들이 평생을 살아가려면 기술이 필요하므로 목공 기술을 가르쳐 목공 기술자가 되길 원했다. 어머니는 극구 반대했다. 결국, 어머니의 뜻대로 운보는 보통학교를 졸업하고 미술 공부를 하게 되었다.

어머니는 아들을 데리고 당대 최고의 화가인 이당 김은호를 찾아갔다. 그리하여 운보는 이당에게 그림을 배우기 시작했다. 몇 개월이 흘렀다. 이당은 운보에게 큰 그림을 그려보라고 했다. 조선미술전람회(鮮展) 출품을 염두에 두고 한 말이었다.

운보가 어느 날, 안국동 뒷골목을 지나가고 있었다. 길을 걷는데 기와집 담 너머로 처녀가 치솟았다. 운보는 그 집의 안을 들여다보았다. 처녀들이 널을 뛰고 있었다. 이에 영감을 얻어 널뛰기 그림을 그렸다. 그림이 완성되자 이당에게 보여주었다. 이당은 대단히 흡족해했다. 이 그림은 '판상도무(板上跳舞)'란 제목으로 선전에 출품됐다. 그런데 놀랍게도 초입선했다.

그 소식을 들은 어머니는 무척이나 기뻐했다. 그 그림은 세브란스 병원 치과 과장 부스 박사가 큰돈을 주고 사서 병원에 걸어두었다. 그런데 그만 6.25 전쟁 때 분실되고 말았다.

그 후에 운보는 '고담(古談)'이란 작품을 그려 선전에서 특선해, 최고상인 창덕궁상을 받았다. '고담'은 할머니가 어린아이들을 앞에 놓고 이야기를 들려주는 그림이다. 계속해서 선전에 출품해 특선을 네 번이나 연이어 받아 추천작가가 되었다.

언젠가 어머니 친구인 나혜석이 운보의 그림을 보고 "기창 군의 그림은 돌아가신 어머니의 넋이 보이는 것 같다."고 했다. 나혜석은 우리나라 최초의 여성 서양화가였다.

어머니는 아들이 선전에 두 번 입선하는 것을 보고 세상을 떠났다. 허약한 몸으로 출산한 후에 갖가지 병이 한꺼번에 겹치면서 서른여덟의 젊은 나이에 세상을 떠난 것이다.

운보는 자신의 생애에 가장 큰 영향을 준 여성으로 외할머니와 어머니, 그리고 부인 우향 박래현을 꼽았다. 어머니는 운보가 선전에 처음으로 출품하기 전에 '雲圃(운포)'라는 두 글자를 써주며 호로 사용하라고 했다. 운보는 그 호를 쓴 작품으로 입선했다.

그 후로 한동안 그 호를 썼으나 '雲圃'는 획이 많고 답답해 보였다. 해방 직후에 해방된 기쁨을 나름대로 나타내기 위해 '圃'의 울타리를 벗겨내고 '甫'로 고쳐 '雲甫(운보)'로 쓰기 시작했다.

어머니가 세상을 떠나자 운보는 극심한 충격과 걱정에 사로잡혔다. 생활이 어려운 처지에 놓이게 되었다. 식구들은 아침저녁을 멀건 죽으로 때웠고, 점심은 굶었다. 굶주림이 계속되자 식구들은 영양실조로 얼굴이 누렇게 부었다. 생활고를 해결해야만 했다.

스승인 이당이 이를 알고 소품을 열 장만 빨리 그려오라고 했다. 그날 밤 등잔불을 켜놓고 물로 굶주림을 달래가며 밤을 꼬박 새워 열 점을 그렸다. 이당은 그 그림들을 화실 벽에 붙여 놓고는 친구들을 불러 팔아주었다.

또 어머니가 일했던 세브란스병원 치과 부스 박사 내외가 서양인들에게 운보의 그림을 팔아주었다. 그 방식도 멋있었다. 강원도 원산 명사십리에는 서양인들이 많이 찾는 별장이 있었다. 해당화가 만발한 여름에 서양인들은 그곳을 많이 찾았다. 바로 그곳에서 소품전을 열어준 것이다. 작품은 많이 팔렸다.

운보는 사랑하는 아내를 잃었다. 운보의 눈과 귀가 되어 인생길을 함께 걸은 동반자였다. 아내를 잃고는 무척 괴로워했다. 우향을 처음 만났을 때가 떠올랐다. 어느 가을날 오후였다. 운보가 늦은 시간에 집에 들어섰다. 그러자 젊은 여인과 마주쳤다. 운보는 그 여인의 멋과 아름다움에 놀랐다. 우향 역시 놀랐다. 우향은 운보를 처음 본 순간을 이렇게 기억했다.

"내 앞에는 거대한 검은 바윗덩어리 마냥 시커먼 체구가 버티고 있어 그것에 부딪쳤다. 엉겁결에 뒤로 물러서면서 그 시커먼 바윗덩어리를 바라보는 순간, 나는 또 놀라고 말았다."

또 놀란 이유는 운보를 칠십 대 노대가로 알고 인사하러 왔는데, 젊고 패기가 가득한 미남이었기 때문이었다.

그날을 계기로 둘은 급속히 가까워졌다. 서로에 대한 감정이 존경과 이해와 사랑으로 뒤범벅되었다.

운보는 귀먹고 가난하고 학벌도 없는 자신을 지주의 맏딸로 최고 학부를 나온 여성과 비교해보니 결혼을 생각한다는 것 자체가 당치도 않았다. 그러나 우향은 용기 있게, 그리고 현명하게 운보를 택했다. 운보는 그러한 우향에게 평생 고마워했다. 불우한 자신을 구원해주었고, 결혼해서 행복하게 살았기 때문이다.

우향은 전혀 말을 하지 못하는 운보에게 말을 가르쳤다. 혹독할 정도로 발성 연습을 시켰다. 1년 동안 노력한 끝에 어느 정도 말로 대화할 수 있게 되었다.

어머니는 글을 가르쳤는데 아내는 말을 가르친 것이다.

우향이 미국에 딸과 함께 있었을 때, 운보는 딸로부터 급히 미국으로 오라는 전보를 받았다.

서둘러 미국에 도착한 운보에게 딸이 말했다.

"아빠, 엄마 모습 보시고 놀라지 마세요."

운보는 아내의 모습이 얼마나 변했으면 딸이 저런 소리까지 하나 정신이 하나도 없었다. 마음을 가라앉히고 병실로 들어갔다. 침대에 누워있는 환자는 우향이 아니었다. 뼈만 앙상한 웬 낯선 노파가 누워 있던 것이었다.

"아! 아! 이게 웬일이오."

아내를 한국으로 데려와 병원에 입원시켰고, 극진히 보살폈다. 그러나 갖가지 병이 한꺼번에 겹치면서 아내는 세상을 떠나고 말았다.

피난 생활 할 때였다. 운보는 극심한 생활고에 쪼들렸다. 당시 미군 부대에서 초상화를 그리던 어떤 화가가 함께 초상화를 그리자고 해 운보도 초상화를 그리며 생계를 유지했다. 그러던 중에 아내와 친분이 있던 사람의 도움으로 작은 전시회를 열 수 있었다.

그림을 판 돈으로 아내의 옛집이 있는 군산 구암동에 작은 집을 마련했다. 신이 난 운보는 그곳에서 다시 그림을 그리기 시작했다. 이 시기에 종교적으로 미술사적으로 놀라운 작품이 만들어졌다. 꼬박 1년 동안 '예수의 일대기' 서른 점을 제작한 것이다.

'예수의 일대기'는 조선 풍속에 따라 그렸다. 예수님도 갓 쓴 조선 양반으로 그렸고, 성모님도 저고리와 치마를 입은 조선 여인으로 그렸다.

운보는 성화를 그릴 때 이상한 꿈을 꾸었다. 어두운 동굴 속으로 빛이 들어오고 있었다. 운보는 그 빛 아래에서 예수님의 시신을 부둥켜

안고 통곡하였다. 통곡 끝에 정신을 차려보니 그곳은 어두운 동굴이 아닌 찬란한 햇빛이 들어오는 자기 방이었다.

운보는 '예수의 일대기'를 그리다가 깜빡 졸았고 그때 예수님 꿈을 꾼 것이었다. 운보는 네 복음서를 펼쳐놓고 고심하면서 '예수의 일대기' 밑그림을 그렸다. 그런데 본격적으로 그림을 그리려고 하니 화구, 붓, 물감이 없었다.

마침 아는 사람이 이러한 사정을 알고는 일본에서 미술 재료 일체를 구해주었다. '예수의 일대기'는 주제별로 그렸다. 수태고지부터 탄생, 복음 선포, 십자가 죽음, 그리고 부활에 이르기까지 전 생애를 서른 점으로 완성한 것이다.

특히 '수태고지', '아기 예수 이집트로 피난', '물 위를 걷다' 등의 몇 작품은 미술평론가들이 극찬했다. '수태고지'는 보티첼리와 다빈치, 라파엘로 등의 서양화가들이 한 번씩은 그렸다. 운보는 그들이 그린 근엄하고 놀란 표정의 성모님과는 달리 말씀에 그대로 순종하는 모습으로 그렸다.

'아기 예수 이집트로 피난'은 이집트로 급히 떠나는 성(聖)가족의 쓸쓸한 모습을 삭막한 풍경을 배경으로 그렸다. 나귀에 성모님과 아기 예수님을 태우고 뒤돌아보는 요셉의 표정을 불안하게 그렸다.

'물 위를 걷다'는 단원 김홍도의 신선도처럼 그렸다. 집어삼킬 듯한 파도, 물에 잠긴 배와 제자들의 불안한 모습, 물에 빠져 허우적거리는 베드로, 예수님께서 베드로를 두 손으로 건져주는 모습은 운보가 조선 회화의 전통을 그대로 계승하고 있음을 보여주었다.

'예수의 일대기'는 서울에서 전시되었다. 전시장은 성황을 이루었다. 멀리 경상도와 전라도에서 갓 쓰고 두루마기를 입은 어르신들도 올라와 구경했다.

그들은 "예수님이 우리나라에 재림하셨다."고 기뻐했다.

운보는 '성당과 수녀와 비둘기'라는 작품도 그렸다. 아담한 성당이 있고, 검은 옷을 입은 수녀가 흰 비둘기를 가슴에 안고는 종탑을 올려다본다. 성당의 종소리가 울려 퍼진다.

이 그림은 운보의 막내딸과 관련이 있다. 아내가 막내딸을 임신했을 때, 운보가 꿈을 꾸었는데 막내딸이 수녀가 되는 꿈이었다. 꿈에서 보았던 그 수녀의 모습을 그대로 그린 것이 이 작품이다. 막내딸 김영 (아나윔) 수녀는 그림의 수녀가 자신과 똑 닮았다고 했다.

김 수녀는 인도의 데레사 수녀가 설립한 '사랑의 선교 수녀회'에 입회했고, 종신서원을 하여 수녀가 되었다. 이 작품은 성 요한 바오로 2세 교황이 한국을 방문했을 때 기증해 현재 바티칸박물관에 소장되어 있다.

운보는 일흔 살이 되던 해에 성라자로마을 성당에서 이경재 신부의 주선으로 김수환 추기경으로부터 세례를 받고 가톨릭 신자가 되었다. 운보는 어렸을 때, 어머니 손을 붙들고 감리교 교회에 다녔다. 그러다가 이당 김은호 화숙에 들어가면서 스승과 함께 장로교 안국 교회에 다녔다. 운보가 개신교에서 가톨릭으로 개종하게 된 결정적인 계기는 막내딸이 수녀가 된 것이었다. 막내딸은 수녀가 되기 전에 아버지를 지극정성으로 보살폈다.

운보는 우리나라 위인들의 초상화를 많이 그렸다. 그가 그린 대표적인 초상화는 세종대왕 영정이다. 그 영정은 지금도 1만 원권 지폐에 사용되고 있다. 이외에도 을지문덕, 김정호, 조헌, 신숭겸의 영정을 그렸다. 이들 영정은 국가가 공인한 표준영정이 되었다.

그런데 세종대왕 영정에 대해 시비가 많았다. 대왕의 얼굴이 이상하다는 것이었다. 이에 대해 운보는 "수백 년 혹은 1,000여 년 전의 인물을 실감 나게 화폭에 재현하는 데는 한계가 있기에 화가는 상상력을 발휘해 무에서 유를 창조할 수밖에 없다."고 반박했다.

그리고 청주에 운보 기념관이 건립되었을 때도 사람들은 일제강점기 때 많은 독립투사를 배출한 청주에 친일 행위를 한 사람의 기념관이 들어서는 것은 적절치 못하다고 하며 반대했다.

운보는 자신의 친일 행위에 대해 "일본 강점기에 활동한 사람으로 그 행위가 일본에 도움을 준 것이라면 달리 변명하지 않겠다."고 하며 "용기 있고 떳떳하게 나아가지 못한 점은 사죄한다."고 했다. 덧붙여서 "사상적인 친일로 무장했다거나 일제의 정책에 적극 가담했다고 말한다면 나는 결코 아니다."라고 했다.

어느 날, '운보의 집'에 소장하고 있던 작품 60여 점이 도난을 당했다. 그날 집을 지키던 진돗개는 뒷산에서 시체로 발견되었다. 그전에는 연못에서 기르던 잉어 100여 마리가 하루아침에 몰살당했다. 누군가가 의도적으로 저지른 일이었다.

운보는 후소회 창립 기념 전시장에서 갑자기 쓰러졌다. 뇌졸중으로 쓰러진 것이다. 그 후로 오랫동안 투병했다.

어느덧 미수(米壽)를 맞았다. 운보는 불편한 몸을 이끌고 '운보 바보예술 88년' 전시회에 참석했다. 옥색 모시 한복에 흰 고무신 그리고 빨간 양말 차림이었다. 아직도 예술혼이 생생히 살아있음을 사람들에게 보여주고 싶었던 것이다.

이 땅에 청록산수와 바보산수라는 독특한 화풍을 개척한 운보 김기창 베드로는 그렇게 투병하다가 세상을 떠났다.

"그의 삶이나 예술은 육체적 이중고를 초극한 실로 '위대한 실존상(實存像)'으로 우리 모두의 삶의 귀감이 될 것이다."

(시인 구상)

"남들이 소음을 들을 제 운보는 신의 음성을 들었다."

(노산 이은상)

마해송

> 66
>
> 생각하면 참으로 오랜 세월, 나는 많이도 빌며 살아왔다.
> 하늘에도 빌었다. 땅에도 빌었다.
> 달님에게도 빌었고, 별님에게도 빌었다.
>
> 99

마해송. 「아름다운 새벽」. 문학과사상사. 2015.

마해송. 「전진과 인생」. 문학과사상사. 2015.

마종기. 「아버지 마해송」. 정우사. 2005.

마종기. 「안 보이는 사랑의 나라」. 문학과지성사. 1980.

마종기. 「우리 얼마나 함께」. 달. 2013.

장욱진. 「강가의 아틀리에」. 열화당. 2017.

조선일보. '[최홍렬 기자의 진심] 50년 만의 옛집 툇마루… 의사 詩人 눈물이
     그렁그렁'(2015.5.2.)

한국 아동문학의 선구자, **마해송**

마해송(프란치스코, 馬海松, 1905~1966) 탄생 100주년을 기념해
아들 마종기 시인은 「아버지 마해송」이란 책을 냈다. 아버지를 사무
치게 그리워하는 글로 가득하다.

　　마해송은 갑자기 뇌졸중으로 세상을 떠났다. 그는 경기도 포천으
로 친하게 지내던 한 군종 신부를 찾아갔다. 그곳에서 하룻밤을 지내
고 다음 날 버스를 타고 서울로 돌아왔다. 차에서 내렸을 때 동행한
친구에게 집 쪽 성당의 높은 철탑을 가리키며 웃을 뿐 제대로 말을 하
지 못했다. 서점에 들러 미국에 사는 아들의 시가 실린 잡지 한 권을
사 들고 집으로 돌아왔다. 문을 열고 웃는데 얼굴 한쪽이 일그러졌다.
그날 갑자기 세상을 떠난 것이다.

　　장례 미사는 명동대성당에서 문인장으로 치러졌다. 마해송은 그해
정월 초하루에 다음과 같은 짤막한 유언을 남겼다.

　　"공부도 재주도 덕도 부족한 몸으로 외롭단 인생을 외롭지 않게 제
법 흐뭇하게 살고 가게 해주신 여러분께 감사합니다."

　　그를 아끼던 사람들이 묘에 작은 비석을 세웠다. 거기에는 마해송
이 즐겨 쓰던 글이 새겨졌다.

　　"어린이 사랑하는 마음 나라 사랑하는 마음."

　　아들 마종기는 미국 의과대학에서 수련의 과정 중에 아버지의 별세
소식을 들었다. 의학 공부하러 온 지 얼마 되지 않았을 때였다. 그런
데 장례식에 갈 수가 없었다. 비행기 표를 살 돈이 없었기 때문이다.
돈이라고는 미국에 올 때 아버지가 준 50달러가 전부였다.

　　아들은 아버지가 세상을 떠난 지 다섯 해가 지난 다음에야 비로소

묘소를 찾았다. 큰절을 올렸다. 아들은 머나먼 나라에서 아버지를 그리며 시 한 편을 지었다.

> "아버님 다시 돌아가서/ 큰절 한 번만 받으시옵소서/ 5년 후에
> 보자고 큰절 한번 안 받으시고/ 돌아올 때 나가마, 공항에도 안
> 나오신/ 아, 그 담담한 미소의 악수 한 번/ 이제 아버님은 가시
> 고/ 저는 너무나 멀리에 있습니다."

('아버님 영전에 올리는 시'에서)

아들은 미국에서 생활하며 아버지를 무척이나 그리워했다. 그의 시에서 그리움이 절절히 묻어나온다.

> "가끔 당신을 만나요/ 먼 나라 낯선 도시에/ 나는 지금 살지만/
> 나를 찾아온 환자 중에서도/ 비슷한 윤곽, 안경과 대머리/당신은
> 미소하시겠지만/ 나는 말없이 반가워서 속으로 울어요."

('선종 이후·4'에서)

마해송은 개성에서 출생했다. 어릴 적 이름은 창록(昌祿)이고, 법적인 이름은 상규(湘圭)였다. '昌祿'은 이름 쓰기가 어려웠고, '湘圭'는 그의 말대로 '맛대가리'가 없었다. 상'湘'자는 획수가 많았고 글자를 써도 아래위가 어울리지 않았다. 그러나 부친은 "상(湘)자는 좋은 글자다. 소상강(瀟湘江)이라는 '상'자다."라고 했다.

'소(瀟)'는 호남성에서 발원하여 상수(湘水)로 흘러가는 강이고, '상(湘)'은 광서성에서 동정호로 흘러드는 강으로 소상강은 중국에서 아

름답기로 유명한 강이다. 부친이 말한 '소상강'이란 단어에서 바다와 소나무를 생각해 냈다. 두 글자를 합쳐보니 '해송(海松)'이 되었다. 이내 '해송'은 그의 이름이 되었다.

마해송은 개성학당을 거쳐 서울에서 중앙고보와 보성고보를 다녔다. 재학 중에 동맹 휴학 사건이 있었다. 3.1 독립운동 후에 학교에서 학생들이 존경하는 조선인 교사를 해고했다. 학생들은 반발했다. 마해송은 주동자로 몰려 퇴학당했다.

그리고 그다음 해에 일본에 있는 니혼대학(日本大學) 예술과에 입학했다. 전공은 극문학(劇文學)이었다. 유학생 극단인 '동우회'를 조직해 방학 때면 귀국해 전국을 돌며 공연했다.

회원은 홍난파, 윤심덕, 오상순, 김우진, 홍해성 등이었다. 그들과 함께 우리나라 신극 운동을 주도했다. 또 방정환과는 색동회를 조직했다. 마해송은 「바위나리와 아기별」과 「어머니의 선물」이라는, 이 땅에서 최초로 창작동화를 썼다.

그는 아동문학가이면서도 수필가였다. 수필집으로는 「편편상」, 「아름다운 새벽」, 「전진과 인생」이 있다. 그의 수필은 진실하고 솔직하기로 이름났다.

마해송은 대학 졸업 후에 일본 최대 종합잡지사인 '문예춘추사'에 입사했다. '문예춘추사'를 창간한 소설가 기쿠치 칸[菊池寬]은 마해송의 스승이었다. 마해송은 니혼대학에서 그의 강의를 들었다. 스승이 직장의 상사였던 것이다.

후에 마해송은 잡지사 '모던 니혼'을 인수했다. 그는 일본에서 뛰어난 경영자이며 편집자로 이름을 날렸다.

마해송은 해방 직전에 귀국해 작품 집필에만 전념했다. 그러면서 '대한민국 어린이 헌장'을 만들었다.

"어린이는 나라의 앞날을 이어 나갈 새 사람이므로 그들의 몸과 마음을 귀히 여겨 옳고 아름답고 씩씩하게 자라도록 힘써야 한다."

(헌장 前文)

마해송은 일제강점기와 광복 그리고 6.25 전쟁과 4.19 혁명 등의 험난한 시대를 살아오면서 수많은 아동문학 작품을 써서 이 땅의 어린이들에게 꿈과 희망을 심어주었다.

마해송은 열세 살에 부친의 강요로 결혼했다. 결혼생활은 재미가 없었다. 자신이 선택한 여인이 아니었기 때문이다. 그런데 열다섯 살 때 기차에서 만난 네 살 연상의 초등학교 교사를 사모했다. 마해송은 그 여성에 대한 느낌을 다음과 같이 적었다.

'그 사람이 차에 오르면 찻간은 갑자기 밝아졌고 한 송이 함박꽃이 거기 조명을 받으며 서 있는 것 같아서 내 가슴은 부풀었다.'

그 여인과의 만남과 헤어짐은 한 편의 연애소설과도 같다. 연애 사건으로 부친은 유학 중이던 마해송을 고향으로 불렀다. 그러고는 집에서 못 나가게 했다.

마해송은 자신을 묶어두는 것이 부당하다고 여겼다. 그래서 그 억울함을 작품으로 만든 것이 「바위나리와 아기별」이었다.

바위나리는 꽃 이름이 아니라 바위에서 난 꽃이다. 동화는 바위나리와 아기별과의 애절한 이야기를 담고 있다. 마해송은 어른은 언제나 어린이를 철부지로 여긴다고 생각했다. 어린이도 사람 대접받아야 한다는 신념이 생겼다. 이를 이 땅의 어른들에게 호소하고 싶었다. 이것이 이 나라에서 어린이 운동을 일으킨 계기가 되었다.

마해송은 일본에서 결핵에 걸려 해발 900m에 위치한 결핵 요양소에서 요양했다. 두 번째 요양했을 때는 피를 쏟았다. 삶이 너무 고통스러워 1년만 더 살게 해달라고 울면서 기도했다. 요양소를 나오고 한 달 후에 예술가였던 여성과 결혼했다.

그 여성은 나중에 이화여대 무용과 교수가 된 박외선이었다. 그녀는 마산여고 시절에 최승희의 무용 공연을 보고 감동했다.

그 후, 일본여자외국어대학으로 유학을 가 최승희가 소개해준 무용연구소에서 공부했다. 졸업 후에는 일본 전역을 돌며 공연했고, 영화에도 출연했다. 그렇게 일본 땅에서 조선의 현대무용가로 이름을 날렸다. 청포도의 시인 이육사가 박외선 무용연구소를 찾아가 인터뷰할 정도였다.

귀국하자 6.25 전쟁이 일어났다. 박외선은 자식들을 데리고 마산으로 피난 갔다. 그곳에서 갖은 고생을 했다. 시장 개천가에서 쭈그리고 앉아 옷가지와 장신구를 펼쳐놓고 팔았다. 아들은 그런 초라한 어머니를 만나는 것이 창피했다. 그래서 개천가 다른 곳에서 어머니를 훔쳐보기만 했다. 아들은 어머니가 장터에서 꿀꿀이죽을 먹는 모습도 보았다. 가족에게는 깨끗한 저녁 식사를 만들어 주면서 자신은 냄새가 나는 더러운 음식을 먹은 것이었다. 그 모습을 본 아들은 가슴이 메고 눈물이 났다.

마해송은 자신이 사는 마을을 '코끼리 우는 마을'이라 불렀다. 명륜동에 살았는데 창경원 뒷담 밑이라 새벽이면 코끼리 우는 소리가 들렸다. 당시 창경원에는 동물원이 있었다. 마해송의 집은 터가 30평, 건평이 13평, 그리고 다섯 평쯤 되는 마당이 있었다. 마당에 박을 길렀다. 밤에 하얗게 피는 박꽃이 좋았다. 하늘에서 백로는 춤을 추고, 새들은 추녀 끝에서 노래했다.

대문 밖에서 보면 보잘것없는 집 같으나, 문을 열고 들어서면 아늑했다. 안방에는 아내와 딸, 건넌방은 마해송, 아랫방에는 아들 둘이 살았다. 마해송의 방은 온돌방인데 사방탁자와 문갑이 있고, 교자상 같은 책상과 글 쓰는 작은 소반이 있었다.

책상에는 늘 많은 책이 있었다. 밝은 곳에서 글을 읽고 써야 했기에 이동에 편리한 작은 소반을 사용했다.

머리맡에는 오래된 라디오를 두었다. 글을 쓸 때는 라디오에서 흘러나오는 음악을 들었다. 그가 가장 사랑한 음악은 베토벤의 피아노 협주곡 4번이었다. 이외에도 베토벤의 피아노 3중주(대공), 차이콥스키의 피아노 3중주, 드뷔시의 영상집을 좋아했다. 재떨이는 청동화로 모양의 놋재떨이를 썼다.

아내가 임신하고 출산을 앞두자 마해송은 방에 들어가 순산하게 해

달라고 빌었다. 방 한가운데 서서 이쪽저쪽으로 돌아가며 절했다. 무엇을 바라보며 무엇에게 향해서 하는 절이 아니었다. 그저 두루두루 돌아가면서 절을 했다. 둘째 아들을 낳을 때도, 딸을 낳을 때도, 딸이 육십일 되는 날도, 그리고 미군 폭격기 B-29의 폭격을 각오하면서 가족을 귀국시킨 밤에도 그렇게 절했다.

6.25 전쟁 때 마해송은 국방부 정훈국 편집실에서 일하고 있었다. 전후방 각지를 돌아다녔다. 한 번은 지프를 타고 가다가 커브에서 차가 굴러 운전병이 즉사하는 사고가 일어났다. 죽을 뻔한 것이다. 마산으로 피난 간 부인에게서 편지가 왔다.

"…어제 해질 때는 성당에 갔어요. 어떻게 그 높은 언덕 위까지 올라갔는지 몰랐어요. 종소리를 따라서 정신없이 올라갔어요. 아무것도 모르지만, 무릎을 꿇고 앉아 있으니 가슴 속이 아주 가라앉았어요. 성모님은 아름답고 거룩하고 인자했어요.…"

마해송은 아내에게 '성당에 가는 것은 좋은 일'이라고 답장을 보냈다. 마해송은 일본에 있을 때 성당에 간 적이 있었다. 일본인 친구 장례 미사에 참여했다. 그때의 느낌을 이렇게 적었다.

"성당에 들어설 때에 여인들은 머리에 흰 보, 검은 보를 쓰는 것이었고, 한 발 들어서자 마룻바닥에 한편 무릎을 꿇고 절하며 경건히 성호를 긋는 것이 세상에서 처음 보는 광경이었다. 내가 어려서 많이 드나들었던 예배당의 풍속과는 딴판으로 질서가 정연하고 엄숙한 품이 보기에 아름다웠다. …모든 절차가 엄숙했고 기침 소리조차 조심스러운 것 같았다."

마해송의 부인은 성당에서 세례를 받았다. 가족 중에 가장 먼저 세례를 받은 것이다. 마해송은 용기를 내어 가톨릭대학 신학 교수로 있던 최민순 신부를 찾아갔다. 최 신부와는 대구 시절부터 알고 지냈다. 최 신부는 단테의 「신곡」, 세르반테스의 「돈키호테」, 아우구스티누스의 「고백록」 등의 명저를 번역한 학자 신부였다.

최 신부에게 일 년 동안 교리를 들었다. 마해송은 "교리가 끝나면 세례를 받겠습니다." 하고 약속했다. 성경도 새로운 마음가짐으로 읽기 시작했고, 최 신부가 준 성인전(聖人傳)도 읽었다.

그러던 어느 주일에 명동대성당으로 갔다. 미사가 시작되었다. 성호경, 주님의 기도, 성모송, 영광송, 사도신경 등 교리 공부하면서 익힌 기도문들이 미사 중에 많이 나왔다.

사람들이 미사를 '정성껏' 봉헌하는 모습을 본 순간, 갑자기 '당신이 정말 나를 오늘 있게 해주신 하느님이십니까? 감사합니다. 이렇게 늦게야 알게 되어서 죄송합니다. 죄송합니다.'라는 생각이 들었다. 그러면서 눈시울이 뜨거워졌다.

마해송은 10월 3일 새벽 여섯 시에 서울 정릉에 있는 성가수녀원에서 최 신부의 집전으로 '프란치스코'라는 세례명으로 세례를 받았다.

세례를 받고 성당 밖으로 나오니 성모상이 새롭게 보였다. 그 앞에서 기도를 드렸다.

"천주의 성모님, 저희를 위하여 빌으시어 그리스도께서 약속하신 영원한 생명을 얻게 하소서. 영광이 성부와 성자와 성령께 처음과 같이 이제와 항상 영원히. 아멘."

그날은 마해송의 인생에서 가장 '아름다운 새벽'이었다. 아들 마종기는 신앙심이 깊었던 아버지를 이렇게 기억했다.

"아버지의 만년 생활은 그 전체가 가톨릭 믿음과 연결된다고 해도 과언이 아닐 정도로 아침에 눈을 뜨는 순간부터 잠들 때까지 크리스찬으로, 가톨릭인으로 사셨다."

아동문학가 박홍근도 마해송의 신앙심을 이렇게 말했다.

"선생은 신덕, 망덕, 애덕을 갖춘 철저한 신앙인이었다. 하느님의 존재를 조금도 의심하지 않았다. 생전에도 매일 기도로 시작하고 기도로 끝냈다. 사도신경 그대로 살았다. 십계명과 가톨릭 교리를 그대로 지키며 사람들을 사랑하고 덕을 닦고 죄를 피했다."

이렇듯 마해송은 생애의 마지막을 훌륭한 신앙인으로 살았다. 아버지의 신앙 생활에 감동을 받은 딸과 아들도 세례를 받았다. 식구 모두가 가톨릭 신자가 되었다.

"생각하면 참으로 오랜 세월, 나는 많이도 빌며 살아왔다. 하늘에도 빌었다. 땅에도 빌었다. 달님에게도 빌었고, 별님에게도 빌었다. 바윗돌에도 빌었고 대감님에게도 빌었다."

이렇듯 마해송은 오랜 세월을 여기저기에 빌며 살아왔다. 그러나 이제부터는 하느님께만 비는 삶을 살기 시작했다. 신앙심을 갖고 글을 쓰기 시작했다. '모래알 고금'과 '비둘기가 돌아오면'이 그의 신앙이 담긴 작품이다.

피난 시절, 주인집에서 신문을 구독하고 있었다. 어느 날 아들 마종기는 배달온 신문을 주인이 없을 때 마당에서 읽고 자기네 방 툇마루에 올려놓았다. 그날 저녁에 주인집 아주머니가 마종기를 큰 소리로 불렀다. 신문을 읽고 어디에 두었냐고 물었다. 아들은 집안을 뒤졌지만 찾을 수가 없었다.

아버지는 그 광경을 보고 있다가 주인집에 사과하고는 아들을 집 밖으로 데리고 나갔다. 그러고는 무자비하게 때렸다. 뺨도 때리고, 다리도 때렸다. 이리저리 피하는 것을 따라가면서도 때렸다. 마해송은 아들을 왜 그렇게 무자비하게 때렸는지 후에 '너를 때리고'라는 수필에 자세히 썼다.

마해송은 아들을 때리고 나서 훈계했다. 아들은 옷에 묻은 흙을 털다가 우연히 고개를 들었다. 아버지가 울고 있었다. 아버지의 우는 모습을 처음으로 본 것이다.

또 이런 일화도 있다. 피난 시절, 마종기가 중학교 2학년 때였다. 대구 약전골 방 한 칸에서 가난하게 살았다. 어느 날, 마해송은 원고료를 많이 받았다고 하며 아들에게 한턱을 내겠다고 했다.

아들은 짜장면을 먹고 싶었는데, 아버지가 데리고 간 곳은 '르네상스'라는 고전음악 다방이었다. 그곳에서 아버지는 아들에게 따뜻한 우유 한 잔을 사주었다. 우유를 마시며 슈베르트의 미완성 교향곡과 쇼팽의 피아노곡을 들었다. 지금도 그 곡을 들으면 아버지가 생각나 눈물이 흐른다고 했다.

서양화가 장욱진도 명륜동에 살았다. 그는 매일 새벽 산책을 했다. 산책 코스 중 한 곳인 혜화동 로터리 길에서 한 사람을 늘 만났다.

그는 언제나 검은색 안경을 똑바로 쓰고, 밤색 점퍼, 검은 베레모, 그리고 지팡이를 손에 쥔 단아한 모습을 했다. 그리고 작은 강아지가 따라다녔다.

처음에는 몇 번 그냥 지나쳤지만, 새벽 같은 시간, 같은 장소에서 매일 만나게 되어 장욱진이 먼저 인사를 했다. 바로 그 사람이 마해송이었다. 아이들을 사랑한다는 같은 생각으로 두 사람은 더욱 가까워졌다. 장욱진은 마해송의 동화를 좋아했다. 마해송 역시 장욱진의 그림을 좋아했다.

어느 날, 장욱진은 마해송이 세상을 떠났다는 얘기를 들었다. 장욱진은 슬펐다. 마해송의 모습을 그림으로 그렸다. 그림에는 함성을 지르는 꼬마와 동네를 슬슬 산책하는 강아지가 있고, 하늘에는 해와 달이 친구처럼 떠 있다. 그리고 검은 색안경을 쓴 사람이 지팡이를 짚고 웃으며 걸어가고 있다.

내 영혼이 춤추고 노래하며

영원한 구도(求道) 시인, 구상

구상

"

내가 만일 조국을 팔았다면
또 그 손에 놀아났다면 재판장님!
징역이 아니라 사형을 내려 주십시오.

"

구상. 「영원 속의 오늘」. 중앙출판공사. 1975.

구상. 「그분이 홀로서 가듯(具常詩文選)」. 홍성사. 1981.

구상. 「나는 혼자서 알아낸다」(한국대표명시선100). 시인생각. 2013.

이숭원. 「구상평전」. 분도출판사. 2019.

구상문학관 홈페이지

"오늘도 신비의 샘인 하루를 맞는다. 이 하루는 저 강물의 한 방울이 어느 산골짝 옹달샘에 이어져 있고 아득한 푸른 바다에 이어져 있듯 과거와 미래와 현재가 하나다."

구상(요한 세례자, 具常, 1919~2004)의 시 '오늘'이다. 나는 예전에 경북 왜관에 있는 성 베네딕도회 수도원에서 렉시오디비나(聖讀) 피정에 참가했었다. 가장 무더운 8월 초였다. 피정을 마치고 낙동강변에 있는 구상문학관을 찾았다. 구도자적 삶을 산 시인이라 그의 예술세계가 궁금했다.

왜관은 구상이 6.25 전쟁부터 서울로 이사할 때까지 산 곳이다. 문학관에 들어서자 맨 먼저 반긴 것은 조각상이었다. '시인의 명상'이란 청동상인데 눈을 감고 깊은 생각에 잠겨있는 모습이다. 그 옆에는 중광 스님이 재밌게 그린 구상의 얼굴 그림이 있었다. 다음으로 반갑게 만난 것은 구상이 종이에 직접 쓴 '꽃자리'라는 시였다.

"앉은 자리가/ 꽃자리니라/ 네가 시방/ 가시방석처럼/ 여기는/ 너의 앉은/ 그 자리가/ 바로/ 꽃자리니라."

이 시는 내가 힘들 때마다 따뜻하게 위로해주었다. 전시실에는 구상이 늘 쓰고 다녔던 중절모자, 안경, 돋보기, 만년필 그리고 묵주가 놓여있었다. 문학관 뒤쪽으로 갔더니 낙동강을 배경으로 아담한 한옥 한 채가 있었다. '관수재(觀水齊)'였다. '물을 관조하는 곳'이다.

영원한 구도(求道) 시인, 구상

구상과 강의 인연은 깊다. 그의 고향인 함경남도 원산 근교의 덕원은 적전강이 흐르는 곳이다. 젊은 시절, 그 강에서 생각을 키웠다. 6.25 전쟁 후에는 낙동강이 흐르는 왜관에 정착해 그 강을 바라보며 스무 해 넘게 살았다. 그리고 서울로 이사해서는 세상을 떠날 때까지 한강이 흐르는 여의도에 살았다.

이렇듯 강은 구상과 밀접한 관계를 맺고 있어 강을 소재로 많은 작품을 썼다. 대표적인 시가 '그리스도 폴'이다. 구상은 그리스도 폴 성인의 삶을 닮고 싶었다. '강'이라는 일터와 '남을 업는다.'는 것이 좋아 그리스도 폴을 주보 성인으로 삼았다.

구상하면 떠오르는 이미지는 흰 턱수염과 잿빛 두루마기, 중절모와 지팡이이다.

그래서 어떤 수필가는 구상에게 '가을 냄새'가 난다고 했다.

구상의 본명은 구상준(具常浚)이다. 어려서부터 집에서 '상아, 상아' 부르다 보니 외자 이름이 되었다. 구상의 형제는 여럿 있었다. 그러나 어렸을 때 많이 죽고 큰형은 일본 유학 중에 관동대지진으로 행방불명이 되었다. 그래서 남은 형제는 둘째 형 구대준과 구상뿐이었다. 부친은 백동성당(현 혜화동성당)에서 신앙생활을 했다.

구대준은 수도원 부설 신학교에 입학했다. 그런데 수도회가 원산교구를 관장하면서 신학교도 덕원으로 이전해 가게 되었다. 덕원에 수도원이 완공되었고, 신학교도 건립되었다. 구상 가족 모두는 덕원으로 이사했다. 그때부터 덕원은 구상의 두 번째 고향이 되었다.

구상은 덕원신학교에 입학했다. 독실한 가톨릭 신앙을 가진 부모는 두 아들 모두 신학생이 된 것을 자랑스럽게 여겼다. 그런데 구상은 신학교에 3년 다니다가 자퇴했다. 가족들의 실망은 매우 컸다. 사제가 되기 위해선 최소 13년의 엄격한 교육을 받아야 했다. 자유분방했던 구상은 그러한 신학 교육이 답답했다. 서울로 가서 동성상업학교에 입학했다. 그러나 또 자퇴하고 일본으로 밀항했다.

일본에서 노동일을 하며 학비를 벌었다. 일본대학 종교과와 명치대학 문예과에 응시했다. 두 곳 모두 합격했다. 선택한 곳은 일본대학 종교과였다. 문학보다는 철학에 관심이 컸다.

교육과정은 불교와 관련된 내용이 많았다. 교수진도 승려였다. 후에 구상이 쓴 글에 불교 용어가 많이 등상하는데 그것은 유학 당시에 배운 불교 사상 때문이다.

구상은 가톨릭과 불교를 연결하려고 애썼다. 예로, 조계종 초대 종정을 지낸 효봉 선사가 입적했을 때, 노기남 대주교가 조문하고 수녀들이 연도를 올렸다. 구상은 이 모습에 감동해 한 편의 시를 지었다.

"산비탈 무밭에 핀 들국화모양/ 스님들과 그 독경 틈에 끼여/ 한 무리의 가톨릭 수녀들이/ 효봉 스님 영전에 꿇어서/연도의 합송을 하고 있다… 이 어쩐 축복된 광경인가?/ 이 어쩐 눈부신 신이(神異)런가?/ 서로가 이단과 외도로 배척하여/ 서로가 미신과 사도라고 반목하며/ 서로가 사갈(蛇蝎)처럼 여기는 두 신앙/ 이제사 열었구나, 유무상통(有無相通)의 문을!"

('모과 옹두리에도 사연이 70'에서)

귀국 후, 구상은 함흥에 있는 총독부 기관지 '북선매일신문'에 기자로 취직했다. 일제가 인정하는 기관에서 일해야 학병이나 강제징용에 끌려가지 않았다. 이때 흥남질소비료공장 간부 사택에서 살인강도 사건이 일어났다. 범인이 잡혀 구상은 기사를 쓰게 되었다.

범인의 모습과 태도를 온갖 수식어를 사용해 흉측하게 써서 데스크로 넘겼다. 그런데 기사를 훑어본 사회부장이 "기자는 말이야, 범인이 잡히기 전까지는 경찰의 편이지만, 잡히고 나면 범인의 편인 거야. 죄는 미워하되 죄인은 미워해선 안 돼!"라고 했다. 구상은 그 말이 성서의 '간음한 여인' 대목보다도 더 직접적인 가르침을 주었다고 했다.

구상은 기자 생활을 "식민지 어용신문의 기자가 되어 용왕 앞의 토끼처럼 쓸개는 떼어놓고 날마다 성전송(聖戰頌)과 공출 독려문을 써 댔다."고 자책했다.

기자 생활 중에 약혼했다. 상대 여인은 형인 구대준 신부가 사목하는 흥남성당 부설 대건의원 의사 서영옥이었다. 그때 폐결핵이 발병했다. 폐결핵은 당시 치료제가 없어 죽는 병이었다. 구상은 마식령 너머에 있는 마전리의 수도원 산장으로 들어가 열 달 동안 요양했다. 그때 쓴 시가 '소야곡'이다.

"묘석인 듯 싸느랗게 질린 종이 위에 이 밤도 달빛을 갈아 나의 비명을 새기노라…."

얼마나 절망적인지 첫 문장에서 싸늘한 죽음을 느낄 수 있다. 건강이 회복되자 구상과 서영옥은 '사모관대와 족두리를 쓰고 그레고리오 성가가 울려 퍼지는 성당'에서 결혼식을 올렸다.

　해방이 되자 남으로 내려왔다. 이유는 「응향(凝香)」이란 시집 때문이었다. 북에는 공산정권이 들어섰다. '원산문학가동맹'은 해방을 기념하는 시집을 발간했다. 구상은 그 시집에 시 세 편을 썼다. 「응향」에 실린 시들은 이념 시가 아니라 순수시였다. 평양에서는 이를 못마땅하게 여겼다. 인민을 위한 문학이 아니라 퇴폐적인 시라고 비판했다. 현장 검열과 함께 자아비판이 이어졌다.

　구상은 위조 증명서를 만들어 한겨울에 38선을 넘었다. 그러다가 경비병에게 체포되어 감옥에서 추위와 허기에 시달렸다. 차라리 죽는 것이 나을 정도였나.

　죽음을 각오하고 재래식 변소 밑으로 내려가 기적적으로 탈출에 성공했다. 그러고는 간신히 서울에 도착했다. 빈손으로 내려왔기에 밀가루 수제비로 끼니를 때웠고 시멘트 포대를 덮고 잤다. 남한에서 구상은 공산주의를 반대한 '반공 시인'으로 불렸다.

　결핵이 재발했다. 병과 함께 가난도 엄습했다. 아내가 제안했다. 마산요양원에 자신은 의사로 가고 구상은 환자로 입원하자는 것이었다. 아내 말대로 마산요양원으로 내려갔다. 경제적으로 무척 힘들었다. 그때 도움을 준 사람이 시인 설창수였다. 그는 구상을 위한 모금 운동을 벌였다.

　"해당화 피는 원산에서 공산당들에게 시를 쓴 죄로 결정서와 박해를 받고 월남 탈출하여 사고무친한 자유 남한에서 해당화 같은 피를 쏟으며 고독하게 쓰러진 시인 구상을 구출하자."라는 글을 돌렸다. 구상은 그 고마움에 눈물을 흘렸다. 이 일을 계기로 설창수와 의형제를 맺었다.

그리고 잊지 못할 사람으로 공초 오상순을 들 수 있다. 오상순은 일본 도시샤대학 종교철학과를 나온 시인이다. 사람들을 만나면 늘 "반갑고 기쁘고 고맙다. 네가 앉은 자리가 바로 꽃자리다."라는 희망적인 말을 건넸다. 그래서 구상의 그 유명한 '꽃자리'란 시가 탄생했다. 구상은 오상순을 진심으로 존경했다.

또한 구상의 잊을 수 없는 사람으로 이중섭을 들 수 있다. 이중섭은 일본 유학 시절에 만났다. 구상은 이중섭을 처음 만났을 때, 프랑스 화가 루오의 그림에 등장하는 예수의 얼굴을 닮았다고 생각했다. 그런데 이중섭 역시 구상이 루오의 예수 얼굴을 닮았다고 느꼈다. 두 사람의 생각이 같았다.

이중섭이 귀국 후 원산에 정착했을 때 아이가 죽었다. 구상은 이중섭과 함께 아이의 관을 들었고 아이를 땅에 묻었다.

구상은 가족과 떨어져 비참하게 사는 이중섭을 보살피기 위해 왜관 집 옆에 방을 얻어주었다. 이중섭은 그 고마움으로 '구상네 가족'이란 그림을 그려 선물했다.

구상에게 결핵이 또 재발했다. 구상은 '검은 장밋빛 피를 몇 양푼이나 토하고 시신처럼' 누워 지내야만 했다. 이중섭이 그림 한 점을 가져왔다. 큰 복숭아 속에 어린이가 청개구리와 천진난만하게 놀고 있는 그림이었다. 이중섭은 구상에게 그림을 주면서 "복숭아, 천도복숭아 님자 상이, 우리 구상이 이걸 먹고 요걸 먹고 어이 빨리 나으란 그 말씀이지."라고 했다.

6.25 전쟁이 일어났다. 구상은 육군종군작가단에 소속되었다. 서울 수복 때에는 정훈국 선발대에 합류했다. 승리일보를 만들어 서울 시민에게 뿌렸다. 국군은 계속 북진했다. 북진을 따라가면 원산에 계신 어머니를 모셔 올 수 있었다. 그러나 신문을 만드느라 그 기회를 놓치고 말았다. 구상은 이 일을 평생 후회했다. 형 구대준 신부는 전쟁 전에 덕원수도원을 지키다가 다른 신부들과 함께 공산당에 체포되어 평양 감옥에 수감되었다.

휴선협성이 맺어지고 정부는 서울로 환도했다. 구상은 경상북도 왜관에 정착했다. 왜관을 선택한 이유는 덕원수도원이 왜관에 수도원을 건립할 계획이 있었기 때문이다. 덕원수도원에 대한 애틋한 사랑과 추억이 구상을 왜관으로 오게 한 것이다. 수도원 근처에 집 한 채를 샀다. 부인은 순심의원을 개업했다. 왜관에서 대구 영남일보사로 출근했고 효성여대로 강의도 나갔다.

결핵이 또 재발했다. 피를 토해냈다. 천식까지 겹쳤다. 부인은 서둘러 구상을 일본 도쿄 인근에 있는 결핵 전문 병원에 입원시켰다. 그곳에서 갈비뼈 6대를 자르고 폐를 꺼내 절개했다. 수술은 성공적이었다.

귀국 후에 구상은 군사정권에 대해 날 선 비판을 했다. 우정을 나누었던 박정희가 독재자로 변해가는 모습을 보고 크게 실망했다. 그 실망을 시로 표현했다.

"그는 샤먼이 되어있었다/ 그 장하던 의기가/ 돈키호테의 광기로 변하고/ 그 질박하던 성정이/ 방자로 바뀌어 있었다."

박정희와는 5.16 군사 쿠데타 전부터 의기투합하는 사이였다. 쿠데타 후에는 국가재건최고회의 상임고문 자리를 권하기도 했다. 또 일본 병원에서 폐 수술할 때 치료비에 보태쓰라고 상당 액수의 돈을 보내오기도 했다. 구상은 그러한 박정희를 '각하'라고 부른 적이 없었다. 그냥 '박첨지'라고 불렀다.

구상은 하루의 시작과 끝을 기도로 했다. 그의 시 '새해'에서 "하늘을 우러러 소박한 믿음을 가져/ 기도는 나의 일과의 처음과 끝이다."라고 했다. 구상은 어떠한 상황에서도 아침 기도와 저녁 기도를 드렸다. 몸이 아플 때도, 병원에 입원했을 때도, 고통스러울 때도 기도를 드렸다. 문우(文友)들과 어울려 취하도록 술을 마시고 잠들었어도 그 다음 날에는 반드시 새벽에 일어나 미사를 봉헌하러 갔다. 이렇듯 구상은 모범적인 신앙생활을 했다.

따뜻하고 훈훈한 일화가 있다. 명동대성당 입구에 뇌성마비로 전신이 비틀린 사람이 앉아 있었다. 그는 상자를 앞에 놓고 오가는 사람에게 손을 내밀며 구걸했다.
구상은 성당에 올 때마다 그 사람에게 적선했다. 그것이 계기가 되어 친구가 되었다. 어느덧 5년이란 세월이 흘렀다. 이제는 서로가 낯익고 친숙해져 멀리서 구상의 얼굴만 보아도 반갑다고 혀 꼬부라진 소리를 지르곤 했다.

어느 날은 그가 주스 한 병을 건넸다. 또 어느 날은 장미꽃 한 송이를 들고 있다가 비틀어진 팔과 꼬인 손으로 꽃을 내밀었다. 구상은 그 우정에 어떻게 화답할 줄 몰라 그 자리에 서 있다가 성당으로 들어갔다. 장궤틀에 무릎을 꿇고 두 손으로 장미꽃을 받들고는 기도했다.

"하느님! 당신의 영원한 동산에서는 저 사람과 제가 허물을 벗은 털벌레처럼 나비가 되어 함께 날게 하소서!"

구상은 뇌성마비 친구가 건넨 선물에 기도로 화답한 것이다. 그리고 살인 혐의로 사형 선고를 받고 15년째 옥살이하는 사람을 양아들로 삼았다. 사형 집행만 남은 사람이었다. 그를 구하기 위해 한 스님과 백방 노력했다. 그 결과, '부기'로 감형되었다. 이 사건은 드라마로 방영되어 많은 사람에게 감동을 주었다.

구상은 북한에서 투옥되어 순교한 것으로 추정되는 구대준 신부의 사제 서품 40주년을 맞아 기념 미사를 봉헌하고 싶었다. 그래서 예전에 이중섭에게 받은 그림을 호암미술관에 넘기고 사례비로 1억 원을 받아 성베네딕도회 왜관수도원에 미사 예물로 봉헌했다.

구상은 기질적으로 불의를 참지 못하는 성격이었다. 자유당 정권 말기에 구상의 일생에서 가장 억울한 사건이 벌어졌다. 일명 '레이더 사건'이다. 국가보안법 파동이 일어났다. 야당에서는 외곽조직으로 민권수호국민총연맹을 만들어 대항했다. 구상은 그 조직의 문화부장을 맡았다. 그래서 데모에 앞장서고, 집회의 연사로 나갔다. 이렇게 되자 구상은 정권의 타깃이 되었다.

구상을 없애려고 갖은 조사를 다 했으나 밝혀진 것은 없었다. 그래서 만들어낸 것이 '레이더 사건'이었다. 구상과 친한 A가 있었다. 그의 사위는 도쿄대학에서 연구 중이었다. 실험에 쓸 진공관이 필요했다. 사위는 장인(A)에게 진공관을 부탁했다. A는 남대문시장에서 진공관을 구해 일본으로 보내주었다. 사위는 진공관이 더 필요하다고 연락했다. A는 시장 상인에게 선금을 주고 진공관을 부탁했다. 그런데 돈을 떼이고 말았다. 구상은 A로부터 딱한 사정을 듣고 잘 아는 사람에게 돈을 받아달라고 부탁했다. 그런데 이 일이 적을 이롭게 하는 이적행위로 둔갑했다.

관련된 사람 모두 한국군 통신장비인 레이더 진공관을 일본을 통해 북한으로 몰래 보내려 했다는 죄목으로 구속되었다. 구상은 1심에서 국가보안법 위반 혐의로 15년 형을 선고받았다. 감옥에서 여섯 달을 살았다. 억울함을 재판장에게 호소했다.

"내가 만일 조국을 팔았다면 또 그 손에 놀아났다면 재판장님! 징역이 아니라 사형을 내려 주십시오. 조국을 모반한 치욕을 쓰고 15년이 아니라 단 하루라도 목숨을 구차히 이어 가느니보다 죽음이 차라리 편안합니다. …재판장님! 무죄가 아니면 진정, 사형을 내려 주십시오."

재판장은 구상의 억울한 호소에 귀를 기울여 2심에서 '무죄'를 선고했다.

폐결핵을 앓던 둘째 아들이 세상을 떠났다. 그때, 구상은 자신의 병이 아들에게 옮아 죽은 것이라고 자책했다. 그 후로 아내를 잃고, 큰아들도 폐렴으로 잃었다. 또 큰 교통사고를 두 번씩이나 당했다. 그 후유증으로 육체적 고통을 많이 받았다. 고질병인 천식이 호흡곤란으로 이어졌으며, 당뇨와 눈의 망막염 그리고 전립선 질환까지 그를 괴롭혔다. 특히 당뇨가 심했는데 인슐린 주사를 맞을 정도였다.

결국 구상은 합병증으로 여의도성모병원 중환자실에서 세상을 떠났다. 그의 장례 미사는 명동대성당에서 김수환 추기경 주례로 거행되었다. 미사에는 시인, 소설가, 화가, 기자, 신부, 수녀, 수사, 스님, 장애인, 전과자 등 각양각색의 사람들이 구상의 마지막 길을 배웅했다. 시인 고은의 말대로 '이 세상의 모든 사람의 친구가 되기 위해서 태어난 사람'이었다. 구상은 '임종 고백'이란 시를 남겼다.

"나는 한평생, 내가 나를/ 속이며 살아왔다/ 이는 내가 나를 마주하는 게/ 무엇보다도 두려워서였다./ …더구나 평생 시 쓴답시고/ 기어(綺語) 조작에만 몰두했으니/ 아주 죄를 일삼고 살아왔달까!/ 그러나 이제 머지않아 나는/ 저승의 관문, 신령한 거울 앞에서/ 저런 추악 망측한 나의 참모습과/ 마주해야 하니 이 일을 어쩌랴!/ 하느님, 맙소사!"

윤용하

"

박형, 발붙일 곳도 없고,
황폐해진 젊은이들의 가슴에 꿈과 희망을 줄 수 있고
훈훈하게 부를 수 있는 가곡을 만듭시다.

"

황인자 편. 「국민예술가 윤용하」. 나라사랑 팻송포럼. 2015.

박화목. 「윤용하 일대기」. 범우사. 1981.

가톨릭신문(2022.8.14.) 탄생 100주년 맞은 '광복절 노래' 작곡가 윤용하를
　　　　기억하다

한국의 슈베르트, **윤용하**

라디오에서 슈베르트의 연가곡 '겨울 나그네'가 흘러나온다. 세계적인 성악가 디트리히 피셔 디스카우가 부르는 '보리수'이다. '겨울 나그네'는 음울하고 어둡다. 마치 회색 구름이 잔뜩 낀 겨울 날씨 같다. 그 노래를 들으면 눈과 얼음으로 뒤덮인 겨울 들판을 헤매는 듯하다. 차가운 겨울바람이 가슴을 파고든다.

슈베르트는 말년에 가난과 병에 시달리며 고독한 삶을 살았다. 그래서 윤용하(요셉, 尹龍河, 1922~1965)를 떠올리면 '슈베르트'가 생각난다. 슈베르트의 삶과 윤용하의 삶은 닮았다. 슈베르트는 말했다.

"내 음악은 내 재능과 불행의 자식들이다. 내가 가장 가난하고 괴로울 때 쓴 음악을 사람들은 가장 좋아할 것이다."

"보리밭 사잇길로 걸어가면 뉘 부르는 소리 있어 나를 멈춘다 옛생각이 외로워 휘파람 불면 고운 노래 귓가에 들려온다. 돌아보면 아무도 보이지 않고 저녁놀 빈 하늘만 눈에 차누나."

우리가 기쁠 때나 슬플 때나 즐겨 부르는 '보리밭'이다. 한국인의 정서가 담뿍 담긴 명곡이다.

보리밭은 한국전쟁 당시 피난지였던 부산에서 탄생했다. 남포동의 한 술자리에서 윤용하는 시인 박화목에게 말했다.

"박형, 발붙일 곳도 없고, 황폐해진 젊은이들의 가슴에 꿈과 희망을 줄 수 있고 훈훈하게 부를 수 있는 가곡을 만듭시다."

박화목은 이를 받아들였다. 이틀 후 '옛 생각'이라는 제목의 시를 지어 윤용하에게 건넸다. 며칠 후, 다시 만난 자리에서 윤용하는 '보리밭'

으로 제목을 바꾼 악보를 내밀었다. 가곡 '보리밭'은 이렇게 탄생했다.

윤용하는 우리가 친숙하게 부르는 노래들을 많이 작곡했다. "낮에 놀다 두고 온 나뭇잎 배는 엄마 곁에 누워도 생각이 나요."의 '나뭇잎 배'(박홍근 작시), "도라지꽃 풀초롱꽃 홀로 폈네 솔바람도 잠자는 산골짜기"의 '도라지꽃'(박화목 작시), "잊어버리자고 바다 기슭을 걸어 보던 날이 하루 이틀 사흘"의 '추억'(조병화 작시), "밤은 고이 흐르는데 어데선가 닭 소리 산매에선 달이 뜨고 먼 산기슭의 부엉 소리"의 '고독'(황인호 작시) 그리고 "흙 다시 만져보자 바닷물도 춤을 춘다"의 '광복절 노래'(정인보 작사) 등을 작곡했다.

윤용하 50주기 추모음악회 '보리밭 사잇길로'가 명동성당에서 열렸을 때, 그의 명곡들이 공연되었다. 아카펠라로 '보리밭'을, 굴렁쇠 아이들이 '나뭇잎 배'를, 가톨릭합창단이 '고독'을 불렀다.

윤용하는 어렸을 때 세례받고 성당에 다녔다. 그곳에는 풍금과 성가가 있었다. 그는 음악적 재능을 성당에서 찾았다. 성당에서 배운 음악은 절대 잊지 않았다. 어린이 성가대에서 독창했고, 성탄절이나 부활절 같은 대축일에는 성극(聖劇)의 주인공으로 무대에 서기도 했다. 윤용하는 음악가를 꿈꾸지 않았다. 그의 꿈은 가톨릭 수사가 되는 것이었다.

윤용하의 집안은 4대째 가톨릭 집안이었다. 외할아버지는 예수님의 아버지인 요셉의 이름을 손자에게 지어주었다. 그러면서 요셉과 같은 사람이 되려면 수사가 되어야 한다고 했다. 그래서 윤용하는 하루도 거르지 않고 성당에 다녔다. 성당에 다니다 보니 성가를 부르게 되었고, 풍금도 연주하게 되었다.

윤용하 가족이 만주로 이사했을 때 봉천보통학교에 피아노가 있었다. 처음 보는 피아노가 너무 좋아 음악 시간만 손꼽아 기다렸다. 또한 봉천 십간방(十間房) 성당의 성가대에서 소프라노를 맡았다. 그 성당에는 미국, 프랑스, 독일, 영국, 이탈리아, 일본 등 여러 나라에서 온 가톨릭 신자들이 신앙공동체를 이루고 살았다.

프랑스 영사 부인이 오르간을 연주하고 성가를 가르쳤다. 프랑스인 신부는 윤용하의 음악 재능을 알아보고 신부로 만들기 위해 동양을 방문 중이던 교황청 사절단에게 윤용하를 소개하기도 했다. 그러면서 일본 나가사키에서 라틴어와 불어를 배우고 프랑스 파리 신학교에 입학시키려 했다. 그러나 부모의 반대로 이루어지지 않았다.

윤용하는 동요를 무척이나 사랑했다.

피난 시절, 길에서 아이들이 부르는 노래는 온통 일본 노래였다. 그래서 신문에 다음과 같은 글을 썼다.

"나는 우리나라 작곡가들이 좀 더 동요 작곡에 힘을 기울여 주었으면 한다. 동요를 작곡하는 것이 작곡가로서 명예가 떨어지는 듯이 생각하는 사람들이 있는데 이것은 크나큰 잘못이다. …좋은 곡을 한 곡이라도 속히 만들어서 그들에게 주자. 우리는 하루하루 늙어가지만, 그들은 하루하루 자라나고 있다."

('어린이와 음악'에서)

그래서 윤용하는 대한어린이음악단을 창단했다. 부산 중앙천주교 회 마당에 천막을 치고 동요를 가르쳤다. 부산극장에서 발표회를 했다. 이때 발표된 동요들이 책으로 엮어지고 어린이 방송프로의 단골이 되었다. 윤용하는 작곡할 때면 책상 위에 오선지를 펴놓고, 한 손에는 펜을 들고, 휘파람 소리를 내며 악보를 그렸다.

그리고 짙은 녹색 바탕에 다섯 줄의 사선이 그려진 넥타이를 하고 다녔는데 오선지 느낌이 나서 매고 다닌 것이다. 또한 미군용 야전 위생 가방을 어깨에 걸고 다녔다. 그 가방 속에는 오선지가 가득했다. 윤용하는 그만큼 음악을 사랑했다.

윤용하는 황해도 은율에서 태어났다. 운용하의 삶은 그야말로 파란만장(波瀾萬丈)했다. 부친은 구월산 기슭에서 옹기 굽는 옹기장이었다. 그 후로 평안북도 의주로 이사 갔고, 또다시 만주 봉천으로 이사했다. 부친은 그곳에서도 옹기장수를 했으나 도저히 생계를 이을 수 없었다. 그래서 윤용하는 어렸을 때부터 가난을 몸에 지니고 살았다. 윤용하는 십대에 만주 봉천 십간방 성당의 성가대를 지휘했다.

봉천방송국 관현악단 지휘자인 일본인 가네꼬가 윤용하의 음악에 대한 열정에 감동해 화성학과 대위법을 가르쳐 주었다. 편곡까지 할 수 있는 수준으로 가르쳤다. 이는 윤용하가 음악가로 성장하는 데 중요한 발판이 되었다.

그 후에 윤용하는 '봉천조선합창단'의 지휘자가 되었다. 윤용하는 신문에 단원 모집 공고를 냈다. 그 공고를 보고 까까머리 청년이 지원했다. 그 청년이 후에 한양대 음대 학장이 된 오현명이었다. 조선합창단은 15명 정도였다. 연습 장소는 성당이었고, 반주 악기는 오현명이 중학교 때에 취미로 연주하던 아코디언이었다.

윤용하는 '조선의 사계'라는 교향곡을 작곡해 조선합창단의 첫 곡으로 발표했다. 연주는 봉천방송국 관현악단이 했다. 공연은 성황을 이루었고, 봉천방송국은 이를 생중계했다.

윤용하는 더 넓은 세계로 가고 싶었다. 그래서 택한 곳이 만주국의 수도인 신경이었다. 윤용하는 그곳에서도 한인들을 규합해 합창단을 만들고 싶었다. 그래서 찾아간 사람이 보통학교 교사였던 김대현(후에 중앙대 음대 교수)이었다. 김대현은 "우리 아기 착한 아기 소록소록 잠들라"로 시작하는 '자장가'를 작곡한 사람이다.

윤용하는 신경교향악단도 방문해 한인 음악가를 만났다. 그들은 '가고파'와 '목련화'를 작곡한 김동진(후에 경희대 음대 교수)과 '동심초', '산유화', '이별의 노래'를 작곡한 김성태(후에 서울대 음대 교수)였다. 그들과 함께 조선인연합합창단을 만들었다.

창단 공연의 곡은 윤용하, 김대현, 김동진이 각각 맡았다. 공연은 대성공을 거두었다. 한인들에게 이 공연은 너무도 감격스러웠다. 왜냐하면 한인이 쓴 곡을 한인 합창단이 노래했고, 일본인 일색의 교향악단이 연주했기 때문이다.

김동진은 윤용하의 놀라운 음악성을 보고 더 훌륭한 음악가가 되려면 외국으로 유학 가서 더 많은 것을 배우라고 조언했다. 그러나 윤용하는 거절했다. 윤용하는 자신을 기성 작곡가로 스스로 인정하고 있었기 때문이다.

윤용하의 신앙심을 말해주는 일화가 있다. 윤용하는 '자식은 가톨릭 재단에서 운영하는 학교에 다녀야 한다.'고 생각했다. 그래서 딸을 계성여중에 입학시켰다. 무척이나 기뻤다. 정말 어렵게 입학금을 마련했다. 그 돈을 책상 서랍에 넣어두었다. 그런데 집을 비운 사이에 누군가가 훔쳐 갔다. 딸은 그때의 아버지 모습을 이렇게 기억했다.

"귀가하신 아버지가 서랍을 열어 보시더니 침통해 하셨다. 내 입학금을 도둑맞은 것이다. 하지만 아버지는 아무런 말씀도 않으셨다. 그 돈을 어떻게 다시 마련하셨는지는 몰라도 중학교에 입학할 수 있었다."

또 이런 일도 있었다. 윤용하는 집에서 하는 가사 일에 관심이 적었다. 이사를 하거나 집안에 못질하는 것도 아내가 도맡아서 했다. 그러나 요한 23세 교황의 사진이 담긴 액자만은 자신의 손으로 벽에 직접 못질해서 걸었다. 그러고는 자식들에게 교황님에 대해 자세히 설명해주었다. 또한 자식들에게 자기 전에 꼭 무릎을 꿇고 주모경을 세 번씩 외우고 자게 했다.

일제 패망을 앞두고 '황군 지원병' 열풍이 만주에 불어닥쳤다. 윤용하는 장정으로 징집되었다. 훈련소가 있는 평양으로 가기 위해 열차에 탔다. 그런데 중간에 탈주했다. 일본 관헌들이 뒤를 쫓았다. 윤용하는 자진해서 평양훈련소로 입소했다. 훈련이 끝나면 전투가 치열한 남방 전선으로 간다. 윤용하는 그곳에 배치되면 죽는다는 것을 알았다. 그래서 목숨을 걸고 탈출했다. 화장실로 가서 분뇨배출구를 통해 철조망 밖으로 도망쳤다. 탈출에 성공한 것이다.

그 후 해방될 때까지 여기저기를 떠돌았다. 해방을 맞이한 곳은 북만주에서였다. 윤용하는 용정사범학교에서 음악을 가르쳤다. 그 학교 음악 선생이 여동생을 윤용하에게 소개해주었다. 그런데 보통학교 교장이었던 그녀의 부친이 극구 반대했다. 그녀는 부친의 반대를 무릅쓰고 윤용하와 결혼식을 올렸다. 윤용하는 김대현이 교사로 있던 함흥으로 갔다. 김대현의 소개로 영생여학교에서 음악 교사를 했다. 함흥은 공산당이 장악하고 있어 쌀을 배급받으려면 음악 동맹에 가입해야 했다. 윤용하의 자유로운 사상은 사회주의 사상과 마찰을 빚었다. 아내와 함께 38선을 넘었다.

윤용하는 서울에서 근근이 살아가다가 서울방송국(현 KBS)을 찾아갔다. 당시 시인 박화목이 문예 프로를 담당하고 있었다. 박화목은 순박한 모습을 한 윤용하를 보고 어떻게 왔냐고 물었다. '작곡을 하고 싶다.'고 했다. 박화목은 윤용하를 어린이 프로에 동요 작곡가로 채용했다. 윤용하가 작곡한 수많은 동요가 방송을 통해 나갔다.

그러다가 6.25 전쟁이 일어났다. 서울도 공산당의 손아귀에 들어갔다. 서울을 빠져나갔다. 수복 후에 다시 서울로 돌아왔다. 그러다가 1.4 후퇴 하루 전에 서울 가톨릭합창단과 함께 화물열차 편으로 부산으로 피난 갔다. 그곳에서 해군종군음악가단에 소속되어 활동했다. 동래 온천장 뒷산에 천막을 치고 살았고, 용두산 판잣집 동네에서 살기도 했다.

윤용하는 부산에서 많은 예술가를 만났고 그들과 친교를 이루며 음악을 작곡했다. 인터넷에 '윤용하'를 치면 늘 나타나는 사진이 있다.

내 영혼이 춤추고 노래하며

힘차게 지휘하는 흑백 사진이다. 정부가 윤용하 탄생 100주년을 기념하기 위해 우표를 발행했을 때 바로 그 사진을 썼다.

환도 후에는 서울 염리동 뒷산 중턱에 있는 집으로 돌아왔다. 양계를 시작했다. 병아리를 알 낳는 닭이 되도록 키운다는 것이 얼마나 힘든 일인지 깨달았다. 양계하면서 목장에 대한 꿈도 꾸었다.

"닭을 길러 알을 많이 낳게 되면 성악가 친구들에게 나누어줄 것이다. 양계가 잘 되면 푼푼이 모아서 넓은 전원에다 목장을 꾸미고 양도 기르고 소도 기르고 말도 기르고 싶다."

(한국일보 '백인백상'에서)

그런데 양계는 실패했다.

가장으로서 일을 해야 했다. 그래서 교사 채용 공고를 보고 동북고 음악 교사에 지원하여 취직됐다. 집은 염리동에서 학교 사택으로 이사했다. 동북고 교사 시절은 비교적 안정된 생활을 했다. 그때 '나뭇잎배'도 작곡하고, 글도 활발히 발표했다. 명동성당에서 '윤용하 작품 연주회'도 개최했다.

윤용하는 동북고에서 몇 년 동안 학생들을 열심히 가르치다가 교사직을 그만두었다. 그 당시 작곡된 노래가 '고독'이다.

"…외롭다 내 맘의 등불 꽃같이 피어졌나니 내 사랑 불 되어 타고 님 생각 아 내 마음에 차라 사랑아 내 사랑아 너 홀로 날개 돋아 천리만리 날지라…"

윤용하는 자신의 이 노래를 가장 아끼고 사랑했다. 자신의 '동요

한국의 슈베르트, *윤용하*

100곡 발표 축하 음악회'가 명동 시공관(현 명동예술극장)에서 열렸다. 공연은 대성황이었다. 윤용하는 생애에 가장 많은 꽃을 받았다. 꽃다발, 수국, 장미, 화분, 동양란 등을 받았다. 그 꽃들을 남산 중턱 회현동 집으로 가져왔다. 집은 순식간에 화려한 꽃집이 되었다.

윤용하는 힘들었던 삶과는 달리 따뜻한 인간미를 지니고 있었다. 사라호 태풍 때였다. 의연금품을 모집하는 신문사 데스크에 중년의 신사가 나타났다. 입고 있던 양복 상의를 벗어놓았다. 담당자는 주소와 성명을 물었다. 그는 돌아보지도 않고 고개를 흔들며 사라졌다. 담당자가 양복 상의 안쪽을 살폈다.

그랬더니 주머니 위에 '尹龍河'란 글자가 새겨져 있었다. 이렇듯 윤용하는 어려운 사람을 위해서는 입고 있던 옷까지 벗어줄 정도로 따뜻했다. 마치 '착한 사마리아 사람' 같았다.

윤용하는 자식들에게 자상한 아버지였다. 집안일에는 무심했으나 월급날이 되면 자식들을 위해 미군 부대에서 나오는 바나나, 소고기 통조림, 과자를 사 왔다.

"아버지는 공원 입구에서 파는 삶은 달걀을 사서 작은 돌 위에 앉아 껍질을 까주시며 동생과 내가 먹는 것을 바라보곤 하셨다. 그런데 왠지 아버지는 드시려 하지 않았다. 당신 입에 들어가는 건 하나도 사 드시지 않았다."

자식이 기억하는 아버지의 모습이었다. 그리고 어느 날 밤, 자식들이 단잠을 자고 있는데 "마리아! 마리아!" 하며 이름을 불렀다. 자식들은 졸린 눈을 비비며 일어났다. 김이 모락모락 나는 중국식 찐만두가 앞에 놓여있었다. 자식들이 밥을 먹을 때는 꼭 생선 가시를 발라 주었다. 치킨을 사 와서도 꼭 뼈를 떼어내 주었다. 성탄절에는 이북식 큰 만두와 찹쌀떡을 만들어 주었다. 추운 겨울에는 따뜻한 아랫목이 자식들 차지였다. 윤용하는 언제나 차가운 윗목에서 잤다.

윤용하의 건강에 이상이 생겼다. 간이 나빠지기 시작한 것이었다. 병은 더욱 악화되었다. 노기남 대주교가 이를 알고는 명동성모병원 응급차를 보냈다. 의사는 윤용하의 상태를 진찰하고는 '늦었다.'는 말을 남기고 돌아갔다. 명동대성당에서 신부를 모셔 왔다. 신부는 종부성사를 주었다. 윤용하는 편히 눈을 감았다.

명동대성당에서 장례 미사가 거행되었다. 노기남 대주교가 마지막까지 제대 옆에서 기도를 해주었다. 윤용하는 경기도 남양주시 금곡동 천주교회 공원묘지에 묻혔다. 윤용하가 세상을 떠난 후에 그렇게 갖고 싶었던 작곡집 「보리밭」이 출간되었다.

'보리밭' 선풍이 불기 시작했다. 안형일, 황병덕, 엄정행, 백남옥, 조수미 등 국내 유명 성악가들이 '보리밭'을 불렀다. 그리고 문정선, 조영남 등의 유명 가수들도 '보리밭'을 불렀다. 그때부터 '보리밭'은 국민애창곡이 되었다. 어느 음악 평론가 말대로 보리밭은 '부르면 부를수록 또 부르고 싶은 노래'가 되었다.

김세중

"

예술가는 더 이상 불가능한 시도를 하며
끝없이 좌절하는 무모한 사람이 아니다.
김세중은 행복한 시시포스다.

"

김영나 외 6인. 「조각가 김세중」. 현암사. 2006.

김세중기념사업회. 「김세중」. 서문당. 1996.

가톨릭신문(2016.6.19.) '조각가 김세중1'

최태만. 「조각가이자 교육자로서 김세중의 재평가」(2011)
         s-space.snu.ac.kr(조형-아카이브)

장우성. 「화맥인맥」. 중앙일보사. 1982.

오귀스트 로댕. 김문수 역. 「예술의 숲」. 돋을새김. 2007.

라이너 마리아 릴케. 안상원 역. 「릴케의 로댕」 미술문화. 1998.

한국의 미켈란젤로, 김세중

"돌의 내면에 불을 켜고/ 청동의 녹 위에 꽃잎을 피운 사람/ 그 더운 가슴으로/ 영원의 사랑 안에 쉬다."

김세중(프란치스코, 金世中, 1928~1986) 1주기 추모비에 이어령이 쓴 글이다. 김세중은 실로 돌의 내면에 불을 켜고, 청동의 녹 위에 꽃잎을 피운 사람이었다.

그는 1,000여 점의 작품을 제작했다. 58년의 짧은 생에 비해 무척이나 많은 작품을 만들었다. 그의 가장 유명한 작품은 서울 광화문광장에 있는 '충무공 이순신 장군상'이다. 김세중은 우리나라 공공조각과 종교 조각에서 눈부신 업적을 남겼다.

김세중은 고등학교 때 문학과 연극, 그리고 정치를 놓고 진로를 고민했다. 그러다가 시인 릴케가 지은 「로댕의 어록」을 읽게 되었다. 그 책에는 로댕의 조각 작품 사진과 함께 로댕이 남긴 말들이 담겨있었다. 로댕은 청년 김세중의 가슴을 뒤흔들어 놓았다. 로댕과 같은 훌륭한 조각가가 되고 싶었다. 나는 릴케가 지은 「로댕의 어록」에서 김세중이 어떤 글을 읽고 감동을 받았을지 찾아보았다.

'예술가는 공부하지 않고 영감만을 바라서는 안 된다.'

'예술가는 정직한 노동자처럼 일에 온 힘을 집중해야 한다.'

'예술가는 진실을 말해야 한다.'

'예술가는 혼자 고립되는 것을 두려워해서는 안 된다.'

'예술가는 대중들의 눈길을 끌려고 억지로 무언가 할 필요는 없다.'

'참다운 예술가란 모든 사람 가운데서도 가장 종교적인 사람이다.'

내 영혼이 춤추고 노래하며

이러한 말들이 김세중을 예술가의 길로 인도했을 것이다. 릴케의 책에는 로댕의 작품이 흑백 사진으로 여러 장 등장한다. 릴케는 자신의 독특한 시어(詩語)로 그 작품들을 예찬했다.

나는 한 장의 사진에 눈이 멈췄다. 스물세 살의 로댕이었다. 빛이 로댕의 어깨를 환히 비추고 얼굴은 정면을 향했다. 꼭 다문 입에 눈빛은 예리하게 빛난다. 그 사진에 릴케는 이렇게 썼다.

"세브르의 공장에서 일하던 이 젊은이는 꿈이 손으로 솟은 몽상가였다. 그는 꿈의 실현에 착수했다. 그는 어디서부터 시작해야 할지 알고 있었다. 그의 내부에 있던 조용함이 그에게 현명한 길을 보여준 것이다."

나는 그 젊은 로댕에게서 청년 김세중을 보았다.

김세중은 서울대 미대 조소과 1회 학생으로 입학했다. 김세중에게 조각을 가르쳐준 사람은 도쿄미술학교와 컬럼비아대학을 나온 김종영 교수와 조각가 윤승욱 교수였다.

김세중은 제1회 대한민국미술전람회에 학생 신분으로 '청년'이란 작품을 출품해 특선으로 당선되었다. 그의 삶에 커다란 영향을 미친 사람은 미대 학장이었던 장발(루도비코)이었다.

장발은 제자 김세중에게 미술은 물론 종교적인 면까지도 영향을 주었다. 김세중을 가톨릭으로 입교시킨 것도 장발이었고, 대부를 선 것도 장발이었다. 김세중은 장발의 깊은 신앙심과 훌륭한 인격에 감동해 재학 중에 프란치스코라는 세례명으로 세례를 받았다.

사실 김세중의 부모는 불교 신자였다. 아들이 가톨릭 신자가 되겠다고 했을 때 부모는 완강히 반대했다. 그래서 김세중은 집에 들어가지 못하고 명동대성당 기숙사에서 무려 3년을 지냈다. 김세중은 그때의 심정을 이렇게 기록했다.

"나의 부모님은 오랜 불교 신자였기 때문에 나는 일치되지 않는 신앙이 괴로워서 잠시 집을 떠나기로 했습니다. 명동성당 기숙사에 들어가 3년을 지냈지요. 새벽 종소리가 울리면 먼저 일어나 미사에 갔고, 아침을 먹고는 누구보다 먼저 학교로 달려가 저녁에 어두워질 때까지 작품에 몰두하는 구도자와 같은 나날이었습니다."

김세중은 대학을 졸업한 후에 종교미술을 공부하기 위해 프랑스 유학을 준비했다. 그러나 6.25 전쟁이 일어나는 바람에 유학을 포기해야만 했다. 피난지 부산에 서울미대 임시 강의실이 세워졌다. 대학원생이었던 김세중은 그곳에서 학생들을 지도했다.

그러다가 경남 마산에 있는 성지여고에 미술 교사로 부임했다. 그런데 그 학교에는 국어 교사로 시인 김남조(마리아 막달레나)가 있었다. 두 사람은 서로에게 깊은 호감을 갖고 있다가 마침내 서울 중림동 성당에서 결혼식을 올렸다.

김세중은 서울대 미대에 전임강사로 채용되었고 본격적으로 조각 작품을 제작하기 시작했다. 그 후로 서울대 미대 학장, 한국미술협회 이사장, 국립현대미술관 관장 등을 두루 역임했다.

김세중의 종교 조각은 서울대 미대 교수들의 영향이 컸다. 김세중의 스승이자 대부였던 장발과 조각과 교수였던 윤승욱, 김종영, 이순석 모두가 가톨릭 신자였다. 그래서 '서울대 미대가 우리나라 가톨릭 미술을 선도했다.'라고 해도 결코 지나친 말은 아니다.

김세중은 27세에 '자매 순교자'를 청동으로 조각했다. 자매 순교자는 기해박해 때 참수형을 받고 순교한 언니 김효임 골롬바와 동생 김효주 아그네스이다. 두 자매는 치마와 저고리를 입고 있는데 언니는 손에 순교를 상징하는 종려나무 잎을 들고 얼굴을 아래로 향해 있고, 동생은 십자가를 왼손에 들고 하늘을 힘차게 올려다보고 있다. 높이가 177㎝의 청동이 주는 무게감과 질감, 그리고 종교적 영성이 한데 어우러져 매우 비장한 느낌을 준다.

장발은 오래전에 '골롬바와 아그네스'라는 성화를 제작한 바 있다. 김세중의 '자매 순교자'는 스승의 성화를 그대로 옮겨놓은 듯한 느낌을 준다. 전문가들은 김세중의 종교 조각은 중세 유럽의 교회 조각에서 많은 영향을 받은 것으로 해석한다. 당시 해외여행이 어려웠던 시기였기에 김세중은 서양에서 들여온 미술 서적을 통해 유럽 중세 조각을 많이 연구했을 것이다.

서울 혜화동성당의 전면에 화강암으로 조각된 '최후 심판도'는 장발이 주도했는데 그 작업에 김세중이 참여했다. 180여 개의 화강암을 붙인 부조는 김세중이 원도(原圖)를 만들었고 몇 사람과 함께 조각했다. 가운데 예수님은 오른손을 들어 심판하는 모습이고 양쪽의 네 사도(복음사가)를 상징하는 사자(성 마르코), 독수리(성 요한), 천사(성 마태오). 황소(성 루카)는 각각 날개를 달고 있다.

예수님이 옥좌에 앉아 선인과 악인을 심판하기 위해 오른손을 치켜든 모습은 마치 미켈란젤로가 그린 시스티나 성당의 '최후의 심판' 속의 예수님을 연상시킨다. 부조의 선과 면은 굵고 단순하며 강하다. 화강암이 주는 강한 질감과 돌출시킨 조각들이 한데 어우러져 하느님 말씀을 힘차게 선포한다.

"나는 길이요 진리요 생명이다."

(요한 14:6)

"하늘과 땅은 사라질지라도 내 말은 결코 사라지지 않을 것이다."

(루카 21:33)

혜화동성당은 김세중의 가톨릭 조각 작품이 모여있는 작은 미술관이다.

김세중이 가장 많이 남긴 종교 조각은 '성모상'과 '성모자상'이다. 가톨릭대의 '평화의 모후'와 '성모상', 계성여고의 '성 마리아', 세종로교회의 '동정 마리아', 원효로교회의 '영광의 마돈나', 반포성당의 '성모자상', 가톨릭미술전의 '성모자상', 성 라자로 마을의 '피에타상', 구산성당의 '성모상', 도림동성당의 '성모상', 서교동성당의 '성모상', 바티칸미술관의 '성모상' 등을 들 수 있다.

이외에도 가톨릭 조각 작품이 많다. 대표적인 작품으로 명수대성당의 '성심상', '십자가의 고난', '그리스도', 혜화동성당의 '최후의 심판도', '성 베네딕도상', '십자가', 성 라자로 마을의 '새 삶의 예수상', 가르멜수도회의 '십자가', 서교동성당의 '십자고상', 불광동성당의 '김대건 신부상'과 '십자고상', 바티칸미술관의 '예수상'과 '14처', 절두산성당의 '요한 바오로II세상' 등이 있다.

그밖에 가톨릭 건축물로 '천주교 순교 기념탑'과 절두산 성지 '순교 기념상'을 건립했다. 특히 '순교 기념상'은 순교한 성인들을 화강암에 새겨 넣었는데 태양 빛을 받으면 조각은 마치 청동처럼 빛나며 순교 성인들이 모두 살아 움직이는 듯하다.

일반대학 조각과 교수가 종교 조각을 이렇게 많이 제작한 것은 유례가 없다. 김세중은 미켈란젤로처럼 평생 가톨릭 작품을 만들며 하느님께 봉헌하는 삶을 살았다.

김세중은 공공조각 분야에서도 독보적인 존재였다. 그가 처음 제작한 작품은 전 국민이 모금한 돈으로 건립한 '유엔 참전 기념비'였다. 6.25 전쟁 때 공산주의를 물리치기 위해 참전한 유엔군을 기념하는 조형물이다. 기념탑은 제2한강교(현 양화대교) 북쪽 끝에 약 55m 높이로 세워졌다. 그런데 이 기념탑은 도로를 확장하느라 안타깝게도 철거되었다. 기념비의 전면과 후면에는 '자유의 여신상'과 '승리의 남신상'이 조각되어 있고, 기념비 아래에는 '광복', '건국', '전쟁', '유엔의 도움과 재건'이라는 4개의 청동 부조를 새겼다.

김세중은 이 건축물에 종교적 상징을 넣었다. 죽은 아들을 품에 안고 슬퍼하는 어머니의 조각은 피에타를 연상시키고, 칼을 두 손으로 잡고 서 있는 천사 조각은 가톨릭 천사의 모습이고, 두 사람이 함께 서 있는 조각은 1955년에 제작한 '자매 순교자' 모습이다.

김세중의 가장 유명한 공공조각은 '충무공 이순신 장군상'이다. 애국선열조상건립위원회와 서울신문사가 공동으로 건립을 추진했다. 대통령 박정희는 이순신 장군을 존경했다. 그래서 동상은 박정희가 헌납하고 제자(題字)도 박정희가 썼다. 명문(銘文)은 시인 이은상이 지었고, 조상(彫像)은 김세중이 하였다.

미술전문가들은 이순신 장군상은 서양의 장군상과 분명한 차이를 보인다고 했다. 서양의 장군상은 대부분 말을 타고 있는데, 이순신 장군상은 우뚝 선 입상이다. 한국 전통 조각의 맥을 그대로 이은 것이다.

그런데 한편에서 이순신 장군상에 이의를 제기했다. 동상은 군사 독재자의 발상과 발주로 만들어졌고, 칼을 오른손에 잡고 있어 패장(敗將)의 모습이며, 세종로는 충무공과 전혀 관계가 없는 곳이며, 장군의 모습은 현충사 표준영정과 다르므로 동상을 철거해야 한다는 주장이었다. 이에 대해 김세중은 자신의 생각을 분명히 밝혔다.

"예술은 하나의 거목에서 무한한 내면성을 찾으며, 그 시대의 이념과 요청을 여기에 반영시켜 끊임없는 새 양심과 인격, 그리고 정신을 뽑아내는 것이 아니겠는가. …작품의 생명은 형태의 정도보다 거기서 풍기는 강한 사상성에 있다. 이런 점에서 역사를 후대에 미화 내지 이상화시켜 전승시켜야 한다는, 국민 교육적 작가의 희망에서 동상을 제작한 것이다. 사진과 똑같은 영정을 만드는 것은 별 의미가 없다."

어쨌든 이순신 장군상은 오늘날 우리나라의 상징적 이미지가 되었고 대한민국의 랜드마크로 자리매김했다.

이외에도 김세중은 수많은 공공조각을 제작했다. 파고다(탑골) 공원의 '3.1 운동 기념 부조', 국립극장의 '분수대' 조각, 장충단 공원의 '유관순 동상', 서울의 '남산 터널 부조', 여주 영릉의 '세종대왕상', 어린이대공원의 '분수' 조각, 임진각의 '아웅산 순국 위령탑', 국회의 사당의 '애국애족의 군상', 부여의 '계백장군 기마상', 행주산성의 '권율 장군상' 등이다.

　김세중은 '모든 예술은 하느님의 모습을 찾는 일이며, 그 일을 끊임없이 추구해 나가는 사람이 바로 예술가'라고 했다. 그래서 예술 작품은 '하느님의 얼굴'이라고 생각했다. 또한 예술에는 고행이 따르는 법이고, 엄격하고 가혹한 '자기 학대에 가까운 고행' 없이는 예술은 이루어지지 않는다고 했다.

　김세중은 그러한 고행을 예술로 승화시켰다. 그의 종교 조각에서는 중세 시대의 그 경건함과 엄숙함, 그리고 거룩함이 동시에 느껴진다. 어떤 미학자가 말했다.

　"예술가는 더 이상 불가능한 시도를 하며 끝없이 좌절하는 무모한 사람이 아니다. 김세중은 행복한 시시포스다."

　시시포스는 그리스 신화에 나오는 코린토스의 왕인데 제우스의 분노로 저승에서 무거운 바위를 산 정상까지 밀고 올라가는 벌을 받았다.

　김세중에 대한 일화가 전해진다. 서울대 신입생 환영회가 있는 날이었다. 어떤 공대 학생이 한 미대 학생을 괴롭혔다. 이를 본 다른 미대 학생이 그 공대 학생에게 폭력을 가했다. 순간적인 격정을 이기지 못한 것이었다. 바로 문제 학생이 되었다. 학생의 어머니가 학생과 함께 김세중 미대 학장실로 불려 왔다. 김세중은 그윽하면서 엄중한 눈길을 보냈다. 그러면서 "미술대학 역사에 이런 일은 없었네!" 하고 딱 한 마디만 했다. 그 학생은 김세중 앞에서 고개를 숙였고, 잘못을 뉘우치고는 학장실을 조용히 나갔다.

김세중 교수의 실기수업 시간이었다.

어떤 학생이 투정을 부리듯 작업을 안 하고 고개를 숙이고 무언의 반항을 했다. 그런데 김 교수는 야단을 치는 것이 아니라 밖으로 나가 우유와 빵을 사 왔다. 그러면서 "자네 이거 먹고 힘내서 작업하게." 하고 따뜻이 격려해 주었다. 김세중은 실기를 지도할 때 학생들 작품에 일일이 손을 대지 않았다. 그렇지만 작업하는 학생 옆을 지나가기만 하면 학생의 작품은 저절로 완성되었다. 실기를 말보다 표정으로 가르친 것이다. 김세중은 경제적으로 어려운 학생들을 찾아내 장학금을 주어 학업을 포기하지 않게 했다. 그래서 적지 않은 학생이 계속 공부할 수 있었다.

김세중은 위를 수술했다. 생명을 건 대수술이었다. 수술 경과가 좋지 않아 여러 달 병원에 입원해 있었다. 그는 입원실에 자신이 만든 '예수상'을 세워 놓고는 늘 기도했다. 병이 주는 고통과 시련을 극복할 수 있도록 예수님께 간청했다.

김세중이 입원실에 놓고 기도한 '예수상'은 약 50㎝ 높이로 청동으로 조각되었다. 조각의 예수님 얼굴은 유난히 긴데 눈을 지그시 감고 깊은 생각에 잠겨있는 듯하다. 얼굴을 극도로 단순화했기에 종교적 신비감이 더욱 강하게 느껴진다. 김세중은 그 '예수상'을 통해 위로 받고 치유되었다. 이 작품은 현재 국립현대미술관에 소장되어 있다.

김세중은 세상을 떠날 때까지도 공인으로 일했다. 당시 미술인들의 꿈이었던 과천의 국립현대미술관 건립계획이 예산 부족으로 취소될 운명에 처했다. 국립현대미술관(덕수궁 위치) 관장이었던 김세중은 날마다 국회를 찾아다니며 의원들을 설득했다.

그의 끈질긴 설득과 간청 끝에 국립현대미술관을 다시 건립하기로 결정했다. 과천에 새로운 국립현대미술관이 건립되기 시작했고 그 건축의 총지휘를 김세중이 맡았다.

그런데 준공을 두 달 앞두고 과로와 지병으로 김세중은 58세의 나이에 세상을 떠나고 말았다. 장례 미사는 명동대성당에서 김옥균 주교가 집전했다. 그의 운구는 마지막 마무리로 한창이던 미술관 건립 현장을 돌았다. 공사 현장에서 최후의 작별을 고할 때, 공사장 근로자들은 침통한 표정으로 도열해 운구를 향해 깊이 머리 숙였다. 그들은 똑같은 오리털 점퍼를 입고 있었다. 그것은 김세중이 현장 근로자들이 추운 데서 일한다고 사비로 사서 나누어준 마지막 선물이었다. 김세중의 제자였던 조각가 최종태(요셉)는 스승을 이렇게 기억했다.

"엄격하신 예술가로서, 자상하신 교육자로서, 탁월하신 행정가로서 매사에 원칙을 바로 세우시고 옳은 일이라 판단되실 때는 물불을 마다치 않으셨으며 각계각층의 수많은 선배 후배들에 대해 고르게 마음 쓰시는 참으로 큰 틀을 타고나신 드문 스승이셨다."

천상병

"

가난해도 행복하게 살았다.
한 잔 커피와 한 갑의 담배, 한 사발의 막걸리,
그리고 버스값만 있으면 하루가 행복했다.

"

천상병. 「천상병 전집」(산문). 평민사. 2018.

천상병. 「괜찮다 괜찮다 괜찮다」. 도서출판 강. 1990.

천상병. 「천상병 시집 새」. 도서출판 답게. 1992.

목순옥. 「날개 없는 새 짝이 되어」. 청산. 1993.

신경림. 「신경림의 시인을 찾아서」. 우리교육. 1998.

백형찬. 「예술혼을 찾아서」. 서현사. 2009.

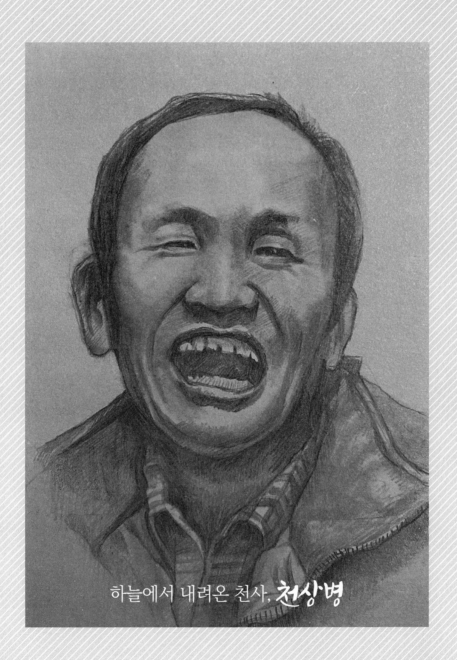

하늘에서 내려온 천사, 천상병

겨울이었다. 시인 천상병(시몬, 千祥炳, 1930~1993)이 갑자기 사라졌다. 친한 벗들에게 늘 웃음을 선사해 주던 사람이었다. 친구들은 천상병을 찾아 나섰다. 그가 갈 곳이라고는 서울의 명동이나 종로, 그리고 부산의 광복동이나 남포동밖에 없었다. 그곳을 샅샅이 뒤졌다. 그러나 찾을 수 없었다.

해가 바뀌어 봄이 되었다. 그래도 천상병은 나타나지 않았다.
"죽지나 않았을까?"
"아냐, 죽을 리가 없어. 천상병이 어떤 사람인데? 불사신이야!"
"돈도 없고 배도 고프고 병이 나서 한없이 떠돌다 쓰러졌는지도 모르지."
"참 안 됐어. 시집 한 권 못 내고 세상을 뜨다니."
"언젠가 막걸리값으로 1,000원을 달라는 걸 못 준 적이 있는데 후회가 되는군."
친구들은 사라진 천상병을 안타까워하며 이런 말들을 주고받았다. 이렇게 해서 친구들은 돈을 모아 천상병의 유고 시집 「새」를 만들었다. 시집은 큰 판형에 자주색 하드커버로 호화롭게 만들었다.
시집이 나오자 화제가 되었다. 행방불명되어 생사를 알 수 없는 시인의 시집을 가난한 시인들이 돈을 모아 출판했다고 언론에서는 대대적으로 보도했다. 천상병은 하루아침에 유명한 시인이 되었다.
그러던 어느 날, 천상병이 살아있다는 소식이 들렸다. 서울시립정신병원에 입원해 있다는 것이었다. 친구들이 달려가 보니 그는 병원 침대에 앉은 채 그 특유의 '까치 웃음'을 짓고 있었다. 병명은 '신경황

폐증'이었다. 천상병은 병원에서 여덟 달을 지냈다.

이렇게 해서 시집 「새」는 '살아있는 시인의 유고 시집'으로 문학사에 기록되었다.

천상병의 아내 목순옥은 서울 인사동에서 전통찻집 '귀천'을 오랫동안 운영했다. '귀천'은 천상병이 목순옥과 가장 많은 시간을 보냈던 곳이고, 배가 고팠던 그들 부부에게 밥 문제를 해결해 주었던 고마운 곳이었다. 그곳은 문인과 예술인의 사랑방 역할을 했다. 시인 신경림, 영화감독 이장호, 중광 스님 등 많은 문화예술인과 천상병을 사랑한 사람들이 즐겨 찾았다.

목순옥은 천상병이 먼저 세상을 떠난 후에도 매일 '귀천'을 지켰다. 그러한 '귀천'이 문을 닫았다. 목순옥도 세상을 떠났기 때문이다. 그 '귀천'은 없어졌지만 다른 '귀천'이 생겼다. 목순옥 조카가 인사동에 새롭게 문을 열었다.

소설가 김훈이 한국일보 기자로 있을 때, '귀천'을 자주 갔다. 그곳에서 천상병을 만났다. 김훈은 천상병의 어법, 걸음걸이, 웃음, 음색, 밥 먹는 모습, 조는 모습, 음악, 신발, 옷, 얼굴, 눈꼽, 입가의 침버캐, 주머니 속의 1,000원짜리 두 장, 선글라스 등에 대해 말하는 것은 그의 시에 대해 말하는 것보다 훨씬 더 고통스럽다고 했다. 김훈은 천상병을 '시와 인간이 일치하는 시인'이라 했다.

또한 어떤 소설가는 천상병을 '하드웨어는 그렇게 생겼어도 소프

트웨어는 깨끗한 눈(雪)과 같다.'고 했다. 천상병의 친구 민영은 천상
병을 '가장 빼어난 서정 시인이며 가장 순수한 방외인(方外人)'이라
했다. 민영이 천상병을 처음 만난 것은 부산 피란 시절이었다.

대청동에 있는 르네상스 다방에서 인사를 나누었는데 첫눈에도 천
상병은 다른 문인들과는 다르게 보였다. 민영은 그때의 첫인상을 이
렇게 말했다.

"뭣보다도 옷차림과 용모가 그러했다. 피난 때라 하더라도 모두 말
쑥한 양복 차림이었는데, 천상병만은 미군 군복에 물을 들인 검정 저
고리를 입고 있었다. 언제 세탁했는지도 모를 만큼 때가 끼고 구깃구
깃한 군용 상의, 그 위에 얹힌 조물주가 빚다 만 진흙덩이 같이 생긴
얼굴. 목소리는 무쇠를 삼킨 것처럼 크고, 이따금 남의 이목을 가리지
않고 웃어젖히는 까치 웃음… 그 꼴은 옛 그림에 나오는 한산(寒山)·
습득(拾得) 못지않았다."

친구들은 천상병의 재기 넘치는 말을 들으려고 모여들었다. 친구
들은 배꼽을 쥐고 웃었다. 천상병은 선후배를 막론하고 거리낌 없이
손을 내밀어 세금(술값)을 요구했다. 그러면 거절하지 않고 주었다.
요구하는 술값이 막걸리 한 잔 값이었기 때문이다.

천상병은 일본에서 태어났다. 천석꾼이었던 그의 부친이 일본인의
사기에 휘말려 재산을 전부 잃고 일본에 건너가 살았기 때문이다. 천
상병은 중학교 2학년 때에 해방을 맞았다. 귀국해 경남 마산에 정착

했다. 마산중학교에 다니던 어느 날, 뒷산에 올라갔다가 사람들이 무덤 앞에서 우는 모습을 보고 '사람은 모두 죽게 마련이구나.' 하는 생각이 들었다. 이를 시로 썼다. '강물'이라는 시였다.

당시 그 학교 국어 교사로 근무하고 있던 시인 김춘수가 천상병의 담임이었다. 김춘수는 천상병의 시를 보고 감성의 뿌리가 살아있다고 칭찬해주었다. 그 시는 유치환의 추천을 받아 '문예' 지에 실렸다. 중학교 5학년(현재 고2) 학생이 당당히 시인으로 등단한 것이다.

천상병은 중학교 6학년(현재 고3)이 되자 대학 진학을 놓고 고민했다. 문과가 적성이었으나 이미 시인이 되었기에 굳이 대학에 갈 필요가 없었다. 그런데 어느 선배의 말을 듣고는 대학에 있는 학과들의 이름을 종이쪽지에 적어 돌과 함께 힘껏 던졌다.

가장 멀리 날아간 돌에 적힌 내용대로 대학에 가기로 한 것이다. 가장 멀리 날아간 돌의 쪽지를 펼쳐보니 '서울대 상대'가 나왔다. 그래서 서울대 상대에 지원해 합격했다.

입학 후, 학과 공부보다는 문인들과 어울려 다니기 좋아했다. 천상병의 본거지는 부산의 고전음악 감상실 '르네상스'와 '돌체'였다. 그는 무척 감성적이어서 브람스의 교향곡 4번을 들으면 눈물을 흘리곤 했다. 그의 눈물을 보려면 브람스 교향곡 4번을 신청하면 되었다.

천상병은 가난해도 행복하게 살았다. 한 잔 커피와 한 갑의 담배, 한 사발의 막걸리, 그리고 버스값만 있으면 하루가 행복했다. 그는 가난을 직업처럼 살았다.

시 '나의 가난은'에서 가난한 삶을 보란 듯이 노래했다.

가난을 노래한 또 다른 시가 있다. '소릉조(少陵調)'라는 시다. 아버지와 어머니는 고향 산소에 계시고, 형과 누이들은 부산에 있다. 자신만 홀로 서울에 있다. 부모님 산소에 가고 싶고 부산에 있는 형제들도 보고 싶은데 그곳에 갈 여비가 없다. 죽어서 저승 가는 데도 여비가 든다면 자신은 영영 죽을 수 없다는 내용의 시다. 눈물 속에서도 웃음이 피어나는 슬프디슬픈 시다.

천상병은 아내에게 매일 2,000원씩 용돈을 타서 썼다. 이 돈으로 가게에서 맥주 한 병, 아이스크림 하나를 사 먹고 버스 토큰 서너 개와 담배를 샀다. 그러고도 어떤 때는 돈이 남아 저축도 해 통장에 100만 원 가까이 들어있기도 했다. 천상병은 그 돈으로 같이 사는 장모의 장례비 30만 원을 떼어낼 생각이고, 자신을 따라다니는 문학청년의 결혼 비용으로 50만 원을 쓸 계획이며, 나머지는 처 조카딸 결혼 비용으로 주겠다고 했다.

그런데 장모의 장례비를 걱정하던 천상병은 장모의 장례비를 미리 준비해 놓고는 먼저 세상을 떠났다. 천상병의 장례식이 끝나자 장모는 들어온 조의금을 잘 보관한다며 천상병이 자던 방의 빈 아궁이에 돈뭉치를 신문지에 싸서 넣었다. 그런데 이것을 모르고 천상병의 아내는 날씨가 쌀쌀하고 비도 내려 남편이 추울 것으로 생각해 아궁이에 불을 지폈다. 조의금으로 들어온 수백만 원이 새카맣게 타버렸다. 다행히 그 재를 은행에 가져가니 얼마간 주었다. 결국 그 돈은 장모 장례비가 되었다.

시인 신경림에 따르면 천상병은 몸이 워낙 튼튼해서 아무리 술을 마셔도 탈이 없었다고 했다. 또한 어디서나 밥을 먹어도 남기지 않고 바닥까지 다 긁어 먹었다고 했다.

그러나 이렇게 건강한 모습은 동백림(동베를린) 간첩단 사건 이후에는 볼 수가 없었다. 동백림 간첩단 사건이란 서베를린 유학생들이 동베를린에 구경 간 사건을 말한다. 당시 독일은 동과 서로 나누어져 있었는데, 동쪽은 사회주의 국가이고, 서쪽은 자유민주주의 국가였다. 서슬이 시퍼렇던 국내 반공법(현 국가보안법)을 위반한 것이었다. 중앙정보부(현 국가정보원)는 연루자 전원을 체포해 한국으로 송환했다. 재판부는 이들 유학생에게 사형, 무기징역 등의 중형을 내렸다. 그런데 아무 연고도 없는 천상병이 엉뚱하게 연루되었다.

천상병은 억울하게도 중앙정보부에서 3개월, 교도소에서 3개월 고생하다가 풀려났다. 그는 중앙정보부에서 지독한 전기고문을 세 번씩이나 받았다. 전기고문을 받을 적마다 까무러쳤다. 그 후유증으로 치아가 거의 빠졌고, 말을 더듬는 습관이 생겼다. 나중에는 정신병원에 갔고, 아이도 갖지 못하게 되었다. 천상병은 '그날은'이란 시를 써서 자신이 겪은 무시무시한 고통을 기록으로 남겼다. '아이론(다리미) 밑 와이셔츠같이' 고문당한 것이다.

천상병은 술을 무척 좋아했다. 대학 2학년 때부터 술을 마셨다. 시인, 소설가, 평론가와 어울려 다니면서 마셨다. 술 중에서도 막걸리를 제일 좋아했다. 막걸리를 예찬하는 시를 지을 정도였다. 그는 막걸리만 마시고 산 적이 있었다. 막걸리가 밥이었다. 식사를 거부하고 곡기를 일절 끊고 오직 막걸리만 마셨다. 막걸리는 한 시간에 한 잔씩 시간과 양을 정해 놓고 정확히 마셨다.

그렇게 사니 간이 온전할 리가 없었다. 수십 일 동안 내리 설사만 하였다. 배가 임산부의 배같이 부풀어 올랐다. 발도 퉁퉁 부어올랐다. 병명은 간경화였다.

종합병원에서 치료가 시작되었다. 설사약을 복용했다. 하루에 기저귀를 40장씩 갈았다. 배가 차츰 가라앉았다. 그런데 온몸에 심하게 두드러기가 돋아나기 시작했다. 가려워서 북북 긁었다. 긁으면 상처가 났고, 피가 줄줄 흘렀다. 진물도 흘러내렸다.

천상병은 온몸에 붕대를 칭칭 감고 누웠다. 마치 이집트 미라 같았다. 처참한 모습이었다. 모두 마음의 준비를 했다. 천상병도 자신이 죽으면 춘천에 묻어달라고 유언을 남겼다. 수녀님이 신부님을 모셔와 종부성사를 주었다. 그런데 정말 친구들 말대로 그는 불사신처럼 다시 살아났다.

천상병의 술에 대한 일화는 끝이 없다. 그는 대학 시절, 소설가 한무숙 집에서 식객으로 있었다. 한무숙은 문학청년을 좋아해 방 하나를 제공했다. 어느 날 밤에 잠은 안 오고 술 생각이 났다.

낮에 얼핏 본 안방 화장대 위의 양주병이 눈에 어른거렸다. 한무숙 부부가 잠든 안방에 살금살금 들어갔다. 어둠 속에서 화장대 위를 더듬어 양주병을 잡아 들고는 얼른 나왔다. 그러곤 단숨에 들이켰다. 그런데 갑자기 향수 냄새가 나고 속이 메슥거려 참을 수가 없었다. 양주병인 줄 알고 들고나온 것은 한무숙이 아끼던 향수였다.

또 이런 일도 있었다. 천상병이 부산시장 공보비서로 일할 때였다. 시장 부인이 중매를 서겠다고 했다. 그래서 선보는 자리를 마련해 천상병을 초대했다. 천상병은 결혼 상대자에겐 관심 없고 오직 화려한 술상에만 관심이 있었다. 매번 술만 실컷 먹고 나오곤 했다. 그런 일이 반복되니 시장 부인도 천상병의 속셈을 알아차리고는 그다음부터는 일절 중매를 서지 않았다.

천상병은 하늘나라에서 제일 높으신 분은 하느님이고, 둘째는 예수님, 셋째는 가브리엘 대천사, 넷째는 천사들이라고 했다. 하느님과 예수님은 하늘에 계시고, 가브리엘 대천사는 우리 인간 세상에 있다고 했다. 그 가브리엘 대천사가 바로 소설가 이외수와 중광 스님이라고 했다. 이외수는 행동거지나 모습이 자신과 비슷하고, 외로운 모습도 마음에 들고, 세수를 일주일 동안 하지 않는다는 것도 자신과 닮아 좋아했다.

춘천의료원에 간경화로 입원했을 때 이외수가 찾아왔다. 천상병은 그를 보자마자 "이외수야! 너는 내 동생이다."라고 했다. 그 후 이외수가 대마초 사건에 휘말린 뉴스가 나오자 천상병은 눈물을 흘리며 "하느님, 이외수를 용서해 주세요."라고 간절히 기도드렸다. 그랬더니 이외수가 풀려났다.

이외수는 천상병의 아내 목순옥이 고생하는 모습을 보고 돕겠다며 중광과 함께 시화집 「도적놈 셋이서」라는 책을 만들었다.

제법 많이 팔렸다. 그래서 들어온 인세로 '귀천'을 운영하며 지은 빚을 갚을 수 있었다.

천상병이 중광을 만난 곳은 광주에 있는 한 도자기 가마에서였다. 그는 검정 고무신에 누더기를 입고 얼굴에 흙이 묻은 모습으로 천상병의 손을 잡고 반가워했다. 천상병은 중광을 '보살님'이라 불렀고 중광은 천상병을 '도사님'이라 불렀다. 중광은 그림을 그릴 때 혀를 이리저리 돌리며 어린애 같은 모습으로 그렸다. 천상병은 중광의 그 천진난만한 모습을 좋아했다.

춘천의료원에 입원해 있을 때, 중광은 문병을 와서 베개 밑에 20만 원을 넣고 갔다. 당시로는 매우 큰 돈이었다. 중광에게 용돈을 달라고 하면 선뜻 용돈을 주었다. 누더기를 걸치고 가슴에는 고장 난 시계를 달고, 머리에는 울긋불긋한 장식의 모자를 쓴 중광의 그 우스꽝스러운 모습을 천상병은 무척이나 좋아했다.

천상병은 아내도 가브리엘 대천사라고 했다.

여섯 살짜리 아기로 마음도 몸도 약한 불쌍한 남편을 평생을 보살펴준 '착한 대천사'라고 했다. 하느님이 이런 착한 대천사를 자신에게 붙여주었다고 늘 고마워했다.

천상병은 독실한 가톨릭 신자였다. 그의 깊은 신앙을 말해주는 대표적인 시가 바로 '나 하늘로 돌아가리라'로 시작하는 '귀천(歸天)'이다. 시인은 하늘에서 아름다운 이 땅으로 소풍을 와 기슭에서 종일 놀다가 어느덧 석양이 물들며 구름이 그만 놀고 어서 오라고 손짓하면 하늘로 돌아가 하느님께 아름다운 소풍이었다고 말하겠노라 했다.

천상병은 어떻게 이렇게 아름다운 시를 지을 수 있었을까. 이 세상에 사는 것을 어떻게 하늘에서 소풍을 온 것으로 비유할 수 있었을까. 그리고 두렵고 무서운 죽음을 이토록 아름답게 승화시킬 수 있었을까. 종교적 영성이 하늘에 가 닿지 않으면 이런 시는 나올 수가 없다. 그래서 많은 사람이 이 시에 위로받고 힘든 삶을 이겨내며 하늘나라를 꿈꾸며 살고 있다.

시인 신경림은 '귀천'을 가장 아름다운 시라고 했다.

천상병이 제일 가깝게 믿고 의지한 분은 하느님이었다. 그는 "늘 하느님은 나하고 함께 계시다."고 했다. 하느님은 자신의 손짓, 발짓, 몸짓을 일일이 지켜보시고 마음까지 읽어내서 잘못하면 벌을 주시는 분이라고 했다. 그는 하느님을 언제 어디서나 찾았다. 하느님을 부르며 주거니 받거니 혼자서 이야기했다.

"하느님, 감사합니다. 맛있는 거를 주셔서….", "하느님, 글을 쓰게 해주시오." 등등….

천상병은 사람들에게 늘 자신은 하느님이 계시는 곳에서 이 땅으로 잠시 소풍을 나온 것이고, 하느님에게 돌아갈 것이라고 말했다.

천상병은 하느님을 매일 그렇게 부르면서도 또한 시몬(深溫)이라고 세례까지 받았는데도 성당에 나가지 않았다. 주변에서 성당에 가라고 하면 "하느님은 거기 안 가도 늘 나하고 있는데 뭐 할라꼬?"라고 했다. 하느님은 이 우주에서 가장 강력한 분이며 자신의 '막강한 빽'이라고 했다. 그리고 자신은 꼭 천국에 가기로 되어 있다고 아이처럼 자랑했다.

그러면서도 천상병은 '하느님은 무서운 분'이라고 했다. 하나밖에 없는 아들을 십자가에 못 박게 하고 고통받게 했으니 얼마나 무서운 분인지 모른다고 했다. 그래서 늘 "하느님, 용서해 주이소."를 입버릇처럼 되뇌었다. 술로 인해 병을 얻은 것도 하느님이 벌을 주셨기 때문이라고 했다.

천상병은 그해 가을부터 겨울까지 내내 집에 있었다. 거동이 불편하고 날씨가 추워서 외출할 수 없었다. 따뜻한 봄이 오면 인사동 '귀천'에 가겠다고 했다. 그 봄을 며칠 앞둔 어느 날, 천상병은 아침에 일어나서 밥을 먹고 있었다.

그런데 그날은 밥 먹는 모습이 평소와 달랐다. 너무 급하게 먹었다. 또한 많이 먹었다. 옆에서 지켜보던 장모가 물 주전자를 주며 천천히 먹으라고 했다. 그랬는데도 천상병은 주전자를 받아 들고 벌컥벌컥 마시다가 갑자기 쓰러졌다. 하느님이 그만 놀고 어서 돌아오라고 부르신 것이었다.

한국 문학의 축복, 박완서

박완서

박완서. 「한 말씀만 하소서」. 세계사. 2004.

박완서. 「옳고도 아름다운 당신」. 열림원. 2008.

박완서. 「못 가본 길이 더 아름답다」. 현대문학. 2010.

박완서. 「모래알만 한 진실이라도」. 세계사. 2020.

공선옥 외. 「뒤늦게 만나 사랑하다」. 생활성서. 2007.

평화신문 엮음. 「추기경 김수환 이야기」 평화방송·평화신문. 2004.

백형찬. 「나의 아름다운 벚꽃동산」. 태학사. 2018.

백형찬. 「예술가를 꿈꾸는 젊은이에게」. 태학사. 2015.

평화신문(2011.1.30.) '한국 문학계 큰별 박완서 작가, 주님 곁으로'

가톨릭신문(2011.1.30.) '고 박완서 작가 삶과 신앙'

오광수. 「박수근」 시공사. 2002.

소설가 박완서(정혜 엘리사벳, 朴婉緒, 1931~2011)는 남편을 병으로 잃고 몇 개월 후에 또 단 하나밖에 없는 아들을 잃었다. 박완서는 울부짖으며 통곡했다.

자식이 부모보다 먼저 죽는 참혹한 슬픔을 '참척(慘慽)'이라 한다. 인간이 느낄 수 있는 가장 큰 슬픔이다. 참척을 당한 박완서는 하느님을 원망했다.

'내 아들아. 이 세상에 네가 없다니 그게 정말이냐?'

이렇게 아들을 목 놓아 부르며 하느님도 너무하시다고 했다. 그러면서 그 아이를 데려간 것은 '하느님의 실수'라고 했다. 그렇게 실수한다면 하느님도 아니라고 하느님을 마구 원망했다.

그 죽은 아들은 스물다섯 살밖에 안 되었고, 튼튼한 몸과 잘생긴 얼굴을 가진 앞날이 무척이나 촉망되는 젊은 의사였다. 이토록 소중한 아들을 잃은 박완서는 '하느님의 장난'을 피눈물을 흘리며 원망하고 또 원망했다. 그러면서 하느님께 대들었다.

'당신의 장난이 인간에겐 얼마나 무서운 운명의 손길이 된다는 걸 왜 모르십니까?'라고 따지며 '당신의 거룩한 모상(模像)대로 창조된 인간을 이렇게 막 가지고 장난을 쳐도 되는 겁니까?' 하고 마구 대들었다.

그 아들은 최고 명문대 의과대학에서 인턴 과정을 마치고 전문의를 선택할 때 남들이 가기를 주저하는 마취과를 선택했다. 박완서는 이를 못마땅해하며 왜 하필 마취과냐고 물었다. 아들은 마취과 의사는 주로 수술실에서 의식이 없는 환자들과 마주하는데 수술이 무사히 끝나고 의식이 돌아오면 할 일이 없어지는 의사이며, 환자도 환자 가족도 전혀 기억하지 못하는 의사이므로 그 쓸쓸함에 마음이 끌려 마취과를 선택했다고 대답했다.

이렇게 어질고 똑똑한 아들을 잃은 박완서는 예수님이 매달려 있는 십자고상(十字苦像)을 원망의 눈빛으로 쳐다보았다. 예수님은 실컷 욕하고 원망하라는 표정 같았다. 그런데 예수님을 자세히 들여다보니 무척 슬퍼 보이고 모든 것을 다 이해하고 계시는 것 같았다.

그 후 박완서는 이해인 수녀가 있는 부산의 수녀원으로 내려갔다. 바다가 보이는 그곳에서 생활하며 마음을 다스렸다. 그곳에서 참척의 깊은 슬픔을 조금씩 이겨낼 수 있었다. 그리하여 다시 글을 쓸 수 있게 되었다. 이젠 아들이 없는 세상도 사랑할 수 있게 되었다. 박완서는 이렇게 고백했다.

"주님, 저에게 다시 이 세상을 사랑할 수 있는 능력을 주셔서 감사합니다."

박완서가 자식을 잃고 쓴 글 '한 말씀만 하소서'는 자식을 잃은 어미의 통곡을 기록한 것이다. 박완서의 말대로 '통곡을 고스란히 참기가 너무 힘들어 통곡 대신 미친 듯이 끄적거린 게' 이 글이다.

박완서가 태어난 곳은 개성에서 조금 떨어진 개풍군 벽촌이었다. 채 스무 가구도 되지 않는 작은 마을이었다. 조상들이 200년에 걸쳐 대대로 살아온 집에서 어린 시절을 보냈다. 그곳의 자식 교육은 보수

적이었다. 아들은 서당에 보내 한문을 배우게 하고 딸은 집에서 한글을 가르쳤다.

박완서는 그런 보수적인 집안에서 태어났으나 소학교(현재의 초등학교)는 서울에서 다녔다. 이것은 어머니의 끈질긴 고집 때문이었다. 어머니는 일찍 남편을 병으로 잃었다. 도시의 신식 병원에만 갔어도 고칠 수 있는 병이었는데 시골의 무지로 남편이 죽었다. 그래서 그 무지한 시골이 싫어 무작정 서울로 떠났다. 친척들의 비난이 쏟아졌다. 그러나 전혀 아랑곳하지 않았다.

서울 변두리에서 어려운 생활을 시작했다. 어머니는 바느질로 자식들을 키웠다. 그 후, 어머니의 뜻대로 박완서는 좋은 학교에 진학했고, 오빠는 좋은 곳에 취직됐다. 집도 버젓한 곳으로 이사했다. 어머니는 고향에서 못된 며느리 대신에 '잘난 며느리'로 불렸다.

박완서는 숙명여고를 나와 서울대 국문과에 입학했다. 그런데 그해 6.25 전쟁이 나고 집안이 몰락해 어린 조카들과 노모를 책임져야 하는 가장이 되었다. 학교를 중퇴하고 돈 벌 자리를 찾아야 했다. 서울대 학생이었기에 남들보다 쉽게 미군 부대에 취업할 수 있었다. 미8군 PX(전문매점) 초상화부에서 일했다.

PX는 지금의 서울 신세계백화점 자리에 있었다. 그곳에는 가난한 화가들이 그림을 그리고 있었다. 전쟁 전에 극장 간판을 그리던 사람들이었다. 그곳에서 박수근이 일하고 있었다. 박완서는 그들을 얕잡아 보고 함부로 대했다.

박완서가 하는 일은 초상화 주문을 맡아오는 일이었다. 초상화를 그려달라고 찾아오는 미군은 없었다. 그 일이 너무 힘들어 매일 그만두겠다는 생각을 했다. 어느 날, 박수근이 화집을 끼고 출근했다. 박완서는 속으로 비웃었다.

박수근은 화집을 펴들고 박완서에게 왔다. 그러고는 어떤 그림을 가리키면서 자신이 그린 것이라고 했다. 촌부(村婦)가 절구질하는 모습인데 '조선미술전람회(鮮展)'에서 입선한 작품이라고 했다. 그 말을 듣고 박완서는 놀랐고, 부끄러웠고, 기뻤다. 놀란 것은 초상화 그리는 사람 중에 진짜 화가가 있다는 것이고, 부끄러운 것은 그것도 모르고 함부로 대한 것이며, 기쁜 것은 착하고 맑은 화가 한 사람을 알게 된 것이었다. 박완서는 이 일을 계기로 불행한 생각만 하며 살아오던 자신으로부터 벗어날 수 있었다.

그 후, 박완서는 결혼해 PX 생활을 청산했다. 그러나 박수근은 PX에서 계속 초상화를 그렸다. 박수근은 점차 유명해지기 시작했다. 그러나 생활은 여전히 어려웠다. 백내장으로 고생하다가 그만 세상을 떠나고 말았다. 박수근의 유작전(遺作展) 소식을 신문에서 보았다. 박완서는 마음을 먹고 그 전시회에 갔다. 많은 작품 중에 유독 '나무와 여인'이라는 작품에 사로잡혀 오랫동안 그 앞에 서 있었다. 그때의 감동을 소설로 쓴 것이 바로 「나목(裸木)」이다.

박완서는 「나목」으로 마흔, 불혹의 나이에 한국 문학계에 축복과 같이 등단했다. 그러곤 한국 현대문학을 대표하는 작가로 자리매김했다. 박완서의 대표 작품으로는 「휘청거리는 오후」, 「그해 겨울은 따뜻했네」, 「그 많던 싱아는 누가 다 먹었을까」, 「그 산이 정말 거기에 있었을까」,「꼴찌에게 보내는 갈채」,「한 말씀만 하소서」를 들 수 있다.

박완서가 종교를 갖겠다고 생각한 것은 시어머니의 장례를 치르고 난 후였다. 시어머니를 26년 넘게 모시고 살았다. 박완서가 낳은 자식은 딸 넷과 아들 하나였다.

시어머니는 그 아이들을 모두 업어 길렀다. 시어머니는 새로운 생명을 기쁜 마음으로 맞이했고 손주들을 기르는 데도 온갖 정성을 다했다. 그런 시어머니가 세상을 떠난 것이었다.

종교가 없던 시어머니였기에 장례는 장의사에게 맡겼다. 박완서는 정성을 다해 시어머니를 하늘나라로 보내드리고 싶었다.

그러나 그 장의사의 장례 예절은 전혀 그렇지 못했다. 그래서 가슴이 무척이나 아팠다. 자신은 죽어서 그런 장례 의식을 치르지 않겠다고 굳게 결심했다.

박완서가 본 장례 예식 중에 가장 감동적인 예식은 가톨릭 장례였다. 자신도 죽으면 저렇게 대접받고 싶었다. 가톨릭 장례 미사는 죽은 사람이 귀하건 천하건, 부자건 가난하건 구별하지 않고 극진하게 대접했다. 또한 고인을 다시는 볼 수 없다는 절망감보다는 하늘나라에서 다시 만날 수 있다는 희망감을 안겨주었다.

박완서는 가톨릭 장례 미사를 보면서 죽은 사람이 산 사람에게 '슬픔이 있는 기쁨'을 선물해 주는 예식이라 생각했다. 이렇듯 박완서가 가톨릭 신자가 되기로 결심한 것은 가톨릭 장례 미사 때문이었다.

이와 함께 성경 말씀도 너무 좋았다. 성경 말씀은 박완서에게 많은 사랑을 베풀어준 할아버지의 말씀처럼 푸근하게 와 닿았다. 예수님이 비유하여 말씀하시는 것도 할아버지 말씀과 비슷했다.

할아버지는 무조건 혼내고 훈계하는 것이 아니라 재밌는 이야기를 통해 잘못한 것을 깨닫게 해주었다.

특히 루카복음의 마르타와 마리아에 대한 말씀을 들으면 마치 할아버지가 들려주는 이야기로 착각할 정도였다.

박완서가 가톨릭 신앙을 갖기로 결심한 후부터 세례받을 때까지 몇 년 걸렸다. 이유는 동네에 성당도 없었고 성당으로 인도하는 사람도 없었기 때문이다. 주일에 명동대성당에 가보긴 했으나 신앙과 연결되지는 못했다.

그러다가 잠실로 이사를 하게 되었다. 그곳 아파트 단지 내에 성당이 있었다. 그해 성탄절이었다. 텔레비전에 성탄절을 맞은 명동대성당의 모습이 나왔다. 갑자기 성당에 가고 싶은 생각이 들었다. 그래서 남편과 함께 아파트에 있는 성당으로 갔다. 상가 4층에 자리 잡은 성당이었다. 신자들도 너무 많아 복도와 계단까지 꽉 찼다. 무질서했다. 그런데 미사가 시작되자 질서가 잡히며 고요하고 경건한 분위기로 바뀌었다. 거의 세 시간 동안 성탄 자정 미사를 봉헌했다. 구유 경배 예절까지 하고 나왔다. 밖은 무척이나 추웠다.

그러나 마음속에서는 뜨거운 기쁨과 감동이 용솟음쳤다. 그 후, 같은 단지에 사는 교우의 권유로 교리 공부를 시작하게 되었고 세례를 받았다. 어떤 사람이 박완서에게 종교에 너무 깊이 빠지면 소설을 못 쓴다고 말했다. 그러나 박완서는 '생명력 있는 말에는 힘이 있다.'는 것을 믿고 있었고, '문학과 종교는 서로 반대되는 것이 아니라 가장 잘 통할 수 있는 사이'라는 것을 알고 있었기에 전혀 개의치 않았다.

박완서가 신약성경을 처음 통독한 것은 마흔을 바라볼 때였다. 성경 통독은 종교적인 갈망보다는 그리스도교에 대한 지식을 쌓으려고 시작했다. 박완서는 복음서 중에 요한 복음서를 가장 좋아했다. 왜냐하면 요한복음서는 서술이 특이하고 힘이 있고, 예수님을 보는 시각이 다른 복음서와 다르기 때문이었다. 요한복음서의 저자는 예수님의 고결함과 아름다움, 그리고 용기를 섬세하게 보여주었다. 그래서 박완서는 복음을 읽을 때마다 깊은 감동을 받았다.

특히 예수님이 사마리아 여인과 이야기를 나누는 장면은 놀랍고도 황홀했다. 또한 박완서가 가장 좋아한 예수님 말씀은 "너희가 여기 있는 형제 중에서 가장 보잘것없는 사람 하나에게 해준 것이 바로 나에게 해준 것이다."였다. 그 말씀은 '예수님과의 첫사랑'이었으며 '예수님께 통하는 관문'이었다.

그리고 또 좋아한 성경 말씀은 예수님이 사람들을 신분에 상관없이 식탁에 초대했다는 말씀이었다. 초대받은 손님은 거지, 장애인, 세리, 매춘부로 당시 소외된 사람들이었다. 그들은 예수님과 함께 식사하면서 깊은 위로와 용서를 받았다. 특히 예수님을 자기 집에 초대할 생각도 감히 하지 못하고 그저 돌무화과나무 위로 올라가서 물끄러미 예수님만 바라보던 세리 자캐오에게 예수님께서 "자캐오야, 얼른 내려오너라. 오늘은 내가 네 집에 머물러야 하겠다."라고 하신 말씀은 참으로 깊은 감동을 주었다.

반면에 성경을 읽었을 때 이치에 맞지 않아 화가 났던 말씀도 있었다. 바로 하늘나라를 포도원 일꾼과 품삯에 비유한 마태오 복음이었다. 하루 종일 일한 일꾼, 반나절 일한 일꾼, 오후 늦게 일한 일꾼 모두에게 동일한 임금을 준 것은 화가 났다. 분명히 불공평한 일이었다. 박완서는 가만히 생각해보았다.

왜 그들은 온종일 일자리를 못 얻었고 서성거리고만 있었을까. 겉모습이 초라해 보였거나 몸이 약해 보였을 것이다. 그들은 주인 눈에 들어올 정도가 되지 못했던 것이다.

박완서는 그런 불쌍한 일꾼을 바라보는 예수님의 눈길은 '따뜻하고 부드러웠다.'고 했다. 그러면서 '예수님은 그 꼴찌 인생들에게도 똑같이 일용할 양식을 주신 것'이라 했다.

박완서는 서울성모병원에 입원 중인 이해인 수녀를 문병했다. 그런데 같은 병동에 김수환 추기경이 입원해 있다는 사실을 알게 되었다. 가슴이 울렁거릴 정도로 꼭 뵙고 싶었다.

그러나 병이 위중해 문병을 사양한다고 하고 또한 편안한 안식을 방해하고 싶지 않아 뵙기를 단념했다.

박완서는 예전에 어느 신문사 초대로 러시아 발레단의 '백조의 호수'를 구경하러 갔었다. 2층의 자리였다. 김 추기경도 초대받아 그곳에 앉아 있었다. 박완서는 추기경과 나란히 공연을 관람했다. 추기경은 제의(祭衣)가 아닌 간편한 복장을 하고 있었다. 그 모습에서 무척이나 가볍고 작은 분 같은 느낌을 받았다.

그런데 놀랍게도 공연이 끝나자 추기경은 자리에서 일어나더니 뜨겁게 박수를 쳤다. 계속해서 박수를 쳤다. 박완서 표현대로 '연예인에 열광하는 청소년'과 같았다.

박완서는 추기경의 그 순수하고 열정적인 모습에 감동했다. 그 후, 박완서는 추기경을 모시고 식사할 기회가 있었다.

엘리베이터 앞에서였다. 엘리베이터 문이 열렸다. 앞에 서 있던 추기경은 옆으로 비켜서며 박완서에게 먼저 타라고 했다. 사양하자 "레이디 퍼스트!"라고 했다.

박완서는 그런 말에 더 이상 사양하지 않고 먼저 탔다. 그러면서 추기경에게 "영 레이디가 아니어서 죄송합니다."라고 했다. 그랬더니 추기경은 "나보다 영(Young)이지요." 했다. 박완서는 추기경의 이러한 모습에서 인간적인 따뜻함과 유머를 느꼈다.

박완서는 추기경을 만날 때마다 어릴 적 할아버지가 연상되었다. 집안 식구들은 할아버지 곁에 앉는 것을 어려워해 가까이하지 않았다. 그러나 박완서는 할아버지의 귀여움을 받아 늘 같은 밥상에 앉았다. 추기경과 함께 식사할 때도 이와 비슷한 느낌을 받았다. 추기경이 선종했을 때 박완서는 추모하는 글을 썼다.

"요한 바오로 2세가 선종하시고 나서 접하게 된 그의 어록 중에 이런 것이 있었다. '바티칸은 지구상에서 가장 작은 나라다. 이 작은 나라가 전쟁을 위해 할 수 있는 일은 제로에 가깝지만, 평화를 위해 할 수 있는 일은 거의 무한대다.' 그게 바로 가톨릭 정신이라면 김수환 추기경님이야말로 그 존재 자체가 하나의 교회였다는 걸 이제야 알겠다."

박완서는 서울주보에 '말씀의 이삭'을 3년 동안 연재했다. 그 글을 시작할 때 교만한 마음에서 쓰기 시작했다. 세례받은 지 15년이나 되는데 그동안 봉사한 적이 없었다. '말씀의 이삭'을 써달라는 제안을 받았다. '나도 봉사라는 거 한번 해볼까?' 하는 마음으로 승낙했다. 그런데 신앙 글은 글재주만으로 써지는 글이 아니라는 것을 깨달았다. 그 후부터는 성경을 자세히 읽고 깊이 묵상하며 글을 쓰기 시작했다. 그렇게 3년을 했더니 비로소 자신이 그리스도인이라는 사실을 기쁘고 떳떳하게 받아들일 수 있게 되었다.

박완서는 노년을 경기도 구리 아치울에서 보냈다. 그곳 토평동성당에서 신앙생활을 했다. 성당 1층 작은 쉼터에 자신이 소장한 책을 기증해 본당 신자들이 볼 수 있도록 했다. 박완서는 지병인 담낭암으로 여든한 살에 세상을 떠났다. 장례 미사는 토평동성당에서 봉헌되었다. 이해인 수녀가 추모 기도를 했다.

"생명의 하느님/ 진실하고 따뜻하고 지혜로운 모습으로 지상의 소임을 다하고/ 눈 오는 날 눈꽃처럼 깨끗하고 순결하게 한 생을 마감한 우리 어머니를/ 이 세상에 계실 때보다 더 행복하게 해주시기를 부탁드려도 되겠지요."

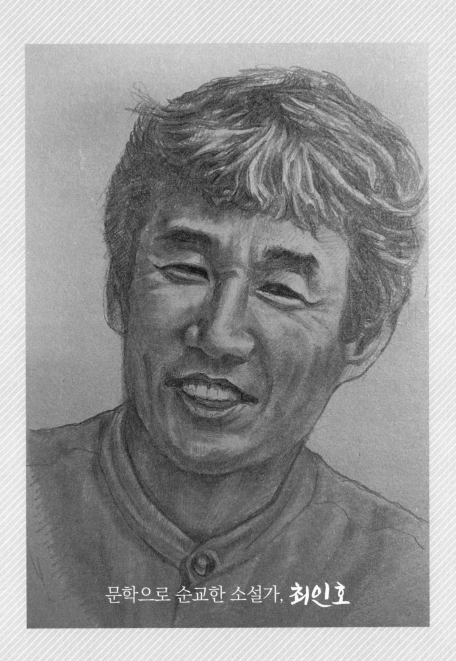

문학으로 순교한 소설가, **최인호**

최인호

최인호. 「너는 나를 누구라고 생각하느냐」. 샘터. 1995.

최인호. 「나는 아직도 스님이 되고 싶다」. 여백. 1999.

최인호. 「꽃밭」. 열림원. 2007.

최인호. 「인연」. 랜덤하우스. 2010.

최인호. 「눈물」. 여백. 2013.

법정과 최인호의 산방 대담. 「꽃잎이 떨어져도 꽃은 지지 않네」. 여백. 2015.

여성조선. '별들의 고향으로 돌아간 영원한 청년 작가 최인호의 삶' (2013년 11월호)

백형찬. 「예술가를 꿈꾸는 젊은이에게」. 태학사. 2015.

만물상. 조선일보(2013.9.27.)

프리미엄 조선. 김윤덕 기자의 Back to The줌마(2014.1.7.)

「엘레강스」.(별책부록) 1976년 9월호

네이버 지식백과 – 장석주 '나무이야기' (2009.9.9.)

"저는 키가 작아요. 165㎝이니까 아주 작죠. 몸무게는 53.5㎏입니다. 머리칼은 곱슬곱슬한데 이빨은 반(半)옹니죠. 최(崔)가에 곱슬머리에 옹니백이는 상대도 하지 말라죠. 제 이마는 좀 좁아요. 못생겼거든요. 그런데다가 턱이 팽이 끝처럼 뾰족하단 말이에요. 그래서 머리를 가르마질하면 그야말로 트위스트 김 같거든요. 전 눈이 작아요. 그런데 속눈썹은 길어요. 남들이 그러는데 제 눈이 사슴처럼 맑다고 해요."

이 글은 월간지 「엘레강스」에 실린 최인호(베드로, 崔仁浩, 1945~2013)의 '나의 사적 이력서'의 한 부분이다. 그가 삼십 대 초반에 쓴 글이다. 책 표지에 인쇄된 최인호의 얼굴은 인상적이다. 긴 머리에 짙고 까만 눈썹, 그리고 꼭 다문 입술은 마치 영화 '이유 없는 반항'의 주인공 제임스 딘과 같다.

작가 장석주는 1970년대를 상징하는 '시대의 기호'로 '신중현, 송창식, 이장희, 양희은, 장발, 미니스커트, 칸막이가 있는 생맥주집, 고고장, 통기타, 선데이 서울, 국민교육헌장, 별들의 고향, 겨울 여자 등'을 들었다. 최인호는 이러한 문화를 이끄는 리더였다.

최인호는 서울에서 어린 시절을 보냈다. 초등학교 때 반장이었는데 어머니가 학교에 오는 것을 몹시 창피하게 여겼다. 다른 아이들의 어머니는 젊고 아름다웠다. 그런데 최인호의 어머니는 쪽진머리를 하고, 흰 버선에 흰 고무신을 신었으며, 회색 두루마기를 입었다. 키도 작았다. 그래서 어머니가 학교에 오는 것이 싫었다. 언젠가 어머니가 학교에 왔을 때, 짝이 어머니인지 할머니인지 물었다. 최인호는 '

할머니'라고 거짓말을 했다.

6.25 전쟁이 일어나자 최인호 가족은 부산으로 피난 갔다. 범일동 중국집 이층에 세를 들었다. 그런데 불이 나 피난 살림을 몽땅 잃고, 용당으로 이사 갔다. 그곳에서 살면서 잊지 못할 고통을 맛보았다. 굶주려서 깜부기를 까먹었고, 바다에 헤엄쳐 들어가 바다풀을 먹었고, 개미들의 꽁무니까지 핥았다. 어느 날은 거리에서 사과를 훔쳤다가 사람들에게 얻어맞기도 했다.

전쟁이 끝나자 서울로 올라왔다. 아버지가 유산으로 남겨준 집에서 어머니는 하숙을 쳤다. 어머니가 새벽밥을 지으면 최인호는 밥상을 들고 하숙생 방으로 날랐다. 단칸방에서 온 식구가 생활했다. 밤마다 뭔가 쓰고 싶었다. 식구들의 잠을 방해하지 않으려고 촛불을 켜고 글을 썼다. 버스값이 없어 걸어 다녔다.

삼 형제가 같은 중고등학교에 다녔다. 그래서 교복을 맞춰 입은 적이 없었다. 형이 입던 교복을 비롯해 형이 쓰던 모자, 체육복, 책가방을 물려받았다. 몸에 맞는 옷, 신발, 모자를 쓴 적이 없었다. 또 집에는 우산이 하나밖에 없어 비가 오면 늘 비를 맞으며 학교에 갔다. 점심 굶는 것은 참을 수 있었다. 그러나 학교에 비 맞고 가는 것은 참을 수가 없었다. 서울고 근처에 이화여고와 경기여고가 있었기 때문이다.

아버지는 최인호가 초등학교 때 세상을 떠났다. 아버지에 대한 특별한 기억이 있다. 아버지와 함께 '톰소여의 모험'이라는 영화를 보러 갔다. 영화를 보다가 이상해서 옆을 쳐다보았다. 아버지가 울고 있었다. 아버지는 눈물이 많았다. 변호사로 변론하면서도 눈물을 흘렸다. 그런 아버지라 자식을 자상하게 대했다. 자식에게 한 번도 소리를 지르거나 매를 든 적이 없었다.

최인호가 아버지로부터 받은 사랑에 비하면 그 자신의 자식 사랑은 형편없었다. 최인호는 자식에게 사랑이라는 이름으로 심하게 손을 댔다. 시간이 흐른 뒤 자신이 잘못했다는 것을 비로소 깨달았다. 그래서 자식 방을 찾아갔다. 그러고는 무릎을 꿇고 울면서 용서를 빌었다. 자식은 아버지를 용서해 주었다.

최인호가 쓴 글이 처음으로 신문에 실린 것은 초등학교를 졸업할 때였다. 당시 동아일보에는 '어린이 차지'라는 코너가 있었다. 그곳에 '화롯가'라는 동요를 냈다. 신문에 동요가 실렸다. 중학교에 가서는 본격적으로 글쓰기를 시작했다.

어느 때는 하루에 한 편씩 소설을 썼다.

서울고 1학년 때, 잡지 '학원'에 '휴식'이란 시를 투고했다. 심사위원이었던 박두진이 우수작으로 뽑았다. '고등학교 1학년의 나이가 의심스러울 정도로 안정된 정신 자세다. 더욱 정진하라.'고 칭찬했다.

이듬해 최인호는 한국일보 신춘문예에 '벽구멍으로'라는 단편소설을 써서 가작에 당선되었다. 심사위원은 황순원과 안수길이었다. '신선한 문장이 돋보인다.'고 평을 해주었다. 그런데 신춘문예 시상식에 교복을 입은 고등학생이 나타났다. 모두 어이가 없어 했다. 신춘문예 담당 기자는 한심해서 담배만 계속 피웠다.

고3 말에는 공부에 전념했다. 그 결과, 연세대 영문학과에 합격했다. 강의실보다는 영화관을 들락거렸다. 그러면서 미친 듯이 글을 썼다. 그렇게 쓴 작품을 조선일보 신춘문예에 응모했다. 분명히 당선될 것으로 확신했다. 그런데 낙선했다. 그다음 해에는 작정하고 수십 편의 단편을 썼다. 그 단편들을 모든 신문사로 보내고는 군에 입대했다. 그해 성탄절 전날 밤이었다. 최인호는 부대원들과 함께 눈 덮인 연병장에서 벌거벗은 채 기합받고 있었다.

갑자기 부대장이 나타났다. "오늘 기합은 이만 중지!"라고 외쳤다. 이유는 훈련병 가운데 하나가 고등고시에 합격했기 때문이었다. 최인호는 누가 고등고시에 합격했나 의아했다. 그런데 부대장이 '최인호!'라고 이름을 부르자 비로소 자신이 신춘문예에 당선된 것을 알았다. 벌거벗은 채 장교 숙소로 달려가 전보를 받았다. '당선 축하, 조선일보'라는 글이 적혀있었다. 입대 전에 신문사로 보냈던 '견습환자'가 신춘문예에 당선된 것이었다.

군 복무를 마치고 복학했다. 셰익스피어의 「한여름 밤의 꿈」을 비롯한 여러 작품에 깊이 빠져 살았다. 최인호는 여전히 가난한 대학생이었다. 주머니에는 얼마 안 되는 돈과 몇 권의 책, 몇 장의 러닝셔츠와 팬티, 형이 물려준 낡은 신사복이 전부였다.

사귀던 여성이 결혼을 원했다. 최인호는 준비된 것이 아무것도 없었다. 결혼을 결심하고 어머니와 형제들에게 말했다. 그랬더니 다들 어이가 없어 했다. 끈질기게 설득해 결국 어머니의 허락을 받아냈다.

결혼식은 값싼 예식장에서 올렸다. 예물, 예복, 피로연 음식 모두 값싼 것으로 했다. 신혼살림 방도 목욕탕 바로 위층에 마련했다. 목욕탕의 온갖 소리가 다 들렸다. 그 방에서 가난한 남편을 만나 고생하는 아내를 위해 글을 썼다.

대학을 10년 만에 졸업했다. 졸업하던 마지막 학기에 1학점이 모자랐다. 교수들이 모여서 회의를 했다. 문과대학장이던 교수가 "최 군은 이미 결혼도 했고 일간신문에 소설을 연재도 하고 있으니 가불(假拂)이라도 해서 졸업을 시켜주기로 합시다."라고 했다. 대학 은사의 배려로 무사히 졸업하게 되었다.

최인호는 스물일곱 살에 '타인의 방'으로 현대문학상을 받았다. 또한 조선일보에 '별들의 고향'을 연재했다. '별들의 고향'은 비극적 사랑의 여주인공인 '경아'가 겪는 짧은 삶을 그린 소설이다. 단행본으로 출간되어 100만 부나 팔렸다. 당시 전국의 술집에서 일하던 여성들이 가명을 '경아'로 고쳤다는 일화가 전해진다.

'별들의 고향'은 이장호 감독이 영화로 제작해 더욱 인기를 끌었다. 이어서 「고래사냥」, 「깊고 푸른 밤」, 「겨울 여자」가 영화로 만들어지면서 최인호는 더욱 유명해졌다.

이러한 유명작가 최인호에게도 약점이 있었다. 최인호는 글을 쓸 때 항상 만년필로 썼다. 그런데 글씨가 '라면' 같이 꼬불꼬불해서 사람들이 알아보기 힘들었다. 그래서 편집부 기자가 '글씨를 왜 그렇게 쓰느냐?'고 물었다. 그랬더니 '손이 머릿속 생각의 속도를 따라가지 못해 그렇다.'고 답했다.

최인호는 「깊고 푸른 밤」으로 이상문학상을 받았다. 자신의 문학관을 담아 수상소감을 발표했다. 종교는 율법을 지키기 위해 순교도 필요하고, 희생도 필요하다고 했다. 문학은 인간의 존재를 새롭게 자각시키는 또 다른 종교와 같은데, 다만 문학이 종교와 다른 점이 있다면 천국과 지옥을 내세에서 구하지 않고, 우리가 살고 있는 이 지상에서 찾으려는 것이라고 했다.

이렇듯 최인호는 문학을 종교로 보았다. 그 후로 조선 상인의 삶을 그린 「상도」가 MBC에서 드라마로 제작되었고, 신라 장군 장보고의 일대기를 다룬 「해신」이 KBS에서 드라마로 제작되었다. 또 「사랑의 기쁨」으로 가톨릭문학상을, 「몽유도원도」로 현대불교문학상을 받았다. 가톨릭과 불교에서 주는 문학상을 모두 받은 것이다.

최인호는 '베드로'라는 세례명으로 가톨릭에 입교했다. 세례명은 예수님의 제자인 베드로가 좋아서 택한 것이 아니라 아버지가 돌아가기 직전에 대세(代洗)를 받을 때 세례명으로 삼았던 이름이었기 때문이다. 무신론자였던 아버지는 동기생이던 사도법관 김홍섭(바오로) 판사의 간곡한 청을 받아들여 대세를 받았다. 최인호는 그러한 아버지의 세례명을 이어받아 '베드로'가 되었다.

최인호가 가톨릭 신자가 되었다는 말이 주변으로 퍼져나갔다. 그때 많은 작가가 최인호의 문학은 끝났다고 수군댔다. 한 문학평론가가 최인호를 보자고 했다. 예수님을 믿게 되었다는 것이 사실이냐고 물었다. 그렇다고 대답했다. 그랬더니 그 평론가는 작가는 자유로워야 하는데 종교 때문에 자유롭지 못하게 되었으니 큰일이라고 했다.

내 영혼이 춤추고 노래하며

최인호는 사람들의 이러한 걱정을 떨쳐버리고 하느님께 다음과 같이 기도를 드렸다.

"주님, 저는 주님을 믿고 나서 무엇이 문학인가를 비로소 알게 되었습니다. 만약 제가 주님 때문에 소설을 쓸 수 없는 그런 작가가 되어버린다면 주님께서 얼마나 슬퍼하시겠습니까. 주님을 슬프게 해드릴 수는 없습니다. 주님을 위해서라도 글을 써야지요."

최인호는 가톨릭 신앙인으로 생활하면서도 다른 종교와도 각별했다. "내 정신의 아버지가 가톨릭이라면, 내 영혼의 어머니는 불교이다. 그런 의미에서 나는 '불교적 가톨릭 신자'라고 나 자신을 부르고 싶다."라고 고백할 정도였다. 그는 독실한 가톨릭 신자이면서 불교에 대해서 깊은 애정을 가졌다.

최인호는 한때 스님이 되고 싶었다. 이런 일화가 있다. 중앙일보에 '길 없는 길'이란 작품을 연재하고 있었다. 경허 스님의 행장(行狀)을 소설화한 것이다. 그 무렵 최인호는 정말 스님이 되고 싶었다. 그래서 수덕사 한 스님에게 승복을 빌려 입고는 밤늦도록 압구정동의 번화가를 누비고 다녔다. 밀짚모자를 쓰고 승복을 입고 화려한 거리를 걸었다. 그렇게 걸으니 자신이 전혀 다르게 느껴졌다. 알 수 없는 희열이 솟구쳤다. 출가하고 싶었다.

그러나 가정을 버리고 출가할 용기가 나지 않았다. 최인호는 법정 스님과 친분이 깊었다. 스님과 산방(山房) 대담을 나누어 「꽃잎이 떨어져도 꽃은 지지 않네」라는 책을 펴내기도 했다. 또한 자신의 불교

관을 담은 수필집 「나는 아직도 스님이 되고 싶다」를 쓰기도 했다.

어느 날, 목 부위에 덩어리가 만져졌다. 병원에서 각종 검사를 했다. 그 결과, 침샘암으로 판명 났다. 침샘암 때문에 최인호는 그의 표현대로 '혹독한 할례 의식'을 치렀다. 병으로 앓고, 병으로 절망하고, 병으로 기도하고, 병으로 희망했다. 그는 그 의식을 '고통의 축제'라고 했다. 침샘에 있던 암이 폐로 전이되었다. 전신 항암 요법이 시작되었다. 몸무게가 일주일 만에 5㎏이나 빠졌다.

항암제는 독했다. 구토가 나고, 머리가 빠지고, 손발이 저렸다. 손톱과 살 사이에 염증이 생기면서 진물이 흘렀다. 목구멍으로 물 한 모금도 넘길 수가 없었다. 항암 치료가 너무나 괴로워 의사에게 치료받지 않겠다고 했다. 투병 중에 갑자기 피땀을 흘리며 기도하는 예수님의 모습이 떠올랐다. 예수님도 저렇게 고통을 호소하는데, 자신의 고통과 두려움은 아무것도 아니라는 생각이 들었다. 그리하여 하느님께 기도를 드렸다.

"주님, 이 몸은 목판 속에 놓인 엿가락입니다. 그러하오니 저를 가위로 자르시든 엿치기를 하시든 엿장수이신 주님의 뜻대로 하십시오. 주님께 완전히 저를 맡기겠사오니 제가 그렇게 되도록 은총 내려 주소서. 우리 주 엿장수의 이름으로 비나이다. 아멘."

이 기도가 그 유명한 '엿가락 기도'이다.

'최인호는 서울 서초동성당을 다녔다. 그는 와병 중에도 매주 미사에 참여했고 성체조배를 했다.

어느 날 늦은 오후였다. 어느 신자가 성당 감실 앞에서 열심히 기도하고 있었다. 마침 이를 본 신부가 그 신자가 기도를 마치기를 기다린 후에 곁으로 다가갔다. 그러자 그가 신부에게 말했다.

"성체가 너무나 고픕니다."

그 신자가 최인호였다.

무려 다섯 해 동안 투병 생활을 했다. 그러면서 가장 고통스러웠던 것은 '글을 쓸 수 없다는 것'이었다. 최인호는 작가가 글을 쓰지 못하면 작가가 아니라고 생각했다.

그런데 글쓰기는 집중력과 에너지가 필요한 작업인데 지칠 대로 지친 육체와 정신으로는 불가능했다. 최인호는 자신이 환자라는 사실에 슬펐다. 작가로 죽고 싶지, 환자로 죽고 싶지 않았다.

그래서 매일 탁자 위에 있는 성모님께 떼를 써가며 막무가내식 기도를 드렸다.

그러던 어느 날 탁자 위에서 하얀 얼룩무늬를 발견했다. 자신이 흘린 눈물 자국이었다. 진한 눈물 자국이 '포도송이'처럼 맺혀 있었다. 다시 용기를 내어 소설을 쓰기 시작했다.

항암 치료의 후유증으로 손톱 한 개와 발톱 두 개가 빠졌다. 글은 원고지에 만년필로 쓰기에, 빠진 손톱의 통증을 줄이기 위해 고무 골무를 손가락에 끼웠다. 그리고 빠진 발톱에는 테이프를 칭칭 감았다. 구역질이 올라올 때마다 차가운 얼음 조각을 씹으며 글을 썼다. 하루에 서른 매씩 써 내려갔다. 그리하여 두 달 만에 완성된 작품이 무려 원고지 1,200매의 「낯익은 타인들의 도시」였다.

최인호는 하느님께 이렇게 기도드렸다.
"주님, 나를 나의 십자가인 원고지 위에 못·박·고·스·러·지·게·해·
주·소·서."
네 번째 항암 치료를 끝으로 더 이상 항암 치료를 받지 않았다. 목
에 패인 상처에 연고만 발랐다. 가래는 점점 끓어올랐고 이를 뱉을 기
운조차 없었다. 힘을 다해 억지로 가래를 뱉으면 온몸이 땀범벅이 되
었다. 침샘암은 침이 마르고 가래가 기관지에 딱 붙어서 나오지 않기
때문에 무척이나 고통스러운 병이었다. 다시 입원했다. 그리고 정진
석 추기경이 마지막으로 병자성사를 집전했다.

그날 오후, 딸이 물었다.
"아빠 주님 오셨어?"
다음 날 그리고 다다음날까지 똑같이 물었다. 최인호가 대답했다.
"주님이 오셨다. 이제 됐다."
그리고 그날 저녁에 최인호는 하느님 품에 안겼다. 최인호는 기욤
아폴리네르의 '절벽 끝으로 와라.'라는 시를 좋아했다.

'그가 말했다/ 절벽 끝으로 와라/ 그들이 대답했다/ 무섭습니다/
그가 다시 말했다/ 절벽 끝으로 와라/ 그들이 왔다/ 그는 그들을
밀었다/ 그래서 그들은 날았다.'

한국의 안데르센, 정채봉

정채봉

"
그의 영혼에는 꽃과 새와
풀잎과 바람과 이야기하던
프란치스코 성인의 영성이 깃들어 있다.
"

정채봉. 「물에서 나온 새」. 샘터. 1983.

정채봉. 「그대 뒷모습」. 제삼기획. 1990.

정채봉. 「너를 생각하는 것이 나의 일생이었지」. 현대문학북스. 2000.

정채봉·정리태. 「엄마 품으로 돌아간 동심」. 샘터사. 2002.

정채봉. 「오세암」. 샘터사. 2003.

정채봉. 「눈을 감고 보는 길」. 샘터사. 2006.

정채봉. 「저 산 너머」. 리온북스. 2018.

정채봉. 「첫 마음」. 샘터. 2020.

법정. 「텅빈 충만」. 샘터사. 2001.

가톨릭평화신문(2001.1.14) '맑은 영혼으로 하느님께 돌아가'

가톨릭신문(2001.1.21) '고(故) 정채봉 씨의 삶과 문학'

"그이와 난 닮은 점이 참 많다. 어려서 엄마와 아버지를 잃은 것이 같고 글을 써서 평생을 살았다는 것이 또한 같다. 그러나 이 모든 것보다 사랑스러운 딸이 있어 행복했다는 것이 똑같은 축복일 것이다. 그 역시 나처럼 좋은 점이 있다면 엄마한테 받은 것이요, 많은 결점은 엄마를 일찍이 잃어버려 그의 사랑 속에서 자라나지 못한 때문일 것이다."

(피천득)

"그날 병실을 나오면서 나는 그를 안아 주었다. 일찍이 없었던 일이다. 이것이 이 생에서 우리 사이에 마지막 하직 인사가 된 셈이다. 산으로 돌아오는 길에 뼈만 남아 앙상한 그의 모습이 자꾸만 떠올라 몇 차례 길가에 차를 세워야 했다. 살아서 다시 만난 날이 없을 것 같은 예감이 들어서였다."

(법정)

정채봉(프란치스코, 丁埰琫, 1946~2001)은 존경할 수 있는 스승이 가까이 있다는 것은 커다란 행복이라고 했다. 그는 피천득과 법정 스님을 존경했다.

정채봉이 법정을 처음 만난 것은 '샘터'에서였다. 신입사원이었던 정채봉은 법정의 원고를 받으러 한강 건너 봉은사 다래헌으로 찾아가곤 했다. 법정은 전남 순천 송광사 불일암으로 옮겨가서도 「샘터」에 글을 썼다.

그런데 글에서 오자가 여러 개 발견되었다. 법정은 기분이 상했다. 전화를 걸어 더 이상 원고를 보내지 않겠다고 했다. 그런데 다음 날 아침에 정채봉이 갑자기 찾아왔다. 사과하려고 밤차를 타고 내려온 것이다. 풀이 죽어있는 모습을 본 법정은 마음이 누그러졌다. 그리고는 함께 부엌에서 아침밥을 지어 먹었다.

그러던 어느 해 봄에 정채봉은 법정에게 소포를 보냈다. 그 속에 편지가 들어있었다. 편지에는 스님의 생신을 축하드린다고 하면서 할머니 이야기를 썼다. 할머니는 손자를 키우면서 절 구경을 다니고 싶어 했다. 절을 가려면 여비가 필요했다. 그래서 한 푼 두 푼 돈을 모았다. 여비가 어느 정도 모이면 정채봉은 '이다음에 제가 돈 벌면 절에 모시고 갈게요.'라는 말을 하며 돈을 가져갔다. 그런데 할머니는 정채봉이 첫 월급을 받기 전에 세상을 떠났다.

첫 월급을 타던 날, 누군가가 어머니 내복을 사 드리라고 했다. 그런데 내복을 사드릴 어머니도 할머니도 없었다. 스님의 생신 선물로 무엇을 살까 생각하다 내복을 샀다. 스님이 자신의 마음을 짚어 주리라 믿은 것이었다.

법정은 마루에 앉아 보내온 내복을 만지면서 편지를 두 번이나 읽었다. 그 후, 정채봉은 할머니와 어머니의 묘를 이장하고 나서 법정에게 편지를 썼다.

"기억에 없는 어머니와의 첫 만남이 유골로 이루어지게 되어 눈물을 좀 흘렸습니다. 저의 나이 든 모습이 스무 살의 어머니로서 가슴 아파하실까 봐 머리에 검정 물을 들이기도 하였습니다. …."

법정은 마루에 앉아 편지를 읽다가 눈물을 흘렸다.

정채봉은 샘터사에 있을 때 '예수의 작은 자매회' 수녀원의 난지도 분원을 방문했다. 그 수도회는 가난한 이웃들과 함께 일하는 것을 수도와 전교로 삼는 곳이었다. 두 수녀가 난지도 사람들과 함께 쓰레기 뒤지는 일을 하고 있었다. 수녀들이 사는 집은 세 평의 간이 막사였다. 한 평에는 현관과 부엌이 있고, 또 한 평에는 숙소가 있으며, 마지막 한 평에는 성당이 있었다.

그 작은 성당에 성탄 때 쓰레기 더미에서 주워 온 헌 바구니에 아기 예수님이 누워있었다. 그런지 얼마 후에 그곳 수녀가 정채봉이 일하는 곳을 찾아왔다. 수녀들이 농한기에 빚었다는 성모자상을 선물로 놓고 갔다. 성모님과 아기 예수님을 갈색 점토로 빚은 것이었다. 그 성모자상을 집으로 모셔 왔다. 그러고는 출근할 때마다 "다녀오겠습니다." 하고 인사를 드렸다. 또한 술에 취해 들어와서도 "한잔했습니다" 하고 인사드렸다.

그런데 어느 날, 퇴근해 집에 왔는데 큰아이가 "동생이 성모자상을 넘어뜨려 아기 예수님한테 상처가 났어요."라고 했다. 방에 들어가 보니 아기 예수님의 어깨에 금이 가고 거기에 접착제가 발라져 있었다. 정채봉은 화가 나서 아이 방으로 달려가 문을 활짝 열었다. 성모자상에 상처를 낸 작은아이가 구석에서 쪼그리고 잠을 자고 있었다. 아이의 등을 잡아 일으켰더니 아이의 손바닥에서 주르르 미끄러져 나오는 것이 있었다. 묵주였다. 아이 뺨에는 눈물 자국이 말라 있었다.

정채봉은 김수환 추기경의 어린 시절 이야기를 글로 썼다. 그 글은 소년한국일보에 '저 산 너머'라는 제목으로 연재되었다. 그 후에

「바보 별님」으로 출간되었다가 다시 「저 산 너머」라는 책으로 나왔다. 정채봉은 책 속에서 "그분(김수환 추기경)을 우리가 가야 할 내일의 길에 길잡이 등불로 삼을 수 있다면, 그리고 '저 산 너머'의 세계까지도 알 수 있게 하는 만남이 된다면 얼마나 큰 복이겠느냐."고 했다.

김 추기경은 정채봉과 함께 어린 시절을 보냈던 경북 군위를 방문했다. 그곳을 걸으며 이런 말을 들려주었다.

"사람한테는 세 사람의 자기가 있지요. 한 사람은 남이 아는 자기이고, 또 한 사람은 자기가 아는 자기이며, 나머지 한 사람은 자기가 모르는 자기이지요. 바라건대 제가 이 일('김수환 추기경의 어린 시절 이야기'를 책으로 만드는 일)을 하는 동안 남들이 아는 나보다, 그리고 내가 아는 나보다도, 내가 모르는 내가 진실로 나타나서 쓸 수 있게 되기를 간절히 기도합니다."

정채봉은 이렇게 꾸밈없고 순박한 추기경의 모습에 깊이 감동했다.

어머니는 열일곱에 시집와서 열여덟에 정채봉을 낳고 스무 살 꽃다운 나이에 세상을 떠났다.

그래서 아들은 어머니의 얼굴을 모른다. 그렇지만 어머니의 내음은 기억한다. 바닷바람에 묻어오는 해송(海松) 타는 내음이 어머니 내음이었다. 어린 채봉은 밖에서 친구들과 놀다가 어머니가 보고 싶으면 돌을 차면서 집으로 돌아오곤 했다.

중학생 때 작문 시간에 '어머니 냄새'라는 글을 지었다. 담임선생은 가정을 방문해 할머니에게 정채봉이 쓴 글의 내용을 알려주었다. 집에 돌아온 손자에게 할머니는 장롱에서 무언가를 꺼내 보여주었다.

한지로 곱게 싸여있는 낡고 오래된 사진 한 장이었다. 그것은 바로 그렇게 보고 싶었던 어머니의 모습이 담긴 사진이었다.

정채봉의 표현대로 '둥근 턱에 솔순 같은 눈, 바람받이에 있는 해송 같은 낮은 코에 작은 입. 정말 멍이 든 데라곤 어디 하나 보이지 않는, 하얀 박속 같은 여인'이었다. 할머니가 말했다.

"네 어미는 너한테서 엄마라는 말을 한 번도 들어보지 못하고 죽었어."

정채봉은 어머니를 그리워하며 '엄마가 휴가를 나온다면'이란 시를 지었다. '하늘나라에 가 계시는 엄마가 하루 휴가를 얻어 오신다면' 좋겠다고 했다. 아니 하루가 아니라 '반나절'만이라도, 아니 '반시간'만이라도, 그래도 안 된다면 '단 5분만'이라도 엄마를 만나고 싶다고 했다. 단 5분만 만나도 '원이 없겠다.'고 했다.

엄마를 만나면 '얼른 엄마 품속에 들어가 엄마와 눈맞춤을 하고' 엄마의 '젖가슴을 만지고', '그리고 한 번만이라도 엄마! 하고 소리 내어 불러보고' 싶다고 했다.

그러면서 이제까지 '숨겨놓은 세상사 중'에서 '딱 한 가지 억울했던 그 일'을 엄마에게 일러바치고는 '엉엉 울겠다'고 했다.

정채봉을 '형'이라 부른 시인 정호승(프란치스코)은 이 시를 읽고 가슴은 눈물로 가득 찼다고 했다. 그리고 엄마가 얼마나 보고 싶었으면 그런 시를 썼을까, 삶이 얼마나 고단했으면 지천명(知天命)의 나이에도 엄마를 부를까 싶어 목이 메었다고 했다. 그리고 시의 끝부분에 가서는 그만 가슴 밖으로 눈물이 뚝뚝 떨어졌다고 했다.

정호승은 정채봉을 '프란치스코 성인의 영혼이 깃든 시인'이라 했다. 들녘에서 풀잎 하나라도 따면 들의 수평이 기울어질 것이기에 힘들게 발견한 네 잎 클로버 잎마저 따지 못한 시인이 바로 정채봉이라 했다.

정채봉은 전남 승주의 작은 바닷가 마을에서 태어났다. 어머니는 일찍 세상을 떠났고, 아버지는 일본으로 가 소식을 끊었다. 할머니는 어린 오누이를 힘들게 키웠다. 홀로 농사를 지었고, 읍내에서 풀빵 장사와 국수 장사도 했다.

그런 할머니는 정채봉이 군에서 제대하자 세상을 떠났다. 손자는 할머니가 돌아가시기 전날, 할머니에게 간절히 말했다.

"할머니, 내가 은혜를 갚을 수 있게 조금만 더 살아요."

그런 손자의 간청에도 불구하고 할머니는 세상을 떠났다.

정채봉은 소년 시절에 늘 혼자였다. 내성적인 성격이라 친구들도 적었다. 혼자서 바다를 바라다보는 날이 많았다. 그 외로움이 소년을 후에 동화작가로 키웠다. 중학교를 마치고 명문고에 합격했다. 그런데 돈이 없어 등록할 수가 없었다. 그때 중학교 때 선생님의 도움으로 학비를 전액 면제받을 수 있는 농업고등학교에 들어갔다. 그곳에서 온실 관리를 책임졌다.

그런데 나무를 돌보는 일보다는 책에 빠져 살았다. 그러다가 나무에 물 주는 것을 잊어 꽃나무가 말라 죽게 되었다. 이때 갑자기 나타난 선생님이 화를 내며 "네 이놈, 이 아우성이 들리지도 않느냐?" 하면서 정채봉을 따끔하게 혼냈다.

그 후로 온실 당번을 그만두고 도서실 당번을 맡게 되었다. 도서실 당번은 그가 작가의 길로 들어서는 계기가 되었다. 도서실에서 세계 고전을 비롯해 모든 책을 읽었다. 또한 친한 친구에게 매일 편지를 써서 보냈다. 그 수백 편의 편지는 작가로서 습작의 시작이었다. 고등학교를 졸업하고는 동국대 국문학과에 입학했다.

대학 3학년 때, 일간지 신춘문예 동화 부문과 소설 부문에 응모했다. 동화에서 '꽃다발'이 당선되었다. 소설은 최종심까지 올라갔으나 떨어졌다. 당시 동화는 그렇게 인기 있는 문학 장르가 아니었다. 그래서 다시 소설을 쓰겠다고 마음을 먹었다.

그런데 우연히 생텍쥐페리의 「어린 왕자」를 읽게 되었다. 처음에는 그저 그런 내용이겠거니 하고 누워서 읽었다. 점점 읽다 보니 그게 아니었다. 자세를 바르게 하고 무릎까지 꿇어가며 책을 읽었다. 동화가 이렇게도 깊은 감동을 줄 수 있다는 것을 깊이 깨달았다. 정채봉은 「어린 왕자」를 계기로 다시 동화로 뛰어들었다.

이후 사랑하는 사람과 결혼도 했다. 아이도 태어났다. 신춘문예로 등단했으나 작품만으로 가족을 먹여 살리기는 힘들었다. 그러다가 어느 선배의 소개로 '샘터사'에 들어가게 되었다. 그곳은 '글로 먹고 살기'에 더없이 좋은 곳이었다. 1980년 광주민주화운동은 그에게 커다란 충격을 주었다. 정의와 진실이 무엇인지 회의가 들었다.

정채봉은 가족과 함께 가톨릭에 입교했다. 불교에서 가톨릭으로 개종한 것이다. 그는 어렸을 때부터 할머니 손을 잡고 순천 선암사에 줄곧 다녔다. 불교는 그의 정신적 바탕을 이루고 있었다. 이후 그가 쓴 동화와 수필 그리고 시에서는 가톨릭 신앙이 들어간 글이 많이 등장했다. 특히 서울대교구 주보 '간장종지'에 간결하고 함축적인 메시지를 써서 신자들로부터 많은 사랑을 받았다.

그리고 김수환 추기경의 어린 시절 이야기를 '저 산 너머'라는 장편 소설로 썼다. 또한 생각하는 동화 '멀리 가는 향기'는 독자들로부터 대단한 인기를 누렸고, 단행본으로 발간해 베스트셀러가 되었다. 그는 「물에서 나온 새」로 대한민국문학상을 수상했고, 「오세암」으로는 새싹문학상을 수상했다. 그리고 「푸른 수평선은 왜 멀어지는가」로 소천아동문학상을 수상했다.

정채봉은 초등학교를 졸업하고 나서 집안 형편이 좋지 않아 중학교 진학을 포기하고 신문을 배달했다. 그때 마음이 아름다운 두 사람을 만났다.

한 사람은 우체부 아저씨였다. 그 아저씨는 마을에서 우편배달을 20년 넘게 했다. 집집의 가정사를 훤히 알고 있었다. 정채봉은 신문을 배달하다가 무서운 개가 짖는 바람에 그 자리에 멈춘 적이 있었다. 그때 우체부 아저씨가 신문을 대신 배달해주면서 이런 말을 했다.

"무서워하면 더욱 깔보는 것이 개의 습성이다. 아무렇지도 않은 듯 여유 있게 대하거라. 그러면 더러 기가 죽는다."

우체부 아저씨가 들려준 그 작은 지혜는 정채봉이 살아가면서 큰 지혜가 되었다.

그리고 또 한 사람은 도장방 아저씨였다. 그 아저씨는 한쪽 다리가 없었다. 대서소 한쪽 구석에서 도장을 새기는 일을 했다. 신문 배달하던 집이 대금도 주지 않고 이사를 가버려 정채봉은 속상했다. 그럴 때 도장방 아저씨는 "빙그레 웃으며 훈훈한 마음으로 사는 거야."라고 다독거려 주었다. 후에 이 말이 도산 안창호 선생의 말이라는 것을 알게 되었다. 도장방 아저씨는 정채봉을 서점으로 데려가서 시를 읽어주었다. 그래서 윤동주의 '서시'와 이육사의 '광야'도 알게 되었다. 또한 로버트 프로스트의 '가지 않은 길'은 아예 외우게 되었다.

정채봉이 중학교에 진학했을 때 두 아저씨는 기뻐하며 격려해 주었다. 특히 도장방 아저씨는 입학 기념으로 도장을 파서 선물해 주었다. 그 나무 도장은 중고등학교 입학원서에, 대학 입학원서에, 이력서에, 혼인 신고서에, 아이 출생 신고서에, 작품집 인지에 찍은 귀한 도장이 되었다.

정채봉은 동국대 국문과 겸임교수로 또한 평화방송TV 진행자로 정력적인 활동을 했다. 그러던 그에게 병이 찾아왔다. 그에게는 B형 간염이 있었다. 그래서 병원에서 정기적으로 검사를 받았다. 정기 검진을 앞두고 오른쪽 하복부에 통증이 왔다. 대수롭지 않게 생각했다. 그런데 체중이 1㎏씩 빠져나가기 시작했다.

검사를 했더니 간암이었다. 입원 전날 밤에 가족들에게 당분간 병원에 나타나지 말라고 했다. 슬퍼만 하다가는 병을 극복할 힘을 일찍 잃을 수도 있기 때문이었다. 입원해서는 병실 앞에 '면회 사절'이란 명패를 걸었다. 명패 밑에 면회를 사절할 수밖에 없는 사정을 적어놓았다. 그러고는 '면회 사절'이라는 시를 지었다.

시에서 면회를 '오지 마라'고 세 번씩이나 반복해서 말했다. 그러면서 '이대로 죽음을 맞이하면 나의 수의는 너의 사랑'이라고 했다. '아직은 절망하기 싫다'고 하며 '면회를 사절할 수 있는 것도 살고 싶기 때문'이라고 했다. 정채봉은 삶을 너무나 사랑했다. 그래서 죽을 수가 없다고 한 것이다. 이 시를 읽으면 병실에 누워있는 정채봉의 야윈 모습이 떠올라 가슴이 아리다.

세밑 아침이었다. 정채봉은 병원 밀차에 누워 수술실로 향했다. 어린 딸이 슬리퍼 두 짝을 들고 따라왔다. 간호사가 딸에게 말했다.

"아버지는 한동안 신발을 신을 필요가 없을 거예요. 갖다 두고 와요."

그 말을 들은 정채봉은 슬펐다. 신발을 영영 신을 수 없을지도 모르기 때문이었다. 정채봉은 중환자실에 누워있었다. 입에는 마우스가 물려 있고, 링거와 고무호스는 팔과 코 그리고 옆구리에 꽂혀 있었다. 일곱 시간이나 걸린 대수술이었다. 목이 말랐다. 손짓으로 물 먹고 싶다고 했다. 그랬더니 간호사가 '환자에게 물을 뿌려 주라'고 했다. 그러자 물은 튜브를 통해 곧바로 몸속으로 들어왔다.

기나긴 투병 생활은 정채봉의 삶에 큰 영향을 주었다. 병이 깊어져 가면서 쓴 것이 「눈을 감고 보는 길」(수필집)과 「푸른 수평선은 왜 멀어지는가」(동화집)이다. 뒤의 책으로 아동문학상을 받았다. 그는 수상소감을 말했다.

"중요한 것은 보이지 않습니다. 하느님이 그렇고 마음이 그러하며, 동심이 또한 그렇지 않습니까? 문학인의 사명은 보이지 않는 것을 보고 싶어 하는 사람들에게 보이게 하는 것입니다."

정채봉은 죽음을 향해가면서도 「너를 생각하는 것이 나의 일생이었지」(시집)를 완성했다. 정호승은 이 시집을 '삶과 죽음의 세계를 넘나들었던 한 동화작가의 삶에 대한 통찰의 한 결정체'라고 했다.

정채봉은 함박눈이 펑펑 내리는 날, 이 세상을 떠났다. 그는 하얀 눈이 내리는 날 세상을 떠나고 싶다고 했다. 그리고 하느님께서 주신 영혼을 맑게 해 하느님께 다시 돌아가고 싶다고 했다.

그의 소망대로 이루어졌다.

윤정희

> 어느 햇빛 맑은 아침/
> 다시 깨어나 부신 눈으로/
> 머리맡에 선 당신을 만날 수 있기를

동아일보(2023.1.31.) '故 윤정희, 파리 장례식 현장 어땠나…눈물 흘리는
　　　　백건우·위로하는 이창동'

월간조선(2023.1.20.) '윤정희 별세… 여배우 트로이카 이끌었던 톱 여배우'

중앙일보(2020.2.18) ''파리의 나혜석' 윤정희, 루브르박물관서 도둑 촬영'

동아일보(2019.1.25) '윤정희 최대 노출작 영화 '시' 만든 사람은 감독 아닌 백건우'

동아일보(2019.1.11) ''오늘 처음 듣네''…45년간 친구이자 부부, 파트너였는데'

신성일. 「청춘은 맨발이다」. 문학세계사. 2018.

가톨릭신문(2017.10.1) '피아니스트 백건우(요셉마리)'

가톨릭신문(2010.6.20) '피아니스트 백건우·영화배우 윤정희 씨 부부'

가톨릭신문(2010.5.9) '볼만한 새 영화 시'

가톨릭신문(1988.6.19) '신자 인기인 탐방 배우 윤정희 씨'

가톨릭신문(1972.12.25, 4.30, 2.6) '새남터의 북소리'

가톨릭신문(1971.12.25. 10.31) '신앙에 빛 될 「목소리」'

가톨릭신문(1971.2.7) '라자로 돕기회 발족'

https://blog.naver.com/oldcine(영화는 인생의 거울)

한국 영화의 빛나는 별, 윤정희

윤정희(데레사, 尹靜姬, 1944~2023)는 아시시의 성 프란치스코를 무척이나 좋아했다. 그녀가 가톨릭 신자가 된 것은 중학생 때였다. 그녀의 집안은 할아버지 때부터 독실한 가톨릭 신자 집안이었다. 그래서 본당에서 레지오 마리애 활동도 열심히 했다. 남편인 피아니스트 백건우(요셉마리)도 신자이며 딸도 세례를 받았다. 윤정희는 데뷔작인 '청춘극장'의 '1,200 대 1' 오디션을 뚫은 비결은 "하느님의 은총으로 된 것 같다."고 했다.

오디션을 보기 전에 명동대성당 주임 신부를 찾아갔다.

윤정희가 물었다.

"영화배우를 해도 될까요?"

신부가 대답했다.

"네가 부끄럽지 않은 자랑스러운 배우가 된다면."

이 말은 윤정희가 은막의 스타가 되는 데에 큰 힘이 되었다. 윤정희는 아무리 바빠도 가톨릭 행사에 적극적으로 참여했다. 경기도 안양에 있는 라자로 마을에서 한센병 환자를 돌보고 있는 이경재 신부를 돕기 위해 '라자로 돕기회'라는 후원회가 만들어졌다.

후원회를 주도한 가톨릭 신자는 윤정희를 비롯해 김남조(시인), 전봉초(음악가), 신태민(언론인) 등이었다.

이들은 이경재 신부의 뜻을 받들어 병고와 외로움에 힘들어하는 한센병 환자들을 돕는 일에 앞장섰다.

그리고 윤정희는 가톨릭 저널리스트 서울클럽이 주최한 명동성당 문화관 자선쇼에 가톨릭 신자 연예인인 이낙훈, 여운계, 하춘화, 한상

일, 양희경, 이상룡 등과 함께 출연했으며 또한 한국가톨릭연예인협회 이사직을 맡아 적극적으로 활동했다. 윤정희는 자신이 가톨릭 신자임을 나타내기 위해 오른손에 늘 세례 반지를 끼고 다녔다.

윤정희는 일찍이 가톨릭 영화의 주인공으로 출연했다. 그 첫 번째 영화가 '새남터의 북소리'이다.

영화의 시대적 배경은 천주교 박해가 극심했던 조선 말엽이다. 영의정의 서자로 태어난 민서(남궁원)는 소문난 한량이다. 어느 날, 다련(윤정희)이라는 여성을 보고 마음에 깊이 넣어두었다. 민서는 다련이 천주교 신자라는 것을 알게 된다. 다련은 미사를 봉헌하던 중에 포졸들에게 발각되어 포도청으로 끌려간다. 다련은 그곳에서 온갖 고문을 당한다. 민서는 포도청으로 들어가 다련을 구해 도망간다. 그러나 민서와 다련은 체포되고 만다. 그 둘은 새남터로 끌려가 형장에서 순교한다.

영화에서 가장 감동적인 장면은 민서가 포졸들에게 끌려가는 수레 앞에서도 신부에게 세례받는 장면이다. 이 영화의 감독과 배우는 가톨릭 신자였다. 최하원 감독도 신자이고 윤정희, 이낙훈, 김성원도 모두 신자였다.

이 영화에 대한 감동적인 일화가 전해진다. 고문 장면을 촬영하는데 고문은 학춤이므로 배우가 거꾸로 매달려 있어야 했다. 학춤은 죄수의 옷을 벗기고 양팔을 등 뒤로 젖혀 묶은 뒤 공중에 매달아 놓고 때리던 형벌이다. 허공에 매달린 모습이 학이 춤추는 모습과 비슷해

학춤이라 한 것이다.

윤정희는 철봉에 거꾸로 매달려 무려 10분을 있었다. 피가 솟구쳐 숨을 못 쉬겠다고 비명을 질렀다. 그러나 윤정희는 굳건한 신앙심으로 그 힘든 역할을 기어이 해내고 말았다. 또한 새남터 형장을 촬영할 때 엑스트라가 600명이 필요했다. 당시 그러한 인원을 모은다는 것은 거의 불가능한 일이었다. 그런데 기적과 같이 대방동과 당산동본당의 신자들이 자진 참여해 촬영을 무사히 끝낼 수 있었다. 김수환 추기경은 어린이회관에서 개막된 시사회에 참석해 연기자와 제작진을 따뜻하게 격려해 주었다.

한국가톨릭연예인협회에서 선교 기금을 마련하기 위해 '목소리'라는 영화를 만들었다. 6.25 전쟁 당시 명동 샬트르 성 바오로 수녀원에 인민군이 주둔해 종교적 탄압을 가하는데, 수난받는 성직자와 수도자를 통해 가톨릭 신앙의 본질적 의미를 깨닫게 해주는 영화이다. 윤정희, 박노식, 이낙훈, 여운계, 김성옥 등 가톨릭 신앙을 가진 배우들이 총출연했다. 배우들은 출연료를 받지 않았다.

윤정희는 영화 속에서 동정녀 수임 역할을 맡았다. 물론 감독인 김영걸도 신자였다. 영화 제작 전에 연기자와 제작자가 모두 명동대성당에 모여 함께 미사를 봉헌했다. 당시 영화계의 관행은 돼지머리를 놓고 고사를 지내는 것이었다.

윤정희의 본래 이름은 손미자이다. '윤정희(尹靜姬)'는 자신이 직접 지은 이름이다. '청춘극장' 오디션을 앞두고 지었다.

배우가 되더라도 고요하게 살고 싶다는 생각에 '고요할 정(靜)'에 '여자 희(姬)'로 이름을 지었다. 성은 조선의 마지막 황후 윤비를 생각해서 '윤(尹)'으로 했다.

윤정희는 경남 부산에서 태어났다. 부친은 와세다 법대를 나온 엘리트로 부산에서 신문기자로 일했다. 그녀는 어린 시절을 부산에서 지냈고, 광주(光州)에서 청소년기를 보냈다. 문학작품을 무척 좋아해 소설을 밤새워가며 읽었다. 그래서 후에 문학작품이 원작인 영화에 많이 출연하는 계기가 되었다.

그녀는 전남여중과 전남여고를 거쳐 조선대 영문학과에 진학했다. 다시 우석대 사학과로 편입해 졸업했다. 대학 재학 중에 미스 코리아 선발대회에 참가해 미스 전남 미에 당선되기도 했다.

바로 그때 '청춘극장'의 여주인공이 되었다. 남자주인공은 당대 최고의 배우인 신성일이었다. 이 영화는 흥행에 크게 성공했다. 그리고 윤정희는 그해 대종상 신인상과 청룡영화제 인기상을 휩쓸었다. 윤정희는 '청춘극장' 단 한 편으로 스타가 되었다. 그러고는 문희, 남정임과 함께 트로이카를 이끌었다.

윤정희는 50여 년 동안 300여 편의 영화에 출연했고, 29회에 걸쳐 여우주연상을 받았다. 또한 한국의 3대 영화제인 청룡상, 대종상, 백상예술대상에서 세 번씩이나 주연상을 받았다. 윤정희가 주연한 영화는 언제나 대성황이었다. 어느 해는 윤정희가 주인공인 영화 다섯 편이 동시에 개봉되기도 했다. 윤정희는 카이로국제영화제에서 리처드 기어와 함께 '평생공로상'을 수상했고, 전미비평가협회가 뽑은 '

세계 여배우 2위'에 선정되기도 했다. 윤정희와 가장 많은 영화를 촬영한 신성일은 윤정희를 이렇게 기억했다.

"나와 함께 가장 많은 작품을 한 여배우는 윤정희다. 무려 99편에 함께 나왔다. 엄앵란 다음으로 내 속내를 터놓을 수 있는 여배우다. …윤정희는 타고난 자연미 덕분에 보는 이를 편안하게 해주는 캐릭터였다. 학구적이면서도 철이 든 배우였다. 촬영장에서도 미심쩍은 부분이 있으면 책을 찾아가면서 확인했다."

나는 어렸을 때 인천의 시민관과 애관극장에서 윤정희가 주연인 영화를 많이 보았다. 포스터와 극장 간판에 그려진 윤정희의 얼굴이 그렇게 예쁠 수가 없었다. 윤정희가 나오는 영화는 무조건 보러 갔다. 기억나는 영화가 있다.

황순원 원작의 '독 짓는 늙은이'이다. 배우로 윤정희와 함께 황해, 남궁원, 허장강, 김희라, 김정훈(아역)이 나왔다. 이 영화는 '미성년자 관람불가'였는데 어떻게 보게 되었는지 기억이 잘 나지 않는다. 황해가 독 짓는 늙은이의 역할을 했다. 그 강렬한 표정과 목소리는 아직도 기억에 생생하다. 윤정희는 그의 젊은 부인이었다.

윤정희는 공부하는 연기자였다. 그녀의 원래 꿈은 교수나 외교관이 되는 것이었다. 미국 유학을 꿈꾸며 영어 공부를 열심히 하기도 했다. 그녀는 한국 최초로 석사 학위를 취득한 여자 배우였다. 중앙대 대학원에서 '영화사적 측면에서 본 한국 여배우의 연기'라는 논문으로 석사 학위를 받았다. 학위를 받던 날 황정순을 비롯한 원로 여배우들이 '경사'라며 졸업식장을 찾아 축하해주었다.

그 후에 윤정희는 프랑스 파리로 유학을 떠나기로 결심했다. 서강대 프랑스어 교수를 찾아가 어학 교습도 받았다. 영화이론을 전공하기 위해 소르본느 대학(파리 제3대학)을 택했다. 그 대학에서 학사학위와 석사학위 과정을 마쳤다. 석사 학위 논문은 '영화 속에 비친 한국 여인상에 대한 고찰'이었다.

윤정희는 리즈 시절에 '한국의 오드리 헵번'이라 불렸다. 윤정희는 외국영화에 단 한 번도 출연한 적이 없다. 외국영화사에서 일본인 또는 중국인 역을 맡아달라는 제의가 있었는데 모두 거절했다. 이유는 연기자는 자신이 맡은 역에 철저히 책임을 져야 하는데 문화가 다른 외국인 역을 맡으면 그 역을 철저히 해낼 수 없기 때문이었다. 그만큼 연기자의 역할에 대해서 고지식했다.

윤정희 부부가 에펠탑 근처 샤요궁 현대미술관에 전시를 보러 갔다가 우연히 프랑스 배우 알렌 퀴니를 만났다. 그는 당시 프랑스의 최고 남자 배우였다. 그 배우는 전혀 모르는 윤정희를 발견하고는 다가와 말을 걸었다. 함께 이야기를 나누길 원해 소르본느 대학 근처 카페로 갔다. 자신이 10년 동안 구상한 영화가 있는데 여주인공 역을 맡아달라는 것이었다. 윤정희를 처음 본 순간 동서양의 매력을 동시에 지닌 여성이라고 생각한 것이었다. 물론 그 배우는 윤정희가 한국의 유명한 배우라는 것을 전혀 모르고 한 말이었다.

윤정희는 그 제안을 정중히 거절했다. 그리고 윤정희는 브래드 피트가 주연인 영화 '티벳에서의 7년'에 어머니로서 출연을 제의받기도 했다. 윤정희는 영광스럽게도 프랑스 정부로부터 문화예술 공로 훈장인 '슈발리에 훈장'을 받았다. 이 훈장은 문학과 예술 분야에서 업적을 남긴 외국인에게 수여하는 상이다.

독일 뮌헨에서 올림픽 문화축전이 열렸다. 윤이상이 작곡한 오페라 '심청'이 공연되었다. 그런데 같은 장소인 뮌헨에서 우리나라 영화 '孝女 淸이'가 상영되었다. 윤정희는 그 영화에 출연했고, 신상옥은 감독을 맡았다. 두 사람은 주최 측의 초청으로 뮌헨에 왔다.

윤정희는 시간을 내어 윤이상의 오페라를 보러 갔다. 그런데 좌석을 찾기가 어려웠다. 그때 착한 모습의 한국 청년이 친절하게 안내해주었다. 그 청년은 공연이 끝난 후 뒤풀이하는 장소에서 윤정희에게 꽃 한 송이를 건네주었다. 그가 바로 백건우였다. 미국 뉴욕에서 공부하던 백건우는 오스트리아 잘츠부르크에 공연하러 왔다가 친한 사이였던 윤이상의 오페라 공연을 보려고 뮌헨에 온 것이었다.

그로부터 2년 후에 윤정희는 파리로 유학을 왔다. 어느 날 중국인 친구와 허름한 식당에 식사하러 갔다가 그곳에서 다시 백건우를 우연히 만났다. 백건우는 식사하러 막 들어오고 윤정희는 식사를 끝내고 막 나가려던 참이었다. 그것은 운명이었다. 당시 윤정희는 한국 최고의 영화배우였고, 백건우는 유망한 피아니스트였다.

윤정희는 백건우를 평생의 반려자로 받아들이기로 결심했다. 파리에 사는 한 한국인 원로 화가의 집에서 조촐하게 결혼식을 올렸

내 영혼이 춤추고 노래하며

다. 결혼 예복은 한복이었고, 신부 화장은 윤정희가 혼자서 했다. 예물도 실반지 한 쌍이 전부였다. 신혼집은 파리 몽마르트르 언덕의 작은 아파트였다.

결혼한 이듬해에 일명 '윤정희-백건우 부부 납북 미수 사건'이 일어났다. 부부는 당시 공산 국가였던 유고슬라비아의 자그레브로 연주하러 갔다. 그곳 공항에서 북한으로 납치될 뻔한 것이다. 간신히 미국 영사관으로 탈출했다. 이 사건은 윤정희 부부가 파리 주재 한국대사관에서 탈출 과정을 밝히면서 세상에 알려졌다.

윤정희 부부는 세계 곳곳에서 이어지는 연주회가 끝나면 제일 먼저 성당을 찾았다. 그들 부부에게는 연주 여행이 곧 성지순례였다. 그들은 여행할 때마다 루르드 성지의 '기적의 물'과 「묵주의 9일 기도」 책을 갖고 다니며 기도했다.

윤정희는 백건우가 연주할 때면 늘 기도했다. 사람들은 백건우를 '건반 위의 구도자'라고 부른다. 이에 대해 백건우는 이렇게 말한다.

"음악을 하다 보면 하느님의 힘이 존재한다고 느낄 때가 많습니다. …음악은 하느님과 가장 가까운 언어라고 생각합니다. 다른 종교인들이 보기에는 '신'이라고 할 수 있겠지요. 저는 무대에 오르기 전에 꼭 기도합니다. '오늘 이 무대를 내 힘만으로는 완성할 수 없으니 하느님께서 끝날 때까지 도와 달라'고 말이죠. 늘 성수와 십자가를 지니고 다니기도 하고요. 무엇보다 모든 곡을 하느님께 바치는 마음으로 연주합니다."

백건우는 프란치스코 교황이 서울 광화문광장에서 집전한 124위 시복식에서 프란츠 리스트의 '새들에게 설교하는 아시시의 성 프란치스코'를 연주했다.

앞서 이야기한 바와 같이 윤정희는 신성일과 수많은 영화에 출연했다. 신성일은 정치에 입문해 국회의원이 되었다. 그는 국회의원 임기 마친 후에 뇌물수수 혐의로 2년 동안 감옥에서 복역했다.

그때의 일화이다.

윤정희 부부는 베토벤에 관한 책을 사 들고 교도소로 면회를 갔다. 신성일에게 베토벤 책을 선물한 까닭은 베토벤만큼 인생에서 고통을 많이 받은 사람이 없고 자기 의지로 승리한 사람이었기에 베토벤에게 힘을 얻으라는 것이었다. 신성일이 교도소에서 출소할 때 모습은 진짜 베토벤처럼 곱슬머리가 되어있었다. 베토벤처럼 변한 것이다.

윤정희의 따뜻한 인간미가 담긴 일화가 있다. 1969년 어느 날, 윤정희는 전화 한 통화를 받았다. 전화를 건 사람은 현역 대위였다. 며칠 전에 베트남에서 귀국했는데 자신의 부하 때문에 전화를 걸었다고 했다. 베트남 전선에서 치열하게 전투를 벌이다가 부하 한 사람이 전사했는데 시신을 수습하는 과정에서 철모와 주머니에서 온통 윤정희 사진만 나왔다고 했다. 국립묘지에서 거행되는 그 부하의 장례식에 윤정희 씨가 꼭 참석해달라는 부탁을 간절하게 했다.

윤정희는 그 이야기를 듣고는 가슴이 아팠다. 그래서 장례식에 참석하겠다고 약속했다. 당시 그녀는 영화 여러 편을 동시에 촬영하고 있어 눈코 뜰 새 없이 바빴다.

윤정희는 이름도 얼굴도 모르는 그 군인의 장례식에 참석했다. 그러고는 그의 유해 앞에서 뜨거운 눈물을 흘렸다.

윤정희가 마지막으로 출연한 영화는 이창동 감독의 '시(詩)'였다. 이 감독은 처음부터 윤정희를 주인공으로 생각하고 각본을 썼다. 윤정희는 그 작품을 300여 편의 영화 중에 최고로 꼽았다.

주인공 양미자는 어느 작은 도시에서 중학생 손자와 함께 사는 60대 여성이다. 그녀는 화사한 옷을 좋아하는 소녀 같았다. 우연히 문학 강좌 포스터를 보고 문화원에서 '시' 강좌를 수강한다. 그녀는 시를 쓰면서 그동안 무심히 지나쳤던 것들을 다시 바라보게 된다. 그렇게 아름다움을 하나씩 찾아 나간다. 그런데 예기치 않은 일이 벌어진다. 손자가 저지른 일로 감당하기 어려운 고통을 받는다. 그 일을 겪으며 현실은 시처럼 아름답지 않다는 것을 깨닫는다.

윤정희는 이 영화로 칸 영화제에서 레드카펫을 밟았고, LA비평가협회상 여우주연상을 받는 영예를 얻었다.

윤정희는 오랫동안 알츠하이머병을 앓았다. 그러다가 프랑스에서 세상을 떠났다. 백건우는 "제 아내이자 오랜 세월 대중의 사랑을 받아온 배우 윤정희가 딸 진희의 바이올린 소리를 들으며 꿈꾸듯 편안한 얼굴로 세상을 떠났다."고 고국에 알려왔다.

장례 미사는 파리 인근 뱅센 노트르담 성당에서 봉헌되었다. 장례 미사에 사용된 음악은 백건우가 직접 선택했다. 가브리엘 포레의 레

퀴엠 라단조 48-7번 '천국에서'라는 아름다운 곡이었다. 한국 영화의 찬란한 별이었던 윤정희는 그렇게 세상과 작별했다. 윤정희가 마지막으로 출연한 영화 '시'의 마지막에 이런 시구가 나온다.

"어느 햇빛 맑은 아침/ 다시 깨어나 부신 눈으로/ 머리맡에 선 당신을 만날 수 있기를"

"윤정희 이전에도 윤정희 이후에도 윤정희만 한 배우는 없다."

(시인 서정주)

한국 현대문학의 빅 아이콘, 박경리

박경리

"
내 영혼이 의지할 곳 없어 항간을 떠돌고 있을 때,
당신께서는 산간 높은 나뭇가지에 앉아
나를 바라보고 있었습니다.
"

박경리. 「토지」 20(5부 5권). 마로니에북스. 2012.

박경리. 「우리들의 시간」. 마로니에북스. 2022.

박경리. 「버리고 갈 것만 남아서 참 홀가분하다」. 마로니에북스. 2008.

박경리. 「原州通信」. 지식산업사. 1985.

박경리. 「꿈꾸는 자가 창조한다」. 나남. 1994.

박경리. 「생명의 아픔」. 마로니에북스. 2016.

김형국. 「박경리 이야기」. 나남출판. 2022.

가톨릭신문(2008.5.18.) '토지 작가 박경리 선생 위령미사 봉헌'

가톨릭평화신문(2008.5.7) 정의채 몬시뇰 "故 박경리 선생은 현대의 프란치스코 성인"

동아일보(2013.5.31) 김지하 "박경리 선생처럼 똑똑한 작가는 처음"

중앙일보(2008.5.5.) 故 박경리 선생 "시련 없었다면 「토지」도 없어"

박경리(데레사, 朴景利, 1926~2008)는 병에 대해 무감각했다. '인명재천(人命在天)'이라는 생각을 늘 갖고 있었다. 체하면 바늘로 손톱 밑을 찔러 피를 냈고, 감기 들면 뜰 안을 왔다 갔다 하는 게 고작이었다. 상처 나면 소독하고 밴드를 붙였다.

병원에 가기가 싫어 약도 안 먹었다.

박경리는 목숨에 연연하지 않았다. 원래 먹어야 하는 약이 많은데 모두 거부하고 오직 혈압약만 먹었다. 한 인터뷰에서 "살아보겠다고 날마다 약 먹고 병원 가고 하는 거, 내 생명을 저울질하며 사는 거 같아서 싫어."라고 솔직하게 말했다.

「토지」를 쓰기 시작하자 유방암에 걸렸다. 3시간에 걸쳐 수술했다. 그러고는 보름 만에 퇴원했다. 퇴원한 날부터 가슴에 붕대를 감고 다시 「토지」를 써 내려갔다. 박경리는 그때의 기분을 '소풍 가는 기분'이라 했다. 의사는 그 말을 듣고 어이없어했다.

전쟁 중에 남편은 행방불명되었고, 후에 아들도 죽었다. 가족이라고는 딸 하나밖에 없었다.

박경리는 딸의 결혼 문제를 심각히 생각했다. 자신이 언제 세상을 떠날지 모르기에 어서 딸을 결혼시키겠다고 마음먹었다.

폐에 종양이 생겼다. 설상가상으로 뇌졸중까지 왔다. 반신 마비 증세도 보였다. 병원에서 치료했으나 회복되지 않았다. 항암 치료도 거부하고 연명 치료도 거부했다. 정의채 몬시뇰은 박홍 신부와 함께 입원한 병원을 찾아가 마지막으로 병자성사를 주었다. 그렇게 해서 박경리는 82세를 일기로 흙으로 돌아갔다.

정 몬시뇰은 장례 미사에서 "자연을 노래하고 인간을 사랑했던 고인의 문학작품들은 상처 입은 우리 인간들에게 삶의 올바른 방향을 제시해주었다. 그런 점에서 고인을 '아시시의 프란치스코' 성인과 견줄 수 있을 것이다."라고 했다.

'박경리' 하면 「토지」이다. 대하소설 「토지」는 "1897년의 한가위"로 시작해서 "외치고 외치며, 춤을 추고, 두 팔을 번쩍번쩍 쳐들며, 눈물을 흘리다가는 소리 내어 웃고, 푸른 하늘에는 실구름이 흐르고 있었다."로 끝을 맺는다.

구한말과 일제강점기를 거쳐 민족 해방을 배경으로 펼쳐지는 이 소설은 동학농민전쟁, 을사늑약, 청일전쟁, 간도협약, 만주사변 등 근대사의 주요 사건이 줄지어 등장한다. 이러한 소용돌이 속에서 최참판댁의 흥망성쇠와 우리나라 민족사가 속속들이 펼쳐진다.

「토지」의 배경은 경남 하동군 악양면 평사리와 만주땅 용정이다. 「토지」는 외할머니가 손녀에게 들려준 짤막한 이야기에서 영감을 얻어 쓴 것이다.

"거제도 그 끝도 없는 넓은 땅에 누렇게 익은 벼가 그냥 땅으로 떨어지는데 수확할 사람이 없었어. 이유는 전염병인 호열자(虎列刺·콜레라)가 그곳 사람들을 죽음으로 데려갔기 때문이야."

외할머니의 이야기는 박경리의 뇌리에서 지워지지 않았다. 박경리는 "삶과 생명을 나타내는 벼의 노란색과 호열자가 번져오는 죽음의 핏빛이 젊은 시절 내내 나의 머리를 떠나지 않았다."고 했다.

그 이미지를 글로 쓰기 위해 우리나라 지도를 펼쳤다. 그래서 찾아낸 곳이 바로 평사리 악양 들판이었다. 평사리 모습이 「토지」의 배경과 너무도 흡사해 작가도 놀랐다.

'집필 기간 26년, 전집 20권, 원고지 4만여 장, 등장인물 700여 명, TV 드라마(KBS 1979년 한혜숙 주인공, 1987년 최수지 주인공/SBS 2004년 김현주 주인공), 영화(1974년 김수용 감독, 김지미·이순재 주연), 오세영 화백의 만화 「토지」, 청소년 「토지」, 영어·일어·프랑스어·중국어 등으로 번역' 이것이 한국 현대문학의 찬란한 금자탑을 이룬 「토지」가 세운 놀라운 기록들이다.

박경리가 말했다.
"어떤 사람이/ 「토지(土地)」를/ 초라하다 했다/ 맞는 말씀이다./ 「토지(土地)」는 매우 화려하지만/ 작가는 초라했다. ···역시 「토지(土地)」는 초라했다."

(박경리의 시 '토지(土地)'에서)

1970년대 초, 어느 가을에 시인 김지하는 몇 사람의 문학인과 함께 성북동에 있는 소설가 김동리 집을 찾아갔다. 그런데 출타 중이었다. 그래서 가까운 곳에 있는 박경리 집으로 갔다. 그때가 「현대문학」에 박경리의 「토지」 1부가 발표된 때였다.

「사상계」에 정치풍자 시 '오적(五賊)'을 써서 세상을 떠들썩하게 만든 김지하는 「토지」를 읽어서 박경리를 어느 정도 알고 있었다. 박경리 집에는 모녀가 살고 있었다. 김지하는 후에 장모가 된 박경리에 대한 첫인상을 이렇게 적었다.

"역사 이야기가 나오자 식견이 보통 탁월한 것이 아니었다. …경상도 전라도 지리산 등등 민감한 지역 문제들에 대해서도 막힘이 없었다. 화엄불교, 동학에도 해박했고 동서양 역사는 물론 한국 현대사까지 줄줄이 꿰고 있었다. …나는 작가 중에 그렇게 똑똑한 사람을 태어나서 그때 처음 보았다."

김지하 일행은 박경리 집에서 술을 많이 마셨다. 박경리는 그들을 보내며 또 놀러 오라고 했다. 김지하가 마음에 들었던 것이다.

박경리는 범띠 해에 경남 통영에서 태어났다. 태어난 시각이 초저녁이었다. 박경리는 자신의 사주를 이렇게 이야기했다.

"…술시라던가 해시라던가/ 아무튼 초저녁이었다는 것이다./ 계집아이의 띠가/ 호랑이라는 것도 그렇거니와/ 대낮도 아니고 새벽녘도 아니고/ 한참 호랑이가 용을 쓰는/ 초저녁이라/ 그 팔자가 셀 것을 말해 뭐하냐…."

(박경리의 시 '나의 출생'에서)

통영에서 보통학교를 졸업하고 진주고등여학교로 진학했다. 4년제 여학교를 5년 다녔다. 1년간 휴학했기 때문이다. 그래서 동급생이 상급생이 되고 하급생이 동급생이 되는 '기묘한 학교생활'을 했다. 박경리는 이를 '동굴 천장에 매달린 박쥐처럼'이라고 했다. 외곬 성격에 소외감은 더욱 깊어졌다.

공부는 잘하지 못했으나 역사에는 흥미가 많았다. 그래서 독서를 '야욕스럽게' 했다. 무엇이든지 읽었다. 그나마 학교생활을 지탱시켜 준 것은 '시 쓰는 일'이었다. 아궁이 앞에서, 이불 속에서 매일매일 시를 썼다. 후에 박경리는 '견디기 어려울 때 시는 위안'이었다고 했다.

졸업 후에 통영 금융조합에 들어갔다. 그러다가 거제도 부잣집 아들이며 일본 중앙대학에서 물리학을 전공한 사람을 만나 결혼했다. 결혼 후에는 남편의 직장이 있는 인천에서 살았다. 집 한편에 헌책방을 열었다. 그곳이 바로 인천 헌책방 거리로 유명한 배다리이다. 지금도 아벨서점을 비롯해 헌책방 몇 곳이 남아 있다. 박경리는 인천에서 살던 시절이 가장 행복했다고 말했다.

그 후, 서울가정보육사범학교(현 세종대)에 들어갔고 졸업 후에는 황해도 연안여중에서 교편을 잡았다. 6.25 전쟁이 일어나자 남편은 좌익으로 몰려 행방불명되었다.

박경리는 통영으로 피란 가서 양품점을 했다. 전쟁이 끝나자 서울로 올라와 은행과 신문사에서 일하며 글을 썼다.

박경리가 스승으로 모신 사람은 김동리였다. 박경리는 김동리를 "부모가 저를 태어나게 했다면, 선생님은 작가로 저를 태어나게 하신 어버이십니다."('고 김동리 선생님 영전에'에서)라고 했다. 박경리는 자신의 시를 김동리에게 보여주었다. 여학교 친구가 다리를 놓아준 것이다. 시를 읽은 김동리는 "상은 좋은데 표현이 틀렸다."고 했다. 박경리는 상심했다.

이에 김동리는 "소설을 써 보면 어떨까?"하고 권했다.

그래서 '불안지대'라는 단편소설을 써서 김동리에게 건넸다. 김동리는 소설의 제목을 '계산(計算)'으로 바꾸어「현대문학」에 1회 추천했다. 당시 작가가 되려면 2회 추천을 받아야 했다. 다음 작품으로 '흑흑백백'을 써서「현대문학」에 2회 추천되었다.

박경리는 비로소 작가로 등단했다.

그런데 김동리는 작품 제목뿐만 아니라 작가 이름까지도 바꾸었다. 본래 이름인 '박금이'를 '박경리'로 바꾼 것이다. 추천이 완료되었다는 기쁜 소식을 들은 날, 불행하게도 아들이 불의의 사고로 병원에서 죽었다.

박경리가 원주로 간다고 했을 때 주위 사람들이 말렸다. 그러면서 한해를 넘기기 힘들 것이라 했다. 그런데 원주에서의 삶은 그들의 말대로 되지 않았다. 아주 오랫동안 원주에서 살았다.

박경리가 원주에 내려온 이유 중 하나는 '어떠한 것에도 사로잡히지 않는 시간과 공간에서 남은 생애의 불길을 태워보겠다는 문학적 소망' 때문이었다.

박경리가 고독한 싸움을 할 때 그를 위로해준 것은 음악이었다. 베토벤의 '합창 교향곡'과 슈베르트의 '미완성 교향곡'을 계속 틀어놓고 살았다. 음악을 들으며 울었고 음악을 들으며 의지를 다졌다. 박경리는 글쓰기를 일과 병행했다. "노동은 심신을 상쾌하게 해주고 또한 끝없는 생각 속으로 끌어들인다."고 했다. 글을 쓰다가 생각이 막히면 밖에 나가 풀을 뽑았다. 그러면 생각이 떠오르며 막혔던 것이 뚫렸다.

후배들이 원주에 있는 토지문학관을 찾아오면 농약을 치지 않고 키운 유기농 채소로 대접했다. 박경리는 과수와 채소에 비료·농약을 쓰지 않는 일과 쓰레기차에 쓰레기를 내다 버리지 않는 일, 이 두 가지를 원주에서 철저하게 실천했다.

쓰레기를 어떻게 처리했는지 스스로 밝혔다.

"드럼통에 굴뚝 달린 소각 통에다 태울 것은 태우고 거름 될 것은 모두 땅에 묻고 빈 병, 깡통, 신문지 따위, 불에 타지 않는 은지(銀紙)나 자질구레한 쇠붙이 같은 것은 빈 커피통에 넣어 뚜껑을 닫고, 그렇게 해서 그런 것들이 모이면 고물 장수에게 넘겨준다."

('풍요의 잔해로 신음하는 대지'에서)

또한 박경리는 원주에서 시간에 구속받으며 살고 싶지 않아 시계를 착용하지 않았다. 6.25 전쟁 때 양식을 얻기 위해 시계를 풀어준 뒤로는 몸에 시계를 지녀본 적이 없었다. 서울에 있을 때 시간 약속 있으면 사람들에게 시간을 물어보거나 라디오로 시간을 가늠했다.

박경리는 일본에 대해 매우 비판적인 시각을 가졌다. 일본은 본래 '틀과 본이 없는 나라'이며 '틀과 본을 빌려다 연마하고 변형하고 이용하는 기능에 능한 민족'이라 했다.

일본은 자기네 나라를 신국(神國)이라 하고, 신병(神兵)과 성전(聖戰)이라는 이름으로 수많은 사람을 죽였다.

박경리는 일본이 그 '사슬을 끊을 기회'가 있었다고 했다. 그것은 천주교가 일본에 들어온 때였다. 소위 후미에(踏繪)에 의해 수많은 순교자가 나왔을 때였다. 후미에는 손바닥 크기의 나무나 놋쇠에 예수님이나, 성모님의 모습을 새긴 것이다. 후미에는 일본 천주교 신앙의 상징이면서 천주교 박해의 상징이기도 하다.

일본 막부는 천주교인을 색출하기 위해 마을 주민들을 모이게 해서는 후미에를 밟고 가라고 했다. 신자가 아닌 사람은 밟고 갔지만, 신자는 차마 밟지 못했다. 그런 사람들은 뜨거운 증기가 나오는 화산 온천 지옥으로 끌고 가 잔혹하게 죽였다.

이러한 후미에를 다룬 소설이 엔도 슈사쿠(遠藤周作)가 지은 「침묵」이고, 이를 영화로 만든 것이 리암 니슨 주연의 '사일런스'이다. 박경리는 한 일본 잡지 편집장과의 대화에서 일본을 이웃으로 둔 것은 우리 민족의 불운이라고 했다. 일본이 이웃에 피해를 주지 않을 때 우리는 같은 인류로서 손잡을 수 있을 것이라 했다.

박경리는 현대그룹을 창업한 정주영과 특별한 인연이 있었다. 정 회장의 타계 소식을 들었을 때 박경리는 정 회장이 소 떼를 이끌고 분단선을 넘어가던 모습이 생각났다.

그것은 '멋지고 장엄한 한 편의 드라마'였으며, 세계에 자랑스러운 '우리 민족 본연의 기상'을 보여주었다고 했다.

박경리는 자신을 정 회장에게 '신세 진 사람'이라고 했다. 현대가 설립한 문화일보에서 「토지」 5부를 연재해주었고, 현대에서 출판기념회도 후원해주었다. 또한 정 회장 부부가 원주까지 내려와 출판을 축하해주기도 했기 때문이다.

더욱 잊지 못하는 것은 프랑스에서 열리는 「토지」 세미나에 참석하기 위해 서울에 올라왔다가 현대 사옥에서 정 회장을 만났던 일이다. 방문 목적은 출판기념회에 대한 감사 인사를 하러 간 것이다. 인사를 하고 일어서려니까 갑자기 정 회장은 여비에 보태쓰라고 돈을 쥐여주었다. 박경리는 엉겁결에 "저도 돈 많습니다."라고 하며 받지 않았다. 그렇지만 연로한 분을 무안하게 해서는 안 된다는 생각이 들어 그만 지고 말았다.

이화여대 총장과 문교부 장관을 지낸 김옥길이 세상을 떠났다는 뉴스를 보았다. 박경리는 한동안 멍했다. 김옥길이 경북 문경 고사리 마을에서 병 치료하고 있을 때 찾아간 적이 있었다. 모자를 쓰고 안경을 쓰고 지팡이를 든 그의 모습은 영락없는 간디의 모습이었다. 병이 나으면 함께 프랑스로 여행 가자고 약속도 했다. 박경리는 자신이 직접 지은 실크 윗도리를 선물로 드렸다. 찬 바람 불면 숲에 갈 때 입으라고 드린 것이다.

김옥길은 박경리의 「김약국의 딸들」과 「토지」의 애독자였다. 그것이 인연이 되었다. 박경리는 김옥길을 20년 가까이 친정 언니처럼 의지하며 지냈다. 사위 김지하가 체포되고 딸과 딸의 갓 태어난 아기와 자신이 정릉에서 외롭고 힘들게 살아가고 있을 때, 김옥길은 아이의 옷을 한 아름 안고 찾아왔다. 아이의 기를 죽이지 말라고 하면서 서울

근교 백화점, 식당 등을 데리고 다녔다.

박완서는 남편이 죽고 이어서 아들마저 죽었다. 그야말로 참척을 당했다. 박완서는 하느님을 부정했고, 회의했고 포악을 부렸고, 저주까지 했다. 세례받을 때 선물 받은 십자고상에 원망을 퍼부었고 내팽개치기까지 했다.

다섯 살 위였던 박경리가 박완서를 원주 집으로 불렀다. 후배를 위해 밤새 맛있는 국을 끓였다. 원주 집에 도착한 박완서와 박경리는 서로 껴안고 울었다. 선배는 후배의 등을 토닥이며 글을 써야만 이겨낼 수 있다고 위로했다. 박완서는 선배가 끓여준 국을 맛있게 먹었다. 그러고는 다시 글을 쓰며 살아가겠다고 굳은 결심을 했다.

박경리는 가톨릭신문에 한편의 글을 기고했다. 그 글을 정의채 신부가 읽었다. 정 신부는 그 글이 너무 좋아 박경리에게 만나자고 연락했다. 박경리는 정 신부와 만나 "요즘 죽음에 대해 많이 고민하고 있다."고 했다. 정 신부는 도와주겠다고 했다. 그 후에 정 신부에게 가톨릭 교리를 공부했다. 교리 공부를 끝마치고 '데레사'라는 세례명으로 세례를 받았다. 그 후, 박경리는 가톨릭신문에 '눈먼 식솔'이라는 소설을 연재했다.

박경리의 신앙은 그의 유고 시집인 「버리고 갈 것만 남아서 참 홀가분하다」의 '우주 만상 속의 당신'에 잘 나타나 있다.

자신의 영혼이 의지할 곳 없어 항간을 떠돌고 있을 때, 뱀처럼 배를

깔고 갈밭을 헤맬 때, 생사를 넘나드는 미친 바람 속을 질주하며 울부
짖었을 때 하느님은 산간 높은 나뭇가지에 앉아, 산마루 헐벗은 바위
에 앉아, 풀숲 들꽃 옆에 앉아 자신을 바라보고 있었다고 했다. 하느
님께 진작 다가가지 못한 자신을 책망했다. 덩굴을 헤치고 맨발로라
도 하느님 곁으로 갔어야 했다고 고백했다. 이제 머리가 백발이 되어
겨우 도착하니 하느님은 아직도 먼 곳에 계신다고 했다. 그래도 하느
님을 절절히 바라본다고 했다.

"당신께서는 언제나/ 바늘구멍만큼 열어주셨습니다/ 그렇지 않
았다면/ 어떻게 살았겠습니까 …천수(天水)를 주시던 당신/ 삶은
참 아름다웠습니다."

(박경리의 시 '세상을 만드신 당신께'에서)

김수근

건축은 빛과 벽돌이 짓는 시(詩)'라고 할 정도로 벽돌을
예찬했다. 그래서 탄생한 건축물이 불광동성당, 양덕동성당,
경동교회, 아르코 미술관, 아르코 예술극장, 샘터 사옥이다.

김수근 「좋은 길은 좁을수록 좋고 나쁜 길은 넓을수록 좋다」,
    (金壽根空間人生論). 공간사. 1989.

(재)김수근문화재단 엮음 「당신이 유명한 건축가 김수근입니까?」 공간사. 2006.

황두진, 「건축가 김수근」, 나무숲. 2007.

승효상, 「묵상」, 돌베개. 2019.

불광동성당 홈페이지

한국의 로렌초 메디치, 김수근

서울 불광동성당, 마산 양덕성당, 서울 경동교회, 자유센터, 타워 호텔, 세운상가, 잠실 올림픽 경기장(주경기장, 자전거 경기장, 체조 경기장, 수영 경기장), 샘터 사옥, 공간 사옥, 동숭동 아르코 예술극장, 아르코 미술관, 서울대 예술대, KIST 본관, 문화방송 사옥, 한국일보 사옥, 인천상륙작전기념관, 서울 지하철 경복궁역, 한계령 휴게소, 국립부여박물관, 국립청주박물관, 국립진주박물관, 주미 대한민국 대사관저, 국립과학관, 경찰청, 서울지방법원 종합청사, 강원 어린이회관, 구미 문화예술회관, 워커힐 더글라스 호텔, 워커힐 호텔 힐탑바, 라마다 르네상스 호텔, 벽산 빌딩, 창암장 등.

이렇게 유명한 건축물을 설계한 사람이 김수근(바오로, 金壽根, 1931~1986)이다. 미국의 시사주간지 「타임」은 그를 '한국의 로렌조'라고 했다. 로렌조 데 메디치는 미켈란젤로, 레오나르도 다빈치, 보티첼리 같은 르네상스 시대의 예술가를 후원해 인류문화예술을 꽃피게 한 사람이다. 김수근은 한국 현대건축의 아이콘으로 '세계 현대건축가 101인'에 선정되었다.

김수근은 함경북도 청진에서 태어났다. 여덟 살 때 서울로 왔다. 어린 시절을 오롯이 북촌에서 보냈다. 수많은 골목과 기와집이 있는 북촌은 그에게 풍부한 상상력과 호기심을 불러일으켰다. 북촌은 그에게 '마음의 고향'이었다. 그래서 북촌은 그의 삶과 예술세계에 많은 영향을 주었다.
부친은 사업으로 많은 돈을 벌었다. 그래서 김수근은 비교적 넉넉

내 영혼이 춤추고 노래하며

한 환경에서 자랐다. 어렸을 때 찍은 한 장의 사진이 있다. 한복을 단정히 입은 어머니가 소파에 앉아 공부하는 아들의 모습을 지긋이 바라보는 사진이다. 책장은 양장본 책들로 가득하고, 책장 옆에는 대형 스피커가 놓여있다.

김수근은 '집이란 어머니가 계시는 곳'이며 '나의 집은 어머니'라고 할 정도로 어머니를 가장 소중하게 생각했다.

해방 이듬해에 중학생이던 김수근은 덕수궁에 관광 나온 한 미군 청년을 만났다. 그에게 영어를 배우려고 그를 가회동 한옥집으로 초대했다. 대학에서 건축을 전공한 사람이었다. 김수근에게 건축가에 대해 많은 것을 이야기해 주었다.

건축가가 되려면 독서도 많이 하고, 음악도 많이 들어야 하고, 그림도 그릴 줄 알아야 하며, 여행도 많이 해야 한다고 했다. 그리고 건축가는 '세상에서 가장 중요한 사람'이라고 했다. 그 말을 들은 김수근은 '미국의 대통령보다도 중요한 사람이냐?'고 물었다. 그는 '그렇다!'고 대답했다.

김수근은 건축가가 되기로 마음을 굳혔다. 고등학교에 진학해서 합창반과 문예반에서 활동했고, 사진도 열심히 찍으러 다녔다. 고등학교 시절 그의 별명은 '베토벤'이었다. 음악에 대해 해박했기 때문이다. 고교를 졸업하고 서울대 건축학과에 입학했다.

그런데 그해에 6.25 전쟁이 일어났다. 서울대는 부산으로 이전했다. 김수근은 건축학을 제대로 공부하고 싶었다. 그래서 몰래 배를 타고 일본으로 건너갔다. 여비는 아버지의 악어가죽 가방을 팔아 마련했다. 어머니에게 밀항 사실을 알리지 않았다.

여권도 없이 일본에 도착해 불안한 나날을 보냈다. 동네 아이들에게 영어와 수학을 가르치며 어렵게 생활했다. 그러면서도 열심히 공부해 도쿄예술대학 건축과에 합격했다. 재학 중에는 시간 나는 대로 전시와 공연을 구경하러 다녔다. 그러한 경험은 후에 커다란 자산이 되었다.

도쿄대 대학원을 졸업하고는 한국인 유학생들과 함께 대한민국 국회의사당 설계 공모에 지원했다. 우리나라 전통 사찰의 건축 양식(높은 석탑과 낮은 사찰)을 응용한 설계안을 제출했는데 놀랍게도 '당선'되었다. 그런데 5.16 군사혁명이 일어나 무산되고 말았다.

김수근은 자신의 건축설계사무소를 차리고 본격적으로 일하기 시작했다. 워커힐 호텔 안에 지은 힐탑바를 노출콘크리트 방식으로 지었다. 마치 피라미드를 거꾸로 세워놓은 것 같았다. 힐탑바에는 김수근의 젊은 혈기와 패기가 담겨있다. 어떤 건축가의 말대로 힐탑바는 그 당시 '김수근의 자화상'이었다.

그 시기에 남산의 자유센터와 타워 호텔, 그리고 세운상가도 김수근의 설계로 만들었다. 세운상가는 종묘부터 남산 기슭까지 길게 이어지는 건축물로 낮은 층에는 차도와 상가를 배치했고, 높은 층에는 거주지와 인도를 배치했다. 공중에 인도를 배치하는 것은 매우 특이한 건축방식이었다. 세운상가는 국내 최초의 주상복합아파트가 되었고, 국내 최대 전자 상가가 되었다.

김수근은 여의도 도시계획에도 관여했다. 당시 여의도는 허허벌판

모래섬이었다. 그곳에 국회의사당, 업무 지구, 상업 지구, 주거 지구를 배치했다. 그러면서 세운상가처럼 건물과 건물을 이어주는 공중다리도 설치하려 했다. 그런데 여의도가 실제로 개발되면서(특히 대통령 지시로 5.16광장이 들어서면서) 김수근이 생각했던 설계는 대폭 바뀌고 말았다.

그다음으로 설계한 것은 국립부여박물관이었다. 완공을 앞둔 어느 날, 일간 신문에 박물관이 일본식으로 건축되었다는 기사가 크게 보도되었다. 연일 일본 신사(神社)를 닮았다는 비판이 쏟아졌다. 일본에 대한 국민적 감정이 고조되어 있던 때였다.

이에 대해 김수근은 박물관은 우리나라 전통 토기의 선을 지붕에 응용한 독창적인 설계라고 주장했다. 그러나 비판은 그치지 않았다. 김수근은 거듭해서 자기의 입장을 밝혔다.

"건축가는 그의 작품에서 도망칠 수 없다. 부여박물관은 두고두고 내가 죽은 다음에도 산 증거로 남아 있을 것이다. 그것이 신사의 표절이면 나는 반민족적 도둑의 죄를 끝까지 고발당하게 될 것이요, 나의 창작이면 지금 나를 규탄하고 있는 '소박한 비판'을 '에피소드'로 간직하게 될 것이다."

('공간' 1967년 10월호)

김수근은 소모적인 논쟁에서 뒤로 물러섰다. 그러고는 한국문화에 대해 새롭게 공부하기 시작했다. 공부에 크게 도움을 준 사람은 국립중앙박물관장을 지낸 최순우였다. 최순우는 「무량수전 배흘림기둥에 기대서서」라는 명저를 지은 고고미술학자이다.

김수근은 최순우와 함께 전국에 있는 한국 고유 건축물을 찾아다니며 공부했다. 특히 전남 담양에 있는 소쇄원을 보고는 자연과 잘 어우러진 우리나라 전통 건축에 큰 감동을 받았다. 이러한 공부 덕에 건축을 바라보는 안목은 더욱 넓고 깊어졌다. 김수근은 최순우를 '나의 건축가로서의 가장 소중한 눈을 길러 주신 스승'이라고 했다.

그 후 김수근은 매우 특별한 공간을 만들었다. 자신의 건축설계사무소 사옥인 '공간(空間)'이다. 그 건축물은 한국을 대표하는 현대 건축물이며 건축전문가들이 찬탄하는 '김수근다운 건축물'이었다. 그 공간은 엄마의 뱃속 같은 편안함(그래서 김수근은 '모태 공간'이라 했다.)과 어린 시절 즐겁게 뛰놀던 북촌 골목길의 재미로움으로 조화를 이루었다. 그곳에는 설계사무소뿐만 아니라 화랑과 공연장 그리고 카페와 마당도 들여놓았다. 그 공연장에서 병신춤의 무용가 공옥진과 사물놀이로 유명한 국악인 김덕수가 데뷔했다.

김수근에 대한 에피소드는 많다.
워커힐 산 위에 세운 힐탑바 이야기다.
김수근은 워커힐 꼭대기에 워커힐의 상징이 될 'W'형의 집을 설계했다. 모든 건축물의 기둥은 수직으로 세워야 무게도 받지 않고 쓰러지지 않는다. 이것은 건축의 기본이다. 그런데 김수근이 설계한 힐탑바는 정방형인데 모서리 기둥 네 개가 모두 밖으로 45도 각도로 기울어져 있다. 설계도를 보는 사람마다 '매우 위험'하다고 했다. 김수근은 구조전문가와 공사전문가를 설득해 공사를 시작했다.

공사 중에 건축물 밑에 들어가면 건축물이 머리 위로 곧 쓰러질 것만 같았다. 공사에서 가장 어려웠던 일은 받침대를 떼어내는 일이었다. 받침대는 인부들이 떼어내는데 그들을 이해시키는 것이 가장 힘들었다. 김수근은 그 건축물이 안전하다는 것을 확신시켜주기 위해 인부들이 받침대를 모두 떼어낼 때까지 그 건축물 밑에 계속 서 있었다. 받침대는 모두 떼어졌고 힐탑바는 무너지지 않았다.

김수근이 아끼던 것 중의 하나가 공간 사옥 담장에 있는 덩굴이었다. 어느 날 김수근은 담쟁이덩굴이 죽어가는 것을 보았다. 김수근은 관리자를 불러 크게 야단쳤다. 마침 그곳에서 근무하던 젊은 건축가가 그 모습을 보았다. 담쟁이 하나 때문에 사람이 저렇게 야단맞고 무시당하는 것을 보고 분노가 끓어올랐다.

며칠 후, 그 건축가는 술에 취해 사옥 입구에 있는 담쟁이덩굴을 꽤 많이 뜯어냈다. 다음 날 '공간' 사람들은 흉한 모습을 한 사옥 입구 풍경을 보고 김수근이 그 건축가에게 혹독한 조치를 할 것으로 생각했다. 그 건축가도 자신이 한 행동에 책임을 질 각오를 하고 있었다. 김수근은 이 일을 알게 되었다.

그러나 그 건축가에게 아무 말도 하지 않았다.

또 이런 일도 있었다.

'공간'에서 직원 전체 회의가 열렸다. 사무실 사정이 점점 어려워지고 있었다. 월급도 밀렸고, 직책은 자꾸 늘어만 간다. 회의 분위기는 경직되었다. 김수근은 회의 마무리에 "'공간'에 들어오려는 사람은 줄 서 있으니 나갈 사람은 언제든지 나가라."고 했다. 이에 대해 그 누구도 대꾸하지 못했다.

그때 한 젊은 건축가가 입을 열었다. "밤새워 일하는 우리에게 그게 무슨 말씀입니까. 사기를 알고 하시는 말입니까?"

이에 대해 김수근은 "여기가 군대냐? 사기는 무슨 사기냐?"

그 건축가가 그 말을 맞받았다. "군대보다 더하지요."

우리나라가 올림픽 개최국으로 선정되었다. 김수근은 올림픽 경기장 설계를 맡았다. 가장 흥미로운 경기장은 체조 경기장이었다. 하늘에 커다란 천막을 펼쳐놓은 것 같은 독특한 구조였다. 더구나 빛을 투과할 수 있는 재료를 사용해 낮이나 밤이나 경기장은 환하게 빛났다. 김수근은 올림픽 경기장 건축으로 대한민국에도 건축가가 있다는 것을 세계에 알렸다.

김수근은 건축방식에 변화를 주기 시작했다. 건축재료를 콘크리트에서 벽돌로 바꾼 것이다. 벽돌은 따스하고 포근한 느낌과 함께 강인함을 주었다. 김수근은 그런 특성을 지닌 벽돌을 좋아했다. '건축은 빛과 벽돌이 짓는 시(詩)'라고 할 정도로 벽돌을 예찬했다. 그래서 탄생한 건축물이 불광동성당, 양덕동성당, 경동교회, 아르코 미술관, 아르코 예술극장, 샘터 사옥이었다.

김수근이 설계한 3대 종교 건축물은 불광동성당, 양덕동성당, 경동교회이다. 종교 건축물은 '인간과 신이 만나는 공간'이며 '인간 공동체의 공간'이다. 김수근은 교회를 경건한 공간, 조용한 공간, 따뜻한 공간이 되도록 했고, 예수님의 사랑과 고통도 온전히 느낄 수 있도록 했다. 이를 위해 붉은 벽돌로 공간을 온통 감쌌다.

불광동성당은 5년 만에 완공됐다. 성전은 기도하는 손을 형상화했다. 경사지의 지형을 그대로 살려 성전 주변을 돌며 기도와 묵상의 공간이 되도록 했다.

또한 성모 동산을 오르며 십자가의 길과 함께 대성전으로 이어지는 안마당은 친교와 나눔의 공간으로 활용할 수 있게 했다.

불광동성당은 작은 성미술 전시장이다.

조각가 김세중이 '제단의 십자가', '예수성심상', '김대건 신부상', '성모동산 성모상', '대성전 14처'를 조각했고, 서울대 미대 민철홍 교수가 대성전 제단과 감실을 조각했고, 최봉자 수녀가 성체조배실 감실과 담장 십자가의 길을 조각했다.

어느 날, 마산에서 플라츠(한국명 박기홍) 신부가 김수근을 찾아왔다. 그리고는 다짜고짜 양덕동성당을 지어달라고 했다. 김수근은 "나는 크리스천이 아닙니다."라고 했다. 그렇지만 김수근은 실존적인 측면에서 전지전능한 하느님을 어렴풋이 느끼고 있었다. 신부와 대화를 나누면서 서로가 지향하는 점이 같다는 것을 알았다.

결국 김수근은 성당을 짓겠다고 약속했다. 신부가 요청한 '소박하면서도 우아하고, 단단하면서도 따뜻하며, 신비로우면서도 인간미가 풍기는 성당'을 짓기로 했다.

김수근은 나름대로 성당 건축의 이념을 생각했다. 첫째, 교회는 훌륭한 '화해의 장'이 되어야 한다. 둘째, 신자들이 하느님과 만나 영적 기쁨을 누릴 수 있는 '축제의 장'이 되어야 한다. 셋째, 미사의 기능과 친교의 기능, 그리고 선교의 기능과 사회 공익적 기능을 포함하는 '다원화의 장'이 되어야 한다. 넷째, 권위주의를 지양하고 주변과 조화를 이루는 '환경의 장'이 되어야 한다.

양덕동성당 안으로 들어가려면 좁고 긴 계단을 걸어 올라가야 한다. 신자들은 이 길을 걸으면서 마음을 경건하게 가다듬으며 하느님을 만날 준비를 한다. 양덕동성당은 불규칙한 다각형 공간이다.

그래서 도면으로 그려내기가 무척이나 까다로웠다. 그런데 다행히 설계 책임을 진 젊은 건축가가 수학과 기하학의 지식을 갖고 있어 도면을 그릴 수 있었다.

김수근은 양덕동성당으로 세계적인 명성을 얻었다. 세계 건축을 다루는 일본 잡지(「SD」) 표지에 성당의 사진이 실렸고 김수근의 건축 작품들이 특집으로 다뤄졌다.

어떤 시인은 양덕동성당을 이렇게 말했다.

"양덕동성당은 건축가 자신의 마음의 감옥 같았다. 내용이 없는 죄의 아름다움처럼 쌓아 올린 벽돌담들은 이 세상의 지친 말들을 말없이 받아주고 있었다. 한마디로 모성의 벽이다."

경동교회는 서울 도심에 자리 잡고 있었다. 강원룡 목사는 김수근에게 교회 건축을 부탁했다. 강 목사는 "우리나라 개신교는 청교도의 후예인 미국 선교사들에 의해 전파되었기 때문에 기독교의 예술성이 거의 배제되었다. 집회소가 된 예배당은 상징과 이미지로 된 성경을 도덕 교과서로 도그마하여 '오늘 여기서' 살아 숨 쉬는 진리를 화석으로 묻어 버렸다."라고 했다. 강 목사는 이런 자신의 생각에 맞는 건축가로 김수근을 택한 것이었다.

김수근은 경동교회를 불광동성당처럼 두 손을 모아 기도하는 모습으로 설계했다. 그리고 교회 입구에서 예배당으로 들어가는 길을 길게 돌렸다. 이는 예수님이 십자가를 지고 올라간 골고타 언덕을 표현한 것이다. 교회 안으로 들어서면 마치 성경 '요나서'에 나오는 큰 물고기 배 속에 들어와 있는 듯한 느낌이 든다.

김수근은 하느님에게서 네 가지 재주를 부여받은 것 같다고 했다. 그 재주는 '정치적인 수, 경제적인 능력, 건축적인 재질(才質), 문화적인 식견'이라고 했다.

김수근은 세상을 떠나기 몇 해 전에 천주교 신자가 되었다. 당시 병석에 있었는데 자신이 설계한 불광동성당 주임인 정의채 신부로부터 세례를 받았다. 그는 한 줌의 흙으로 돌아가야 하는 인간의 운명을 깨닫고 하느님을 받아들인 것이다.

김수근은 독실한 불교 신자인 어머니에게 천주교로 개종하도록 간청했다. 어머니도 아들의 뜻을 받아들여 천주교로 개종했다. 아들을 사랑한 어머니는 아들의 종교까지도 사랑했다.

김수근의 꿈은 교육을 통해 젊은 건축가를 육성하는 것이었다. 그래서 '공간 아카데미'를 운영하려 했고, 국민대 조형대학에서 학생들을 가르치기도 했다. 또한 새로운 '공간(空間)'을 경기도 파주 공릉에 지었다. 이렇게 그의 꿈이 하나씩 이루어지고 있었다.

그런데 갑자기 병이 찾아왔다. 쉬지 않고 끊임없이 일했기에 간에 이상이 왔다. 한 소설가가 공릉의 병상을 찾아갔다. 함께 손을 잡고 기도했다. 그때 김수근은 불쑥 "나 같은 죄 많은 사람도 하느님이 용서하실까?" 하고 물었다. 그런 그의 얼굴은 마치 아기 같았다고 했다. 서울대 병원에 입원했을 때도 "하루하루가 이렇게 신비로울 수가 없어."라고 고백했다.

김수근은 간암 말기였다. 담양 소쇄원으로 내려가 마지막 남은 삶을 정리했다. 그곳 대자연 앞에서 흙으로 돌아가야 한다는 사실을 겸허히 받아들였다. 결국 김수근은 쉰다섯의 아까운 나이로 세상을 떠났다. 그가 남긴 마지막 말은 '미안하다'였다.

"겨레의 아름다운 삶의 공간 만들기에/ 한평생 몸과 마음 오롯이 바치시니/ 이 나라 현대건축에 큰 발자취 남기셨네/ 활달한 그 기상과 푸짐한 인정으로/ 폭넓게 사시면서 이웃 예술 돌보시니/ 가시매 크옵신 인품 새록새록 그리워라."

(시인 구상)

한국인의 영원한 '하숙생', 최희준

최희준

어느 날, 신문에 '대기만성형 학사 가수 최희준'이란
기사가 크게 나왔다. 부친이 그 기사를 보았다. 그러고는
아들에게 "저 가수가 바로 너지?"라고 물었다. 최희준은 "네."
라고 대답했다. 그 일로 부친은 아들을 상대하지 않았다.

가톨릭평화신문(2018.8.27) '염수정 추기경 "故 최희준 씨,
　　　충실한 그리스도 신앙인이었다" 애도'

가톨릭평화신문(2008.5.25) 명동대성당 축성 110주년 기념 '본당의 날' 행사 다채

가톨릭평화신문(2008.5.2) 수원교구 가정사목연구소 '제2회 아버지 대회' 개최

가톨릭평화신문(2007.3.19) '제1회 아버지 대회'

가톨릭신문(2018.9.2) '원로가수 최희준 씨'

가톨릭신문(2007.1.14./1.7/1.1/2006.12.17./12.10/12.3/11.26/11.6)
　　　'원로가수 최희준'

임진모. 「오랜 시간 멋진 유행가3·6·5」, 스코어. 2022.

정두수. 「노래 따라 삼천리」. 미래를 소유한 사람들. 2013.

이영미. 「한국대중가요사」. 민속원. 2006.

신성일. 「청춘은 맨발이다」. 문학세계사. 2018.

정진석 추기경은 명동대성당에서 '인생은 무엇인가'를 주제로 강연했다. 강연하기 전에 '하숙생' 노래를 불렀다. 그전에도 가톨릭문화예술인과 미사를 봉헌한 후에 가진 행사에서 '하숙생'을 불렀다. 정 추기경은 좀처럼 사람들 앞에서 노래를 부르지 않았다. 그런데 '하숙생'만은 여러 곳에서 여러 차례 노래했다. '하숙생'은 정 추기경의 애창곡이었다.

"인생은 나그네 길/ 어디서 왔다가/ 어디로 가는가/ 구름이 흘러가듯 떠돌다/ 가는 길에/ 정일랑 두지 말자/ 미련일랑 두지 말자/ 인생은 나그네 길/ 구름이 흘러가듯/ 정처 없이 흘러서 간다."

(하숙생)

최희준(티모테오, 崔喜準, 1936~2018)은 이 노래를 불러 크게 히트했다. '하숙생'은 KBS 라디오 드라마 주제였다. 드라마 내용은 이렇다. 젊은 화학도와 미모의 여인이 서로 사랑했다. 그는 약혼 기념으로 '하숙생'이란 노래를 만들었다. 그녀를 만날 때마다 그 노래를 들려주었다. 그는 아코디언을 매우 잘 연주했다.

어느 날, 그가 일하는 실험실로 그녀가 놀러 왔다. 실수로 화재가 발생했다. 그는 활활 타오르는 불 속에서 목숨을 걸고 그녀를 구해냈다. 그는 온몸에 화상을 입었고 얼굴은 흉측해졌다. 후에 그녀는 미스코리아가 되었다. 그녀는 그를 버리고 다른 사람과 결혼했다. 그는 복수하려고 성형수술을 했다. 그러고는 그녀가 사는 옆집에 하숙했다. 밤마다 아코디언으로 '하숙생'을 구슬프게 연주했다.

한국인의 영원한 '하숙생', 최희준

그는 그녀가 미치는 것이 보고 싶었다. 결국 그녀는 정신착란을 일으켜 미치고 만다. 이 드라마 극본을 쓴 작가는 공주 동학사 쓰레기장에서 여성의 머리카락 다발을 발견했다. 그 머리카락은 여승이 되기 위해 절에서 자른 것이었다. 거기서 영감을 얻어 '하숙생'이란 드라마를 쓴 것이다.

최희준이 부른 '하숙생'을 들으면 마음이 편해진다. 노래가 편안히 와닿는다.

한 대중예술평론가는 이를 '이지 리스닝(easy-listening)'이라 했다. '하숙생'의 가사는 간단하다. 그러나 그 속에는 철학과 종교적인 의미가 담겨있어 많은 사람이 불렀고 지금도 부르고 있다.

법정 스님도 인도를 장기간 여행하면서 고국의 산천과 그리운 얼굴들이 떠오르면 '하숙생'을 불렀고, 송광사 불일암에서 소소한 일을 하면서도 '하숙생'을 불렀다.

'하숙생'은 영화로도 만들어졌다. 신성일과 김지미(체칠리아)가 주인공이었다. 김지미는 이 영화로 자카르타 아태영화제에서 여우주연상을 받았다. 최희준이 국회의원으로 일할 때 보좌진으로 있던 사람도 '하숙생' 작사가였다. 이렇듯 '하숙생'은 최희준의 '운명'이었다.

최희준은 '가요무대'를 독주해 나갔다. '진고개 신사', '맨발의 청춘', '빛과 그림자', '하숙생', '종점' 등이 연이어 히트하면서 전성기를 누렸다. 이외에도 '나는 곰이다', '뜨거운 안녕', '팔도강산', '우리 애인은 올드 미스'도 큰 인기를 얻었다.

특히 "미련 없이 내뿜는 담배 연기 속에 아련히 떠오르는 그 여인의 얼굴"로 시작하는 '진고개 신사'는 MBC 라디오 개국 특집 드라마 주제곡이었다. 그리고 "눈물도 한숨도 나 혼자 씹어 삼키며 밤거리의 뒷골목을 누비고 다녀도"로 시작하는 '맨발의 청춘'도 신성일·엄앵란 주연의 '맨발의 청춘' 영화 덕에 크게 히트했다.

영화는 고아 건달과 양갓집 규수의 비련을 담았다. 특히 "사랑만은 단 하나의 목숨을 걸었다. 거리의 자식이라 욕하지 마라."라는 이 노래 가사는 젊은이들에게 대단한 인기였다. 최희준은 이 주제가로 최고의 남자 가수가 되었다.

또한 '팔도강산'도 우리나라 최고의 영화배우들이 총출연한 영화 '팔도강산(김희갑, 황정순, 김승호, 김진규, 최은희, 박노식, 허장강, 고은아, 신영균 등)' 덕에 크게 히트했다. '팔도강산'은 계몽 영화라 어린이부터 어르신들까지 많은 사람이 관람했다. 이렇듯 최희준의 노래는 영화와 드라마의 덕을 톡톡히 보았다.

이야기를 하나 덧붙이자면, '나는 곰이다'가 히트하자 대웅제약에서 곰의 쓸개가 원료인 '우루사' 광고 출연을 최희준에게 의뢰해와 광고 모델이 되기도 했다.

영화배우 신성일은 '맨발의 청춘', '하숙생', '종점'에 출연했다. 이 영화들의 주제곡을 모두 최희준이 불렀다. 영화는 주제곡으로 더욱 빛났다. 최희준은 신성일과 단짝이었다. 매년 명절마다 지방 극장 쇼에 함께 다녔다. 신성일이 무대에 서서 인사하면 최희준은 노래를 불렀다. 신성일은 최희준을 "성격이 착한 그는 항상 미소를 잃지 않는 정감 넘치는 사람이었으며, 함께 있으면 어디든 편했다."고 했다.

1960년대 우리나라 대중가요는 미8군 무대 출신 음악인들이 선도했다. '노란 샤쓰의 사나이'를 부른 한명숙을 비롯해 현미, 패티 김, 이금희, 위키 리, 유주용, 박형준, 최희준 등이 전성기를 누렸다.

득히 최희준은 위키 리, 유수용, 박형준과 함께 밝고 건강한 홈 가요 보급을 위해 '포클로버스'라는 밴드를 조직해 활동했다. 또한 가요계에 고학력 바람을 다른 음악인들과 함께 일으키기도 했다.

서울대 음대 출신의 작곡가 박춘석, 고려대 법대 출신의 가수 김상희, 서울대 치대 학력의 작곡가 길옥윤, 그리고 서울대 법대 출신의 최희준이 바로 그 주인공들이었다. 그때부터 '학사 가수' 물결이 일기 시작했다.

최희준이 중학교 3학년 때 6.25 전쟁이 일어났다. 수원에서 피난민 종합학교에 다니다가 전쟁이 끝난 후 경복고에 복학해 졸업했다. 그리고는 서울대 법대에 들어갔다. 법대를 택한 것은 순전히 부친이 원했기 때문이었다.

사실 최희준은 상대에 가고 싶었다. 그러나 부친은 '판검사를 해야 한다.'고 하면서 법대 입학원서를 직접 들고 왔다. 최희준은 그러한 부친의 간절한 소망을 저버리고 가수로 방향을 돌렸다.

어느 날, 신문에 '대기만성형 학사 가수 최희준'이란 기사가 크게 나왔다. 부친이 그 기사를 보았다. 그리고는 아들에게 "저 가수가 바로 너지?"라고 물었다. 최희준은 "네."라고 대답했다. 그 일로 부친은 아들을 상대하지 않았다. 부친은 아들이 가수로 성공하기 전에 세상을 떠났다. 최희준은 이를 평생토록 가슴 아파했다.

최희준은 서울대 축제에서 프랑스 샹송 '고엽'을 불렀다. 학생들의 반응은 뜨거웠다. 친구들이 미8군 클럽 악단에서 활동하고 있었다. 그들의 권유로 오디션에 참가했다. 합격했다.

당시 미8군 클럽 오디션에 합격한다는 것은 매우 어려운 일이었다. 최희준은 그곳에서 미국 가수 냇 킹 콜(Nat King Cole)의 노래를 많이 불렀다. 그 목소리가 마치 벨벳 같아 '한국의 냇 킹 콜'이라는 별명도 얻었다. 후에 냇 킹 콜이 우리나라에 왔을 때 함께 만나 기념사진도 찍었다.

그 후, '우리 애인은 올드 미스'로 첫 음반을 내며 가수로 정식 데뷔했다. 최희준의 노래를 듣고 가수가 된 사람이 있다. 최백호다. 최백호는 고등학교 때 라디오에서 노래가 흘러나왔는데 그 노래가 무척이나 좋았다고 했다. 그 노래가 바로 최희준이 부른 '하숙생'이었다. 최백호는 그때 가수가 되겠다고 굳게 결심했다.

최희준의 원래 이름은 최성준이다. 최희준이 라디오에서 처음 방송하는 날 라디오를 즐겨듣는 부친이 놀랄 것 같아 걱정됐다. 부친은 몸이 편찮아서 자리에 누워 라디오를 매일 듣고 있었다. 이러한 걱정을 방송국 사람들에게 했다. 그러자 KBS 악단장 김인배와 음악 PD 송영수, 지휘자 김강섭이 이름을 '희준'으로 지어주었다. 작곡가 손석우도 '喜準'이라는 한자 이름을 주었다. '항상 웃음을 잃지 말자'라

한국인의 영원한 '하숙생', **최희준**

는 뜻에서 이름에 기쁠 '喜'를 넣어주었다. 라디오에서는 최성준의 이름이 최희준으로 나갔다. '희준'을 계속해서 예명으로 사용하다가 정식으로 개명 절차를 거쳐 본명으로 정해버렸다.

최희준의 별명은 '찐빵'이다. 찐빵이 된 사연이 재밌다. 희극배우인 구봉서가 무대에 선 최희준의 모습을 보았는데 조명의 열기로 짧은 머리에서 김이 무럭무럭 나왔다고 했다. 그 모습을 보고 "마치 찐빵 같다."고 한 것이 그만 애칭으로 굳어졌다.

찐빵에 대한 또 다른 이야기도 전해진다. 지방 쇼 행사 대기실에서 최희준은 짜장면을 시켜 먹었다. 최희준의 얼굴은 둥글넓적한데 그 얼굴을 배경으로 막 배달온 짜장면에서 김이 모락모락 올라왔다. 그 묘한 광경을 보고 어떤 사람이 "찐빵 같다."고 했다. 그래서 '찐빵'이라는 별명이 붙었다는 것이다.

최희준은 정치인 김대중(토마스 모어)의 신당 '새정치국민회의'의 발기인으로 참여했다. 그는 '우리의 문화를 발전시키는 데 각 분야에서 전문적으로 활동한 문화예술인들의 역량은 매우 중요하다는 생각'으로 정치판에 뛰어들었다.

그리하여 경기도 안양시 동안구 갑선거구에 출마했다. 상대는 신한국당 심재철이었다. 심재철은 MBC 보도국 기자와 한나라당 부대변인을 한 사람으로 지역 주민들에게 인지도가 꽤 높았다. 투표자 조사에서 심재철이 1위였다. 그런데 실제로 개표해보니 당선자는 새정치국민회의의 최희준이었다. 그리하여 최희준은 15대 국회의원이 되었다. 가수 출신 정치인 1호가 된 것이다.

최희준은 국회에서 문화체육공보위원회 위원으로 활동했다. 국회에서 통합방송법을 놓고 갑론을박의 치열한 논의가 있었다. 구시대의 산물인 영화 등에서의 사전 검열 제도가 아직도 남아 있었다. 헌법재판소에서 위헌으로 판결을 내렸으나 관행은 여전했다. 최희준은 이를 정리했다. 또한 사형제 폐지 법안 발의에 앞장섰다.

가톨릭교회에서는 사형제를 강력히 반대했다. 하느님께서 주신 생명을 존중하는 가톨릭 신앙에 입각해 입법을 추진한 것이었다. 최희준은 국회의원을 마치고 문예진흥원 상임감사로 일했고, 한국대중음악연구소 이사장을 맡아 일하기도 했다. 그리고 대한민국 연예예술상 대상을 수상해 화관문화훈장도 받았다.

최희준은 사귀던 여인과 결혼하고 싶었다. 그녀는 깊은 신앙심을 가진 가톨릭 신자였다. 그녀의 마음에 드는 방법은 같은 신앙을 갖는 것이었다. 그런데 그녀는 사귀면서도 최희준에게 성당에 다니라고 말한 적이 한 번도 없었다.

최희준의 예비신자 입교식 때도 그녀가 축하해준 말은 "믿기로 결정했으니 앞으로 열심히 하세요."였다. 예비신자 교리반에 등록해서 그녀의 말대로 열심히 교리 공부를 했다. 세례는 주님 성탄 대축일 전에 받았다. 그리고 세례를 받은 이듬해에 그녀와 결혼했다.

지방 공연이 있을 때를 제외하고는 매주 아내와 함께 주일 미사에 참여했다. 아침마다 아내와 함께 "오늘 하루를 주셔서 감사합니다.

오늘도 하느님 안에서 잘 지낼 수 있도록 이끌어주십시오."라고 기도 드렸고, 저녁마다 "오늘 하루도 평화롭게 보내게 해주셔서 감사합니다."라고 기도했다.

아내는 성당에 열심히 봉사하는 신자였다. 오랫동안 장례 미사 전례 봉사를 했다. 장례 미사는 미사 시간이 새벽이거나 이른 아침 또는 예고 없이 봉헌되기에 적지 않은 희생이 필요했다. 아내는 이를 기쁘게 받아들이며 봉사했다. 세례를 받은 후에 아내와 함께 8박 9일의 이냐시오 피정도 했다. 그때 연예인 가톨릭 신자로서의 사명감을 깊이 느꼈다.

최희준은 식사할 때나 공연하기 전이나 공연하고 나서나 십자성호를 반드시 그었다. 특히 많은 걱정이 밀려들 때는 여지없이 십자성호를 그었다. 하느님께 자신의 모든 것을 맡겨드리기 위해서였다. 최희준은 하느님께서 가수라는 탤런트를 주시어 가수 생활하는 것을 늘 감사하게 생각하고 최선을 다해 노래를 불렀다. 그는 노래를 목소리로 부르지 않고 '가슴'으로 불렀다.

최희준은 천주교문화예술교우회 회장을 오랫동안 맡아 열성적으로 활동했다. 연예인은 직업상 본당에 소속되어 신앙생활을 하기가 어렵기 때문에 매월 별도로 신자 연예인들과 함께 명동대성당에서 문화예술인 미사를 봉헌했다. 최희준이 이를 주도했다. 영화배우 김지미(체칠리아)와 탤런트 이낙훈(프란치스코)도 천주교문화예술교우회 회장을 맡아 봉사했다.

또한 최희준은 전국의 성당을 찾아다니며 노래로 봉사했다. 문화적 혜택을 받기 어려운 지역에서 공연을 요청해오면 피아니스트를 동반해 어디든지 달려갔다. 특히 어린이를 돕는 공연은 최우선으로 두고 찾아갔다. 그것이 자신에게 맡겨진 소명으로 생각하고는 기쁘게 노래했다. 그리고 주교좌 명동대성당 축성 110주년 기념 '본당의 날'을 맞아 '한마당 축제'가 열렸을 때도 유명 연예인들과 함께 참석해 기쁨을 나눴다.

최희준이 경기도 안양에 있는 인덕원본당 사목회장(현 총회장)을 맡아달라는 부탁을 받았을 때 자신은 사목회장 그릇이 못 된다고 펄쩍 뛰었다. 그러나 가만히 생각하니 이 소임도 하느님을 위해 봉사하는 것임을 깨닫고 그대로 순명했다. 그리고 수원교구 가정사목연구소가 '아버지 대회'를 열고 요셉 성인의 신앙을 본받아 성가정을 이룰 것을 다짐하는 시간을 가졌는데, 그곳에도 참석해 '하숙생', '맨발의 청춘' 등을 노래하며 아버지들에게 용기와 희망을 주었다.

이렇듯 최희준은 연예 활동을 하며 신앙생활도 열심히 했다. 최희준은 늘 "노래를 통해 봉사할 수 있다는 것은 내게 주어진 가장 큰 은총 중의 하나"라고 했다. 그는 김수환 추기경이 "매스컴에 기도하는 장면이 나가는 것만큼 큰 선교활동이 어디 있겠는가?"라는 말을 늘 가슴 속에 기억하고 살았다.

김 추기경은 배드민턴 선수 방수현의 경기를 TV로 보다가 우승하는 순간 그 자리에서 무릎을 꿇고 성호를 긋는 모습을 보고 기억했다가 그렇게 말한 것이었다.

최희준은 가톨릭신문에 글 한 편을 기고해 자신의 신앙을 밝혔다. "나는 스스로 '항상 기쁘게' 살기 위해 노력합니다. 삶의 태도에서 이것이 가장 중요합니다. 기쁘면 감사를 드리고 또 감사를 드리면 기쁘고, 늘 감사하며 남에게 기대하지 않을 때 더 행복할 수 있습니다. 그래서인지 요즘에는 정말 매일 빠짐없이 '감사하다'는 기도가 입에서 떠나질 않습니다. 하느님께 감사와 기쁨을 봉헌하는 삶은 물론 쉽지만은 않은 일입니다. 하지만 계속 노력하다 보면 어느 순간 실천하고 있는 자신의 모습을 만날 수 있습니다."

최희준은 앓고 있던 병이 악화가 되어 여든둘의 나이로 세상을 떠났다. 염수정 추기경은 그리스도 신앙인으로 충실히 살았던 원로가수 최희준의 선종에 애도를 표하고 고인의 영원한 안식을 기원했다. 염 추기경은 애도 메시지에서 "최희준 티모테오 님은 바쁜 일정 중에서도 천주교 문화예술인들과 함께 노인복지시설, 장애인 복지시설, 교정시설에서 위문공연을 통해 하느님을 전하고 본당 총회장으로도 열심히 봉사한 충실한 그리스도 신앙인이었다."고 했다.

최희준이 그 특유의 음색으로 하느님을 애타게 부르던 성가가 생각난다.

"주님 주님 주님 앞에 서면/ 왜 이렇게 눈물이 흘러내리는가요?/ 주님 주님 주님 생각하면은/ 가슴 속에 행복이 깊이 스며들어요/ 길을 밝혀주시는 전능하신 아버지/ 언제나 어디서나 함께 하시는 아버지"

(`주님`에서)

따뜻한 영혼의 영문학자, 장영희

장영희

> 내게 생명을 주신 사랑하는 나의 부모님께 이 논문을 바칩니다.
> 그리고 내 논문 원고를 훔쳐 가서 내게 삶에서 가장 중요한 교훈
> 다시 시작하는 법을 가르쳐 준 도둑에게 감사합니다.

장영희. 「내 생애 단 한번」. 샘터. 2010.

장영희. 「이 아침, 축복처럼 꽃비가」. 샘터. 2011.

장영희. 「어떻게 사랑할 것인가」. 위즈덤하우스. 2012.

장영희. 「살아온 기적 살아갈 기적」. 샘터. 2019.

장영희 외 32인. 「아버지의 추억」. 따뜻한 손. 2010.

장왕록. 「그러나 사랑은 남는 것」. 샘터. 2004.

채널 예스 뉴스(2019.5.16.) '기적을 알려주고 간 사람, 장영희 교수 10주기
　　　추모 낭독회'

첫돌을 앞둔 어느 날, 아기는 40도가 넘는 고열에 시달리고 있었다. 아기는 눈만 깜빡이며 울지도 못했다. 엄마는 아기를 안아 달랬다. 그때 아버지가 갑자기 "아, 소아마비!"라고 외마디 소리를 질렀다. 그 아기는 두 발을 모두 쓸 수 없는 1급 소아마비가 되었다. 엄마는 아기를 업고 10년 동안 매일 침술원을 다녔다.

그 아기가 장영희(마리아, 張英姬, 1952~2009)이다.

엄마는 딸이 초등 3학년 때까지 업어서 학교로 데려다주었다. 등교할 때 눈이나 비가 오면 '목숨을 걸고' 가야 했다. 엄마는 눈이 오면 눈 위에 연탄재를 깔았고, 비가 오면 한 손으로는 딸을 받쳐 업고 다른 손으로는 우산을 들었다.

겨울이면 딸의 다리 혈액 순환이 잘되라고 두툼한 솜이 들어간 바지를 아랫목에 넣어 따뜻하게 데워 입혔다. 세수와 아침 식사, 그리고 보조기를 신는 일까지 모두 엄마가 도와주었다. 딸이 등교했어도 엄마는 딸을 화장실에 데려가기 위해 두 시간마다 학교에 왔다.

아버지는 장애인 딸이 살아갈 수 있는 길은 오직 남들처럼 똑같은 교육을 받는 것뿐이라고 생각했다. 그래서 재활학교가 아니라 일반 학교에 보내려고 필사적으로 노력했다.

그런데 일반 학교에서는 신체적 장애를 이유로 입학을 거부했다. 초등학교를 졸업하고 중학교에 지원할 때도 입학시험을 허락하지 않았다. 아버지는 중학교를 찾아다니며 시험만이라도 보게 해달라고 간청했다. 번번이 거절당했다.

아버지가 서울사대 교수였기에 서울사대 부속중학교 교장의 배려로 시험을 볼 수 있었다. 그런데 체력장은 면제해 줄 수 없다고 했다. 그러면 학과 시험에서 한 문제도 틀리면 안 되었다.

장영희는 잠자지도 먹지도 않고 공부만 했다. 그 결과, 중학교 입학 시험에 '기적같이' 합격했다.

대학들도 장애인에 대해서는 철벽이었다. 아버지는 서강대 영문학과장인 미국인 신부를 찾아갔다. 입학시험 이야기를 했더니 "시험을 머리로 보는 것이지 다리로 보나요?"라며 "장애인이라고 해서 시험 보지 말라는 법이 어디 있습니까?"라고 되물었다.

이렇게 해서 장영희는 서강대 영문학과에 입학했다. 아버지 장왕록 교수는 60여 권의 영미문학 번역서를 냈다. 「그리스 로마 신화」, 「대지」, 「인간의 굴레」, 「달과 6펜스」, 「바람과 함께 사라지다」와 같은 명작들을 우리나라에 소개했다.

초등학교 때 장영희네 집은 서울 제기동의 작은 한옥이었다. 그곳은 골목이 많아 아이들이 즐겁게 뛰놀았다.

엄마는 딸이 집에서 책만 읽는 것이 싫었다. 그래서 골목에 아이들이 모일 시간이면 대문 앞에 방석을 깔고 딸을 앉혔다. 아이들은 술래잡기, 사방치기, 공기놀이, 고무줄놀이를 했다.

장영희가 할 수 있는 것은 공기놀이밖에는 없었다. 친구들은 기특하게도 장영희를 배려했다. 심판을 보게 하거나 책가방과 신발주머니를 맡으라고 역할을 주었다.

바로 그 골목에서 '잊을 수 없는 사람'을 만났다. 장영희가 집 앞에

내 영혼이 춤추고 노래하며

혼자 앉아있었다.

　그때 엿장수가 가위 소리를 내며 지나가고 있었다. 엿장수는 목발을 옆에 세워놓고 앉아있는 장영희를 보더니 그냥 지나갔다.

　그런데 리어카를 멈추고는 장영희에게 다가왔다. 엿장수는 미소를 지으며 깨엿 두 개를 손에 쥐여주었다. 그러면서 "괜찮아."라고 했다. 그 말의 의미를 정확히 알아차리지 못했다.

　장영희는 후에 그 엿장수가 한 말 '괜찮아'는 용기를 북돋아 주는 말, 격려해주는 말, 부축해주는 말이라는 것을 알았다.

　장영희에게 작은 소망이 있었다.

　초등학교 때는 창경원에 가보는 것이 소망이었다. 학교에서는 1년에 한 번씩 창경원으로 소풍을 갔다.

　장영희는 다리가 불편해 소풍에 따라갈 수가 없었다. 친구들이 들려주는 창경원은 마냥 신비롭기만 했다.

　중학교 때는 영화관에 가보는 것이, 고등학교 때는 '학원'을 다니는 것이 소망이었다. 그리고 대학 때는 다방에 가보는 것이 소망이었다. 당시 다방들은 2층이나 3층 혹은 지하에 있어서 가파른 계단을 오르내릴 수가 없었다.

　그 불편한 다리로는 창경원, 영화관, 학원, 다방도 갈 수 없었다. 눈물이 날 정도로 슬픈 소망이다.

　이런 일이 있었다.

　장영희네 가족은 서울 가회동에 있는 작은 한옥에 살았다. 옆집에는 한쪽 다리를 못 쓰는 소년이 살았다. 그의 집에는 병든 어머니가 있었다. 소년의 꿈은 아나운서였다. 소년이 장영희 집에 놀러 오면 노래자랑이나 원맨쇼를 신나게 했다.

어느 여름날, 장영희는 침을 맞고 엄마 등에 업혀 집으로 돌아오고 있었다. 그런데 집에서 중절모를 눌러쓴 사람이 걸어 나왔다. 그런데 그가 걸친 옷은 모두 아버지 옷이었다. 도둑은 모녀를 보자 뛰기 시작했다. 다리를 절뚝였다. 옷을 이것저것 잔뜩 껴입어 잘 뛰지도 못했다. 모녀는 필사적으로 쫓아갔다. 결국 도둑을 잡았다.

잡고 보니 옆집에 사는 그 소년이었다. 사연을 들어보니 어머니의 병이 심해져 병원에 모셔가려고 도둑질했다는 것이었다. 그러고는 용서해달라고 빌고 또 빌었다. 후에 엄마는 딸에게 "그때 그 소년을 잡지 말 걸 그랬지…."라고 했다.

장영희는 뉴욕 주립대에서 유학 생활을 마무리하고 박사학위 논문 심사만 남겨 놓고 있었다. 논문은 각고의 노력 끝에 전동 타자기(당시 컴퓨터는 대중화되어 있지 않았다)로 완성했다. 그때 LA에 사는 언니가 아프다는 소식을 듣고 그곳으로 가려고 트렁크에 한 권뿐인 논문 최종본을 넣었다.

LA에 도착하니 언니는 한국으로 떠나고 없었다. 다시 뉴욕행 비행기를 타고 돌아왔다. 한 친구가 공항까지 마중 나왔다.

그 친구가 장영희에게 대학으로 돌아가기 전에 자기 집에 잠시 있자고 해서 그곳으로 갔다.

도착해서 막 커피를 마시려고 하는데, 친구 딸이 뛰어 들어오더니 도둑이 차 트렁크를 열고 짐을 몽땅 가져갔다고 말했다. 장영희는 벌떡 일어나 "내 논문, 내 논문…" 하다가 그 자리에서 기절하고 말았다.

대학 기숙사로 돌아왔다. 방문을 걸었다. 전화도 받지 않았다. 밥도 먹지 않았다. 그렇게 사흘 밤낮을 보냈다. 박사 논문을 쓰기 위해 그 무거운 책가방을 어깨에 메고 목발을 짚고 눈비를 맞아가며 힘들게 도서관을 다녔던 날들, 엉덩이에 종기가 날 정도로 밤새워 책을 읽었던 날들이 물거품이 되었다. 논문을 처음부터 다시 써야 했다. 정말 죽고 싶었다. 그때 마음속에서 이런 말이 들려왔다.

"괜찮아. 다시 시작하면 되잖아. 다시 시작할 수 있어."

어렸을 때 그 골목길에서 엿장수 아저씨가 해순 말 '괜찮아'가 생각났다. 장영희는 그 말에 힘을 얻었다. 그래서 샤워하고 옷 갈아입고 학교 식당으로 갔다. 그곳에서 토할 정도로 음식을 먹었다. 그러고는 논문지도 교수를 찾아갔다.

"영희는 뭐든지 극복하는 사람이니 더 좋은 논문을 쓸 수 있을 것이다."라고 따뜻하게 위로해주었다.

그러면서 학교로 오는 기차 속에서 울다가 잃어버린 콘택트렌즈를 사라며 100달러를 손에 쥐여주었다. 지도교수의 따뜻한 격려에 힘입어 정확히 1년 후에 다시 논문을 썼다.

논문은 허먼 멜빌이 지은 「백경(Moby Dick)」에 대한 것이었다. 장영희는 논문 첫 페이지에 이렇게 헌사를 썼다.

'내게 생명을 주신 사랑하는 나의 부모님께 이 논문을 바칩니다. 그리고 내 논문 원고를 훔쳐 가서 내게 삶에서 가장 중요한 교훈 다시

시작하는 법을 가르쳐 준 도둑에게 감사합니다.'

장영희의 발자국 소리는 크다. 10m 떨어진 곳에서도 들을 수 있을 정도로 크다. 낡은 목발에 쇠로 된 다리 보조기까지 합쳐져서 내는 '정그렁' 소리는 크게 들렸다. 소리를 내지 않으려고 조심스럽게 걸으려 해도 그렇게 되지 않았다.

가장 힘이 들 때는 책을 찾으러 '도서관을 헤맬 때'라고 했다. 목발때문에 책을 들고 옮길 수가 없었다. 또 원하는 책을 찾았어도 지나가는 사람을 기다렸다가 그 사람에게 책을 자기 자리까지 옮겨달라고 부탁해야 했다. 온종일 책만 옮기다가 하루가 지나간 날도 있었다. 필요한 책을 겨우 찾아 읽고 글을 쓰려고 하면 도서관 문 닫을 시간이 되어 어쩔 수 없이 나와야 했다.

장영희는 누가 자신에게 '가진 것 중에 가장 소중한 것이 무엇이냐?'고 묻는다면 '목발'이라고 대답할 것이라고 했다. 장영희는 자신의 모든 것을 목발에 의지했다. 한 번은 수업을 마치고 기숙사로 돌아오다가 갑자기 목발이 부러지면서 몸이 그대로 땅바닥에 굴렀다. 혼자서는 도저히 일어설 수가 없었다.

시간이 많이 흘렀다. 지나가던 사람이 발견하고는 기숙사로 연락해 룸메이트가 휠체어를 가져왔다. 뉴욕에 사는 오빠는 그 얘기를 듣고 다음 날 달려왔다. 그러곤 독일제 새 목발을 사주었다. 그 목발이 지금 짚고 다니는 목발이었다.

그 목발은 주인과 함께 늙어 몸통이 긁히고, 패이고, 불에 탄 자국까지 생겼다. 언니가 그 낡은 목발을 보고 미제 '알루미늄 발'을 보내왔다. 세상에서 본 목발 중에 '가장 아름다운 목발'이었다.

어느 여름날, 장영희는 미국 유학 중에 방학을 맞아 집에 다니러 왔다. 동생이 명동으로 쇼핑가자고 해서 따라나섰다. 구멍 난 낡은 청바지에 헐렁한 티셔츠를 입었다. 생전 처음으로 명동에 갔다.

동생이 어떤 가게에 걸린 원피스가 눈에 들었는지 한 번 입어보겠다고 했다. 그 가게의 문턱은 너무 높아 목발을 딛고 들어가기가 어려웠다. 그래서 그냥 밖에서 기다렸다.

가게 주인 같은 사람이 가게 문 앞에서 안을 들여다보는 장영희를 보더니 이런 말을 갑자기 내뱉었다.

"나중에 와요. 손님이 있는 거 안 보여요?"

장영희는 이 말을 듣고 당황했다. 그 사람은 이어서 "나중에 오라는 말 안 들려요? 지금은 동전이 없다고요!"라고 말했다. 그 순간 동생은 옷을 입다 말고 그 사람에게 우리 언니를 무엇으로 보고 그런 식으로 말을 하느냐고 대들었다.

이런 일화도 있었다.

장영희는 연구실에서 학생들의 성적을 평가하고 있었다. 성적을 평가할 때 가장 어려운 일은 A나 B, B나 C의 경계선에 있는 학생들의 성적이었다. 늘 '혹시 그 학생이 청년 가장은 아닐까? 혹시 부친이 실직 중이지 않을까? 혹시 낮은 성적을 주어 장학금을 받지 못하면 등록하지 못하는 것이 아닐까?' 등의 고민을 했다.

장영희는 '어떤 학생'의 영어 발음이 수업 중에 정확하지 않았던 것을 기억하고는 B+와 A- 중 어느 것을 줄 것인지 고민하다가 연구실을 나왔다.

다음 날, 출근길 신촌로터리에서 신호등이 바뀔 때를 기다리다가 전철 입구에서 한 노인이 추운 겨울날에 나무 부채와 여성용 스카프를 팔고 있는 모습을 보았다. 많은 사람이 오고 가지만 그 누구도 눈길을 주지 않았다. 그런데 한 젊은이가 노인에게 다가가더니 부채 두 개를 집어 들고는 돈을 냈다. 노인은 기뻐했다.

그 젊은이는 부채가 필요해서 산 것이 아니라 추위에 떨고 있는 노인이 불쌍해서 그 부채를 산 것이었다. 그 젊은이가 바로 그 '어떤 학생'이었다. 연구실에 오자마자 그 학생의 성적을 조금도 망설임 없이 A를 주었다.

또 이런 일도 있었다.

퇴근하려고 연구실 문을 열다가 깜짝 놀랐다. 문 앞에 짧은 머리에 해쓱한 얼굴의 깡마른 학생이 혼자 서 있었다. 오랫동안 복도에서 서성이며 연구실 문을 두드릴까 말까 망설였던 것 같았다. 연구실로 들어오라고 했다. 학생은 죽음까지도 생각하는 심한 강박증을 앓고 있었다. 산다는 것이 고통이며 병원 약도 소용이 없다고 했다.

장 교수는 종교를 가지라는 말, 이성 친구를 사귀어 보라는 말 등으로 충고했다. 그러고는 저서 한 권을 주며 독후감을 써오라고 했다. 학생을 다시 오게 하려는 생각에서 그렇게 한 것이었다.

나중에 알고 보니 그 학생은 장 교수의 수업을 듣는 청강생이었다.

그러던 어느 날 아침에 메일함을 열어보니 그 학생이 보낸 메일이 와 있었다. 내용을 읽어보니 자신을 이해해 주고 위로해 주어서 고마웠다는 말과 함께 독후감을 제출하지 못하고 떠나게 되어 죄송하다는 글이 적혀있었다. 아무래도 유서 같았다.

그래서 서둘러 해당 학과에 연락해 그 학생을 찾으라고 했다. 그로부터 두 시간이 지나 경찰서에서 연락이 왔다. 학생이 지하철 선로에 몸을 던져 자살했다는 것이었다. 장영희는 가슴을 치며 후회했다. 빈 껍데기 같은 말로 위로해준 것이 후회되었고, 끝까지 그 귀한 생명을 지켜주지 못한 것이 후회되었다.

> "재현아! 너무 늦게 네 이름을 불러 본다. 재현아, 미안해. 네 믿음에 보답하지 못해서. 네 생명을 지켜주지 못해서 정말, 정말 미안해."

(수필 '재현아!'에서)

장영희는 한 인터뷰에서 사람들은 자신에 대해 두 번 놀란다고 했다. 첫 번째는 장애인이라는 사실에 놀라고, 두 번째는 가톨릭 신자라는 사실에 놀란다고 했다.

장영희는 어렸을 때 유아 세례를 받았다. 사람들이 세례명이 무엇이냐고 물으면 '마리아'라고 씩씩하게 답한다.

그러면 사람들은 웃었다. 그러면서 "장 선생님같이 씩씩하신 분이…." 이렇게 말끝을 흐렸다. 방송국 인터뷰에서도 사회자가 "'마리아' 치고는 아주 톡톡 튀십니다"라고 했다. 이렇듯 '장영희'와 '마리아'

는 잘 어울리지 않는다고 했다.

이에 대해 장영희는 성경 속의 마리아는 수동적이고 얌전하며 눈물이 많은 여왕이 아니라고 했다. 가브리엘 천사로부터 수태고지를 받을 때 마리아는 무조건 "저는 주님의 종입니다. 말씀하신 대로 저에게 이루어지기를 바랍니다."라고 하지 않았냐고 했다.

그리고 "저는 남자를 알지 못하는데, 어떻게 그런 일이 있을 수 있겠습니까?"라며 정교한 논리로 질문도 하지 않았냐고 했다. 특히 "내 영혼이 주님을 찬양하며"로 시작하는 '마리아의 노래'는 적극적이고 씩씩한 노래라고 했다.

그래서 '마리아'라는 세례명은 자신과 잘 어울린다고 했다.

장영희는 하버드대에서 안식년을 마치고 귀국하기 전에 세계 최고의 의술을 자랑하는 하버드 메디컬 스쿨에서 건강검진을 받았다. 검진 날짜에 병원으로 갔다. 침대에 눕고는 가슴 검사를 했다. 의사는 가슴에서 커다란 돌기가 잡힌다고 했다. 다음 날 더 정확한 검사를 하기 위해 매모그램 검사와 초음파 검사, 그리고 조직검사까지 했다. 그 결과, 왼쪽 가슴에 2~3기 정도의 암이 있었다.

의료진은 서둘러 수술했다. 그때부터 암과의 싸움이 시작되었다. 가슴에 생긴 암은 미국 병원에서의 두 번 수술과 귀국해서 받은 방사선 치료로 완쾌되었다. 그런데 안타깝게도 암이 다시 척추로 전이되었다. 다시 병원에 입원했다. 2년 동안 힘들게 항암 치료를 받았다. 다행히 치료 효과가 좋아 완치되었다.

그런데 또다시 암이 척추에서 간으로 전이되었다. 더욱 강도 높은 항암제를 맞았다. 약명이 아드레마이신인데 '빨간약'이란 별명을 가진 약이었다. 암 환자들은 소변까지 빨갛게 나오는 그 빨간약을 보기만 해도 공포심을 느낀다. 다시 발병한 간암을 극복하려고 노력했다. 그러나 병은 심해졌다.

결국 화창한 봄날에 신촌 세브란스병원에서 장영희는 세상과 이별했다. 서강대 성당에서 장례 미사가 봉헌되었다. 운구가 캠퍼스를 돌았다. 장영희 교수의 연구실이 있던 건물에 운구가 들어갔을 때 많은 사람이 눈물을 흘렸다.

건물 앞뜰, 장 교수가 씨앗을 심고 목발로 흙을 덮어주었던 그 자리에 예쁜 꽃이 피어있었다. 장영희가 가장 좋아한 시는 에밀리 디킨슨이 지은 '만약 내가'라는 시다.

> "만약 내가 한 사람의 가슴앓이를/ 멈추게 할 수 있다면/ 나 헛되이 사는 것 아니리/ 누군가의 아픔을 덜어 줄 수 있다면/ 고통 하나를 가라앉힐 수 있다면/ 혹은 기진맥진 지쳐 있는 한 마리 울새를/ 둥지로 되돌아가게 할 수 있다면/ 나 헛되이 사는 것이 아니리"

장영희는 시처럼 세상을 살다가 갔다.

장영희 10주기 추모 낭독회가 서강대에서 열렸다. 낭독회에는 가족과 지인, 그리고 제자 등이 참석했다. 로만 칼라를 한 어떤 신부가 단상으로 올라왔다.

　한 번은 만우절에 수도원에서 편지 한 통을 받았는데 아름다운 분홍색 봉투에 '이소라'라는 이름이 적혀있었다고 했다. 설레는 마음으로 편지를 열었더니 첫 줄에 '야 치연아. 나 장영희다. 너 정신 똑바로 차리고 수련받아.'라고 적혀있었다. 신부는 그 편지 덕분에 지금까지 수도 생활을 잘할 수 있었다고 했다. 숙연했던 추모 낭독회에 그 신부는 한바탕 맑은 웃음을 선사해 주었다.

내 영혼이 춤추고 노래하며

최초의 동양인 마에스트로, 안익태

안익태

<blockquote>

미국에 도착하였을 때 우리 동포들은 돈을 모아 나에게
10불짜리 파카 만년필을 사주었는데, 그때 동포들은
이 만년필을 나에게 주면서 이걸 가지고
애국가도 작곡하고 좋은 곡을 많이 쓰라고 격려해주었다.

</blockquote>

김형석. 「안익태의 극일 스토리」, 교음사. 2019.

「월간조선」. 2019년 12월호 '예술가 6인의 추모글에서 나타난 안익태의 애국과 극일'

문성모. 「우리나라 애국가 이야기」. 가문비. 2021.

안익태·야기 히로시. 「리하르트 슈트라우스」. 달아실. 2021.

이경분. 「잃어버린 시간 1938-1944」. 휴머니스트. 2007.

가톨릭신문(2007.4.8) '교회 유물 기증 김인순 할머니 "애국가에 담긴 신앙 알리고파"'

가톨릭신문(1994.2.20.) 'KBS 교향악단·서울 시립합창단 협연 안익태 음악제 개막'

가톨릭신문(1993.11.7) '안익태 선생 미망인 로리타 안 여사'

가톨릭신문(1992. 8.16) '고 안익태 선생 기념관 우리 손으로 보존 하자'

가톨릭신문(1988.3.6) '꾸르실료의 요람 마요르카'

가톨릭신문(1977.7.17) '애국가 작곡자 고 안익태 선생, 작고 12년만에 말없이 환국'

가톨릭신문(1963.6.2) '까리따스 수녀회 합창 인기 얻어'

가톨릭신문(1962.2.25) '안익태 씨를 찾아서'

나의 서재에는 오래전에 구입한 안익태(리카르도, 安益泰, 1906~1965)의 '한국환상곡(Symphonic Fantasia KOREA)' LP판이 있다. 커버에는 안익태가 교향악단을 지휘하는 흑백사진이 인쇄되어 있다. 서라벌레코드사에서 발매한 것으로 30년은 족히 넘었을 것이다. 이 레코드는 안익태가 미국 로스앤젤레스 필하모니 오케스트라와 합창단을 지휘한 것인데 할리우드 야외음악당에서 녹음했다.

그동안 '한국환상곡'을 듣고 싶었으나 턴테이블이 없어 듣지 못했다. 안익태에 대한 글을 쓰기 시작하면서 큰마음 먹고 턴테이블 하나를 구입했다. 역시 LP판으로 듣는 '한국환상곡'은 달랐다.

이 곡은 안익태가 독일 베를린에서 작곡해 아일랜드 국립교향악단에 의해 안익태 지휘로 초연되었다. 짧은 곡이지만 고조선 개국부터 시작해 일제강점기 민족의 고통, 독립을 위한 투쟁, 광복의 기쁨, 참혹한 한국전쟁을 다양한 악기로 표현했다.

안익태는 현재 우리가 부르고 있는 '애국가'를 작곡했다.

"동해 물과 백두산이 마르고 닳도록/ 하느님이 보우하사 우리나라 만세/ 무궁화 삼천리 화려 강산/ 대한 사람 대한으로 길이 보전하세"

일제강점기에 애국지사들이 부른 애국가는 지금의 '애국가'가 아니었다. 스코틀랜드 민요 '올드 랭 사인(Auld Lang Syne)' 곡조의 애국가였다. 2021년 광복절에 홍범도 장군 유해 송환식에서 '올드 랭 사인' 곡조의 '애국가'가 제창되었다. 안익태는 한 신문사와의 인터뷰에서 자신이 작곡한 '애국가'를 어떻게 불러야 하는지 말했다.

"'애국가'는 한마디로 애국심이 치솟게 한 것입니다. 거기에는 슬픈 데가 조금도 없습니다. 처음부터 '동·해·물과' 하고 활발하게 끊어가면서 힘차게 불러야 합니다. …'애국가'만은 애국심이 마음속에서 우러나도록 우렁차게 불러야 합니다."

한 역사학자의 말대로 '애국가'는 "독립을 위해 싸우는 광복군에게는 '독립의 노래'로, 해방 후 분단된 조국에서는 민족의 통일을 기약하는 '통일의 노래'로, 이역만리 타향에서 눈물짓던 동포들에게는 '조국의 노래'"였다.

안익태는 평양에서 태어났다. 그는 어려서부터 교회에 다녔다. 교회에서 음악을 배웠다. 일본으로 유학 간 형이 일곱 살 어린 동생에게 바이올린을 선물해 주었다. 바이올린을 혼자 연습해 찬송가를 연주했다. 그만큼 음악적 재능이 뛰어났다.
안익태가 보통학교에 입학했을 때도 형은 빅터 레코드 축음기를 사 주었다. 트럼펫과 비슷하게 생긴 코넷도 배워 평양에서는 '음악 신동'으로 이름을 떨쳤다. 워낙 음악적 재능이 뛰어나 숭실학교(중등교육기관)에 입학해서도 숭실대 밴드부에 입단해 활동했다.
또 형은 안익태에게 첼로를 선물했다. 그 첼로가 안익태의 운명을 결정지었다. 안익태는 첼로도 혼자서 공부했다. 형은 안익태가 서울에서 영국인 첼리스트에게 레슨을 받을 수 있도록 도와주었다.

그러다가 3.1운동이 일어났다. 숭실학교는 3.1운동의 거점 역할을 했다. 숭실학교는 초토화되었다. 안익태는 3.1운동 수감자 구출 운동에 가담했다. 그것이 발각되어 퇴교당했다.

그 후, 안익태는 일본으로 건너갔다. 일본에서 중등 과정을 마치고 동경고등음악학교에 첼로 전공으로 입학했다. 학교에 들어가서는 오직 음악에만 열중해 공부했다.

그런데 부친이 세상을 떠났다. 학비 조달이 어렵게 되었다. 졸업을 앞둔 시기였다. 등록금을 내지 못해 안타깝게 '졸업 유예'가 되었다. 그때 미국인 선교사로 일본에 거주하며 메이지대학 피아노 교수였던 어떤 사람이 그 말을 듣고는 안익태의 등록금을 내주었다. 덕분에 안익태는 대학을 무사히 졸업할 수 있었다.

귀국한 안익태는 국내에서 여러 차례 음악회를 열어 자신의 음악적 역량을 발표했다. 미국 유학을 준비했다. 어머니는 남아 있던 논밭을 모두 팔아 여비를 마련해 주었다. 샌프란시스코에 도착한 안익태는 한인교회를 찾아갔다. 한인교회에서 작은 음악회를 열어주었다. 안익태를 돕기 위한 음악회였다.

안익태는 교회 강단에 걸려 있는 태극기를 보았다. 그러고는 교인들과 함께 처음으로 애국가를 불렀다. 그때의 음악회 감격을 안익태는 이렇게 말했다.

"강단 위에 올라가 20여 명의 동포 앞에서 약 반시간 동안 연주하는데 …동서 사방으로 헤매는 불쌍한 우리 2,000만 동포 앞에서 연주하는 느낌이었다. 눈물이 앞을 가렸다."

그곳 한인 신자들과 함께 부른 애국가는 '올드 랭 사인' 곡조의 애국가였다. 안익태는 술집에서나 부르는 남의 나라 민요를 우리나라 애국가로 부르는 것이 무척이나 수치스러웠다. 그래서 새로운 애국가를 작곡하기로 결심했다.

안익태가 샌프란시스코를 떠날 때 교인들은 애국가 작곡에 사용하라고 만년필을 선물했다. 그 만년필은 애국가를 작곡하는 데 큰 힘이 되었다. 안익태는 이 만년필을 평생 간직했다.

"내가 1930년 미국에 도착하였을 때 우리 동포들은 돈을 모아서 나에게 10불짜리 파카 만년필을 사주었는데, 그때 동포들은 이 만년필을 나에게 주면서 이걸 가지고 애국가도 작곡하고 좋은 곡을 많이 쓰라고 격려해주었다. 나는 그 후 동포들의 기대에 어긋나지 않게 이 만년필로 정성 들여 '애국가'를 작곡하였다."

(신한민보에 실린 안익태의 '대한국 애국가'에서)

안익태의 이 만년필은 현재 국립중앙박물관에 소장되어 있다.

안익태의 영어 이름은 'Eaktay Ahn(에키타이 안)'이다. 안익태가 동경고등음악학교에 다니면서 연주 활동을 할 때 사용한 이름은 '안 에키타이'였다. '안익태'를 일본식 발음으로 표기한 것이었다. 이를 다시 서양식으로 바꾼 것이 'Eaktay Ahn'이다. 안익태는 '안' 씨 성을 바꾼 적도 없고, 창씨개명도 하지 않았다.

안익태를 친일 음악가라고 주장하는 사람들은 안익태가 일제 괴뢰국인 만주국 건국 10주년에서 일본 왕에게 바치는 노래 '만주국 축전곡'을 작곡했는데, '한국환상곡'도 '만주국 축전곡'과 비슷하므로 '한국환상곡' 역시 일본 왕에게 바치는 노래와 다름없다고 한다. 그러면서 현재 우리가 부르는 '애국가'가 '한국환상곡' 안에 들어있기에 '애국가'를 부르면 결국 일본 왕을 찬미하는 것이라는 논리를 편다. 이러한 주장은 3.1운동과 임시정부 수립 100주년을 계기로 사회 전반으로 확산이 되었다. 안익태의 '애국가'는 더는 부르지 말아야 한다며 안익태의 친나치 행적까지 파헤친 책까지 출판되었다.

안익태가 대형 일장기와 만주국 국기 밑에서 베를린교향악단과 '만주국 축전곡'을 지휘하는 영상도 국내 언론에 보도되었다. 이를 본 국민들은 경악했다. 당시 나치는 이 공연 장면을 선전용 필름으로 만들어 유럽 전역에 배포했다.

이것은 나치의 나팔수 괴벨스의 전형적인 프로파간다(선전) 전술이었다. 안익태는 나치에게 철저히 이용당한 것이었다.

이러한 사실들과 함께 우리가 꼭 기억해야 할 일이 있다. 안익태는 일본 도쿄에서 '한국환상곡'을 지휘했다. 연주는 ABC 교향악단이, 합창은 일본인 합창단이 맡았다.

안익태는 그때의 감격을 이렇게 말했다.

"내가 도쿄에서 '한국환상곡'을 지휘하면서 일본인 합창단원들이 애국가를 한국말로 부르는 것을 들었을 때의 만족감이란 한국에서 느겪던 것하고는 비교가 안 될 정도로 최고의 감격적인 만족이었소. …
내가 그들 머리 앞에서 군도(軍刀)를 휘둘렀더라면 아무도 노래를 부르지 않았을 것이오. 지휘봉을 드니까 두말없이 노래를 불렀거든. 그것도 아주 열성과 애정과 성실성을 가지고 말이오."

('나의 남편 안익태'에서)

안익태는 독일 최고 작곡가 리하르트 슈트라우스의 제자였다. 안익태와 슈트라우스의 첫 만남은 안익태가 음악학교 연습실에서 자신의 곡 '강천성악(降天聲樂)'을 연습하고 있었을 때였다. 마침 그때 슈트라우스가 지나가다 그 음악을 들었다. 슈트라우스는 안익태가 작곡한 동양의 신비한 음률에 깊이 감동했다.

그는 당시 나치에게 협력한 대표적인 음악가였다. 그는 안익태가 비엔나에서 지휘한 '일본 축전곡'(슈트라우스 작곡)을 관람한 후에 안익태에게 '지휘자의 능력을 깨끗이 인정한다.'는 친필 서명 악보를 건네주었다.

음악사에서 보면 슈트라우스는 후기 낭만파의 거장이다. 그와 같은 시대에 구스타프 말러, 클로드 드뷔시가 살았다. 슈트라우스의 동양인 제자로는 안익태가 유일했다. 슈트라우스는 안익태를 무척 아꼈고, 안익태는 슈트라우스를 무척 존경했다. 그래서 안익태는 스승의 전기인 「라하르트 슈트라우스」를 집필했다.

분명히 슈트라우스는 나치 시대에 나치에게 협력한 인물이다. 그 시대는 슈트라우스를 비롯해 헤르베르트 폰 카라얀, 빌헬름 푸르트

내 영혼이 춤추고 노래하며

뱅글러, 쇼스타코비치 등의 세계적인 음악가들도 자신의 출세를 위해 나치 정권과 공산 정권에 적극적으로 협력했다. 지금 세계인들은 그들의 음악을 이념에 편향되지 않은 채 즐겨듣고 있다.

안익태 역시 일본의 강압으로 협조한 활동이 적지 않다. 이것은 그 시대를 살아야 했던 사람들이 겪어야만 하는 고통이었다.

안익태와 관련된 일화가 전해진다.

'가고파', '목련화', '봄이 오면' 등의 가곡으로 유명한 작곡가 김동진(전 경희대 음대 학장)은 숭실학교에 다닐 때부터 안익태를 흠모했다. 안익태의 첼로 연주는 평양에서 대단히 인기가 높았다. 그래서 안익태의 첼로 독주회에 빠지지 않고 다녔다.

김동진의 할아버지가 세상을 떠났다. 그런데 공교롭게도 장례식 날이 안익태의 첼로 독주회가 있는 날이었다.

김동진은 할아버지 장례식을 뒤로 미루고 독주회에 갔다. 독주회가 끝나고 집에 돌아오니 작은아버지는 머리끝까지 화가 나 있었다. 작은아버지한테 회초리를 호되게 맞았다.

또 이런 일화도 있다.

어느 해인가 육해공군 합동 연주회가 있었는데 육군 군악대원 한 명이 클라리넷을 잃어버렸다. 안익태는 그 사실을 군악대장에게 듣고는 '반드시 구해주겠다.'고 약속했다. 며칠이 지난 다음에 안익태는 미8군에서 클라리넷을 구해 가져왔다. 그러고는 군악대장에게 건네주었다. 그곳에 있던 모든 사람이 감격했다. 안익태는 자신이 한 말에 대해 철저하게 책임을 지는 사람이었다.

안익태가 거주한 곳은 스페인의 마요르카섬이었다. 그곳을 거처로 정한 것은 우리나라 풍경과 비슷했기 때문이었다. 그곳에서 고향에 대한 향수를 나름대로 달랠 수 있었다.

마요르카는 지중해의 낙원이라 불린다. 마요르카는 쇼팽과 조르주 상드와도 깊은 관련이 있다. 쇼팽은 병을 치료하기 위해 그곳 수도원에서 생활했다. 쇼팽은 그곳에서 '빗방울'이란 작품을, 상드는 '마요르카의 어느 겨울'이란 작품을 썼다.

마요르카는 가톨릭과도 관계가 깊다.

마요르카와 조금 떨어진 수도원에서 가톨릭 꾸르실료 운동이 처음 시작되었다. 마요르카는 전 세계 모든 꾸르실리스따(꾸르실료 교육을 수료한 사람들을 지칭하는 말)가 꼭 가보고 싶어 하는 곳이다. 후에 안익태는 마요르카 교향악단을 창설해 상임 지휘자로 활동했다. 스페인 정부는 안익태의 공로를 인정해 '스페인 문화상'을 수여했다. 이를 계기로 마요르카에 '안익태 거리'가 생겼다. 그곳에 안익태 탄생 110주년을 맞아 '안익태 기념관'이 건립되었다.

안익태는 유교에서 시작해 개신교를 믿다가 가톨릭으로 개종했다. 안익태는 '음악은 하느님의 영감을 인간에게 전하는 신의 메시지이며 자신의 소명은 음악을 통해 하느님을 알리는 것'이라고 했다. 그는 스페인 바르셀로나에서 열린 세계 가톨릭 대회에서 비엔나 심포니 오케스트라의 베토벤 교향곡 9번(일명 '합창')을 지휘했다. '합창'은 독일의 시인 실러의 시에 곡을 붙인 것으로, 가톨릭 성가(401번) '주를 찬미하여라'에서 '환희의 송가'를 들을 수 있다.

안익태는 광주 대건신학대학과 살레시오고등학교를 방문했을 때, 학생들 앞에서 애국가를 지휘했다. 동행한 그의 부인 로리타 안 여사는 이를 가장 소중한 추억으로 간직했다.

또한 안익태는 광주 예수의 까리따스수녀회를 방문했을 때 수녀들과 즉흥적으로 음악 발표회를 가져 주위를 놀라게 했다. 더욱 놀랐던 것은 서울에서 열린 국제음악제에 그 수녀합창단이 무대에 선 것이었다. 발표한 곡은 '아베 마리아'를 비롯해 '라 수페란사', '레지나 젤리', '아니마 크리스티' 등이었다. 공연은 국제음악제 책임자였던 안익태가 음악제 프로그램에 수녀합창단의 이름과 곡명을 적어놓고 광주대교구 대주교에게 간청해 이루어졌다.

안익태는 이전에 수녀원 허원식에서 수녀들의 성가 합창을 듣고는 무척이나 감동했었다. 그러곤 세계적 수준의 훌륭한 합창단이라고 칭찬을 아끼지 않았다.

부인 로리타 안 여사는 안익태를 '크게 드러남 없이 잔잔히 신앙생활에 몰입한 분'이라고 기억했다. 또한 "남편은 자신이 작곡한 묵상곡을 들으면서 주님의 기도를 외웠으며, 딸 레오노르 안 양과 함께 주일 미사에 참여하는 것을 가장 기뻐했다."고 했다.

안익태는 스페인에 거주하면서도 한국 국적을 포기하지 않았다.

부인과 자녀도 한국 국적을 그대로 지녔다. 안익태는 1962년에 고국을 방문해 애국가를 지휘했는데 지휘하기 전에 십자성호를 그었다. 그의 가톨릭 신앙이 애국가에 그대로 담겨있음을 사람들에게 보여준 것이다. 애국가 가사를 보면 '하느님이 보우하사'에서 '하나님'이 아닌 '하느님'으로 작사가 된 것도 하느님의 뜻일 것이다.

안익태는 이승만 대통령과 각별했다. '이승만 대통령 탄신 음악회'를 지휘하기도 했다. 이승만이 4.19혁명으로 하야하자 박정희는 5.16 군사혁명으로 국가재건최고회의 의장이 되었다.

앞서 얘기한 서울국제음악제는 안익태가 주관했는데 박정희의 지원으로 이루어진 것이었다. 안익태는 국제음악제를 비롯한 국립교향악단 창단, 국립음악학교 설립 등을 주도하면서 국내 음악인들과 심하게 갈등을 빚었다. 이것이 원인이 되어 건강에 이상이 오기 시작했다. 네 번째 국제음악제가 무산되면서 정신적으로 심한 충격을 받았다. 안익태는 모든 것을 내려놓고 스페인으로 돌아갔다.

병은 악화되었다. 병 중에도 런던뉴필하모니 오케스트라를 지휘했다. 지휘 내내 고열과 통증에 시달렸다. 결국 안익태는 간경화 진단을 받고 바르셀로나에서 59세 나이로 세상을 떠났다.

안익태는 생전에 '죽으면 뼈라도 고국에 묻어달라.'고 했다. 안익태의 유해는 세상을 떠난 지 12년 만에 고국으로 돌아왔다. 명동대성당에서 김수환 추기경이 위령미사를 집전했다.

김 추기경은 강론을 통해 "안익태 선생의 작곡과 시와 편지 속에 나

타나 있는 조국과 겨레에 대한 '사랑'을 우리 맘속에 새겨야 할 것"이
라고 말하고, "안 선생은 모든 악기가 고유의 음을 살림으로써 더욱
화음이 되는 교향악이 되듯이 민족 단합과 평화와 인류 세계가 그렇
게 되길 기대했다."고 했다.

　안익태는 서울 동작동의 국립서울현충원 국가유공자 묘역에 안장
되었다.

　베를린필하모니, 베를린방송교향악단, 런던심포니오케스트라, 런
던필하모니오케스트라, 런던뉴필하모니오케스트라, 더블린방송교
향악단, 로마방송교향악단, 취리히방송교향악단, 마요르카교향악단,
루가노방송교향악단, 농경심포니오케스트라 등 이런 세계적인 오케
스트라를 한국인 마에스트로 안익태 리카르도가 지휘했다.

최은희

"

사람들은 내게 영화와 같은 삶을 산 여배우라고 말한다.
나는 평범한 여자에 불과한데,
어쩌다 영화 같은 삶을 살게 되었을까.

"

최은희. 「최은희의 고백」. 랜덤하우스코리아. 2007.

가톨릭평화신문(2010.6.14.) '영화배우 최은희 씨, 장기기증 홍보대사 위촉'

가톨릭평화신문(2018.4.18.) '염수정 추기경, 원로배우 최은희 씨 선종에 애도 메시지'

가톨릭평화신문(2006.4.19.) '고 신상옥(시몬) 영화감독의 삶과 신앙'

신성일. 「청춘은 맨발이다」. 문학세계사. 2018.

국민일보(2019.8.3.) '다양한 페르소나를 가진 배우 최은희 ... 한국영화사의
　　　　거의 전부'

한영기. 「처음과 같이 영원히」(성라자로마을 70년 사진과 이야기). 누보·여백. 2020.

한국 영화의 찬란한 별, 최은희

국산영화상(대종상 전신) 여우주연상('다정도 병이런가'), 국산영화상 여우주연상('어느 여대생의 고백'), 국산영화상 여우주연상('성춘향'), 대종상 여우주연상('상록수'), 아시아영화제 여우주연상('청일전쟁과 여걸 민비'), 대종상 여우주연상('청일전쟁과 여걸 민비'), 대종상 여우주연상('민며느리'), 청룡영화제 인기스타상, 체코 카를로비바리 국제영화제 특별감독상('돌아오지 않는 밀사'), 모스크바 영화제 여우주연상('소금'), 대한민국영화대상 공로상

이렇게 수많은 영화상을 받은 사람은 최은희(데레사, 崔銀姬, 1926~2018)이다. 최은희의 삶은 자신의 말 그대로 '영화와 같은 반세기의 삶'이었고, '영광과 시련과 모험으로 가득 찬 삶'이었다.

최은희는 경기도 광주 두메산골에서 태어났다. 태어나자마자 서울로 이사 왔다.

부친은 구한말 군인이었다. 일본군이 독립투사를 고문하는 것을 보고 군대를 떠났다. 그러고는 광주로 내려와 농사를 지었다. 그러다가 용산전화국에 취직했다. 평생 전화국 공무원으로 살았다.

어느 날, 부민관(현 서울시의회)에서 전화국이 주최한 공연이 있었다. 〈심청전〉이었는데 부친이 심봉사로 출연했다. 최은희는 깜짝 놀랐다. 부친이 무대에 설 줄은 전혀 몰랐다. 분장한 부친의 모습은 신기하면서도 부끄러웠다.

최은희는 보통학교를 졸업하고 경성기예학교에 다녔다. 빨리 사회로 나가고 싶어 공부를 그만두었다. 동네에서 방공 연습(전투기 폭격을 피해 방공호로 대피하는 훈련)을 하다가 한 친구를 알게 되었다.

그 친구와 함께 서울 종로에 있는 극단 사무실을 찾아갔다. 연극배우가 되고 싶었다.

다행히 극단에 들어갈 수 있었고, 배우 시험도 보아 연극협회 회원증도 받았다. 그렇게 해서 최은희는 무대에 서게 되었다.

데뷔작은 〈청춘극장〉이었다. 공연은 성공적이었다. 그런데 집안에서는 난리가 났다. 부친의 역정이 대단했다. 당시 사람들은 연극인을 천하게 여겼기 때문이다. 최은희는 부친을 설득했다. 연극을 하면 정신대에 끌려가지 않으며, 돈도 많이 벌 수 있다고 했다.

그러한 말은 소용이 없었다. 부친은 딸이 밖으로 나가지 못하게 단속했다. 최은희는 혼자서 연극 공부를 했다. 연극계 한 선배가 책 한 권을 보내왔다. 러시아 연극연출가 스타니슬랍스키의 「배우 수업」이었다. 그 책을 공부하면서 매우 중요한 것을 깨달았다. '감동적인 연기는 맡은 배역과 하나가 되어야 나온다는 것'이었다. 이 말은 최은희의 평생 연기철학이 되었다.

해방이 되었다. 새로운 삶을 시작하고 싶어 이름을 바꿨다. 어렸을 때 이름인 최경순을 '최은희'로 개명했다. 그 이름은 당시 인기 소설의 여주인공이 '은희'였기에 좋아서 택한 것이었다.

최은희는 극단 토월회 연극을 시작으로 여러 공연에 출연했다. 그러다가 영화에 출연했다. 〈새로운 맹세〉라는 영화였다. 영화 촬영하면서 엔지(NG, no good)가 많이 났다. 영화는 연극과 달리 필름으로 실시간 촬영했다. 영화는 연기자의 표정 연기가 중요했다.

제대로 된 표정이 안 나오면 다시 찍어야 했다. 필름 값은 비쌌다. 그래서 촬영 중간에 엔지를 많이 낼 수밖에 없었다. 촬영이 끝나면 대사를 녹음했다. 입 모양을 맞추는 것도 무척 힘들었다.

영화를 촬영하다가 한 촬영 기사를 알게 되었다. 나이가 최은희보다 한참 많았다. 그는 결혼도 했고 아이도 있었다. 최은희에게 끈질기게 구애했다. 최은희는 그와 결혼하기로 마음먹었다. 모친은 울면서 말렸다. 끝내 결혼식에 부친은 오지 않았다. 서울 남산동에 방 하나를 얻었다. 평범한 주부처럼 오순도순 행복하게 살고 싶었다.

그런데 가족의 생계를 위해 극단에 다시 들어갔고, 라디오 드라마에도 출연했다. 이때부터 그 남자의 손찌검이 시작됐다. 폭력은 점점 심해졌다. 그가 주먹을 휘두르면 두 팔로 얼굴을 감쌌다.

6.25 전쟁이 일어났다. 북한군이 서울을 점령했다. 최은희는 가족을 돌보려고 피난을 가지 않았다. 가족의 생계를 위해 북한 내무성 소속 경비대 협주단에 들어갔다. 식량을 배급받으려면 어쩔 수 없었다. 협주단에는 많은 예술인이 있었다. 명동성당에 협주단이 있었는데 낮에는 연극 연습을 하고 밤에는 사상 교육을 받았다.

북한군은 종교는 아편이라며 모든 성경책을 불태워버렸다. 어느 밝은 달밤에 성당에서 영화를 보고 숙소로 돌아가고 있었다. 그런데 길에 반짝이는 그 무엇이 있었다. 주워보니 십자가였다.

최은희는 신자가 아니었다. 하지만 바닥에서 짓밟히고 있는 십자가를 그냥 둘 수는 없었다. 그래서 품에 넣었다. 그 십자가를 오랫동안 지니고 다녔다. 국군이 북진하기 시작했다. 북한군 행군 대열에서 협주단은 이탈했다.

그러다가 국군과 마주쳤다. 국군에게 협주단에 들어가게 된 사연을 털어놓았다. 그랬더니 국군 정훈공작대에 편성되었다. 공작대는 위문 공연하는 부대였다. 얼마 전까지 북한군 옷을 입고 공연을 하더니 이제부터는 국군 옷을 입고 공연해야 했다.

전쟁이 끝났다. 부산에서 〈춘향전〉을 공연하고 있을 때였다. 한 지인의 소개로 신상옥(시몬) 감독을 만났다. 그는 천진난만한 소년 같았다. 신상옥은 최은희가 연극을 하면 꼭 보러왔다.

어느 날, 최은희는 역사극을 하다가 무대에서 쓰러졌다. 심신이 쇠약한 상태였는데 무리하게 연기하다가 쓰러진 것이었다. 신상옥은 최은희를 업고 병원으로 달려갔다. 이때부터 최은희는 신상옥에 대한 사랑의 감정을 가슴 속에 지니게 되었다.

신상옥은 최은희의 아픈 과거까지 모두 감싸며 사랑했다. 둘만의 쓸쓸한 결혼식을 올렸다.

신상옥과 처음으로 만든 영화가 이광수 원작의 〈꿈〉이었다.

줄거리는 이렇다.

조신이라는 승려가 태수의 딸 달례를 보고 연모하다가 결혼했다. 함께 멀리 도망가서 아이를 낳고 살았다. 그런데 달례와 결혼 약속을 했던 화랑 모례가 오랜 세월 동안 그들을 집요하게 추적했다. 결국 그들을 찾아냈다. 모례가 조신을 죽이려고 칼을 내려쳤다. 그 순간 조신은 꿈에서 깨어났다. 그곳은 법당 안이었다.

최은희는 주인공 달례 역을 맡았다. 신상옥은 최은희를 연기자로 존중하며 진정으로 사랑했다. 두 사람은 계속해서 영화를 찍었다. 특히 〈어느 여대생의 고백〉은 대박이었다. 최은희는 이 작품을 가장 아꼈다. 최은희의 역할은 변호사였다. 한국 최초의 여성 변호사였던 이태영 박사까지 찾아가 자문을 받았다. 그 영화로 최은희는 제1회 국산영화상에서 여우주연상을 받았다.

이후 부부는 신필름을 설립했다. 한국 영화의 큰 획을 긋는 작품들이 그곳에서 쏟아져 나왔다. '로맨스 빠빠', '성춘향', '상록수', '사랑방 손님과 어머니', '연산군', '빨간 마후라', '벙어리 삼룡이', '다정불심', '내시', '청일전쟁과 여걸 민비', '이조 여인 잔혹사' 등등.

나는 어렸을 때 인천 영화관에서 신영균 주연의 〈연산군〉과 〈빨간 마후라〉, 김진규 주연의 〈다정불심〉, 신성일 주연의 〈내시〉를 보았다.

신상옥은 문학을 좋아했다. 그래서 문학작품을 영화로 많이 만들었다. 대표적인 작품이 심훈 원작의 〈상록수〉였다. 신영균과 최은희가 주연을 맡았다. 두 사람은 이 영화로 대종상 주연상을 받았다. 박정희 대통령 내외가 이 영화를 보고 눈물을 흘렸다. 그 영화를 보고 새마을 운동을 구상했다는 소문도 나돌았다.

이렇게 한창 잘나가는 신필름에서 배우모집 공고를 냈다. 1,000명이 넘는 지원자가 오디션을 보았다. 광화문 일대가 그들로 북새통을 이뤘다. 기마경찰이 출동해 현장을 정리할 정도였다. 강신영과 앙드레 김이 최종적으로 합격했다. 신상옥은 강신영에게 '신성일'이란 예명을 지어주었다. 신성일(申星一)은 '뉴 스타 넘버원'이란 뜻이다. 이렇게 해서 우리나라 최고의 청춘스타 신성일이 탄생했다.

최은희는 신상옥과 함께 교육사업에 뛰어들었다. 전문적인 연기자를 키우기 위해서는 예술학교가 필요했다. 그래서 안양영화예술학교를 설립했다. 학교는 안양촬영소 안에 만들었다. 최은희가 교장을 맡았다. 교훈은 '배우고 노력하는 인간이 되자. 민족예술을 창조하는 선구자가 되자.'였다. 월탄 박종화가 교훈을 지어주었다.

최은희는 연기자가 되려면 먼저 인간이 되어야 한다고 했다. 학생들에게 강의할 때 '다섯 가지 씨(마음씨, 맵씨, 말씨, 솜씨, 글씨)'를 갖춰야 한다고 강조했다. 그러한 교육철학을 갖고 학생들을 가르쳤다. 촬영소와 극단('배우극장')은 실기교육에 많은 도움이 되었다.

신필름의 경영이 점점 힘들어졌다. 자연히 학교 재정도 어려워졌다. 최은희는 학교 재정을 위해 TV 드라마에 출연했다. 출연료로 가난한 학생들을 도왔다. 그러다가 한 홍콩영화사에서 자매결연을 하자는 제의가 들어왔다.

학생들을 글로벌 연기자로 키우기 위한 좋은 기회였다.

예술학교를 대학으로 확장하려고 땅까지 마련해 두었고, 설계도 의뢰한 상태였다.

홍콩으로 출국했다. 자매결연을 위해서는 그 홍콩영화사 사장을 만나야 했다. 그런데 만날 수가 없었다. 갑자기 해외여행을 떠났다는

것이었다. 이상했다. 그러다가 한 한인 여성을 만났다. 그는 학교에
도움이 될 사람을 소개해주겠다며 외딴곳으로 데려갔다. 바닷가에서
보트를 탔다. 보트는 먼바다를 향해 달리기 시작했다.

이상한 기분이 들었다. 그랬더니 보트 주인이 '북한으로 간다.'고
말했다. 최은희는 그 말을 듣는 순간 쓰러졌다. 커다란 배에 옮겨탔
다. 머리를 벽에 박으며 몸부림쳤다. 또 기절했다. 배는 며칠 후 남포
항에 도착했다. 선착장에 내리니 한 사람이 다가왔다. '김정일'이라며
악수를 청했다. 그때부터 북한에서의 생활이 시작되었다.

어느 날 밤에 라디오를 켰다. 주파수를 맞추다가 귀에 익은 목소리
가 들렸다. 성우 고은정이었다. 고은정이 대북 방송을 하고 있었다.
그 목소리를 들으니 눈물이 쏟아졌다. 고은정은 납치해 간 최은희를
돌려달라고 호소했다.

김정일은 최은희를 세심하게 배려했다. 그러나 최은희는 정신적으
로 늘 불안했다. 혈압도 높아졌고, 소화불량도 생겼다. 초대소에 있
을 때였다. 산책을 나갔다가 한적한 산길에서 한 젊은 여성을 만났다.
서로가 놀랐다.

그 여성은 중국인으로 최은희처럼 납북된 여성이었다. 어느 날, 그
여성은 외국인 상점에서 십자가 목걸이를 사왔다며 보여주었다. 그
러고는 십자가를 놓고 함께 기도하자고 했다. 그 여성은 '마리아'라는
세례명을 가진 가톨릭 신자였다.

두 사람은 낙엽 속에 몸을 숨기고 함께 성모님께 기도드렸다. 그
여성은 최은희에게 '마리안느'라는 세례명을 지어주었다. 최은희는

그날 하느님을 마음속 깊이 받아들였다. 이제까지 숱한 위험과 곤경에 처하곤 했는데 그때마다 자신을 구해주신 분이 바로 하느님이라는 것을 깨달았다.

김정일이 최은희를 연회에 초대했다. 3년 만에 다시 그를 만난 것이다. 그런데 뜻밖에도 그 자리에서 그토록 그리워하던 신상옥을 만났다. 서로가 아무런 말을 하지 못하고 서 있기만 했다.

신상옥은 최은희가 북으로 납치됐다는 소식을 듣고 홍콩으로 갔다. 그곳에서 최은희처럼 납치되었다. 납치된 신상옥은 고초를 당했고, 탈출을 시도했고, 붙잡혔고, 감금되었고, 또다시 탈출을 시도했고, 또 붙잡혔고, 고문을 당했다.

이제 지쳐서 탈출을 포기했을 때 최은희를 만난 것이었다. 최은희와 신상옥은 서울에 있는 가족에게 보내달라고 매일 기도했다. 부부는 영화 〈춘향전〉에 필요한 소품을 구하기 위해 헝가리 부다페스트로 갔다. 새벽에 감시망을 피해 성모 마리아 대성당으로 갔다. 그곳 신부에게 하느님의 은총과 축복이 자신들에게 내려지도록 기도해 달라고 간곡히 부탁했다. 신부는 정성을 다해 기도해 주었다. 참으로 경건하고 아름다운 시간이었다.

부부는 평양으로 돌아왔다. 그러고는 영화 〈소금〉을 제작하기 시작했다. 최은희는 마지막 장면을 촬영하기 위해 차디찬 얼음이 떠다니는 압록강 물속으로 뛰어들었다. 머리에 소금 자루를 이고 거센 물을 헤치며 앞으로 나갔다. 몸이 꽁꽁 얼었다. 촬영 후유증은 컸다. 밤마다 극심한 오한이 일어났다. 최은희는 〈소금〉으로 모스크바 영화제에서 여우주연상을 받았다. 심사위원들과 관객들이 모두 일어서서 기립박수를 보냈다.

그 후에 베를린 영화제에 참석했다. 뜻밖에도 그곳에서 임권택 감독과 영화배우 김지미를 만났다. 너무나 반가웠다. 그러나 남과 북의 이념이 그들을 가로막고 있었다.

부부는 영화 합작 건으로 오스트리아 비엔나로 갔다. 출국 전에 부부는 은밀히 탈출 시나리오를 짰다. 부부는 시나리오대로 움직였다. 택시를 타고 미국대사관으로 향했다.

목숨을 걸었다. 마치 첩보영화처럼 움직여 미국대사관 안으로 들어갔다. 드디어 탈출에 성공했다. 고국으로 돌아가고 싶었다. 그러나 고국의 정치적 상황은 매우 복잡하게 돌아갔다. 국내 사정이 안정될 때까지 제3국에 있기로 했다. 결국 미국으로 망명했다. 북한으로부터 암살 위협은 계속되었다. 이 때문에 은둔 생활을 했다.

최은희는 미국에서 한국 의왕 라자로 마을(한센인 요양원)에 있는 이경재 신부에게 연락했다. 최은희가 안양영화예술학교에 있을 때 학생들과 함께 라자로 마을에서 위문공연을 한 적이 있었다.

그때부터 이 신부는 최은희가 어려움에 처할 때마다 정신적으로 많이 위로해주었다.

최은희는 이 신부에게 신상옥과 함께 세례를 받고 싶다고 했다. 이 신부는 그들 부부에게 교리 책을 우편으로 보내주었고, 미국에 있는 교우도 소개해주었다. 그 교우가 매번 방문하여 교리를 가르쳤다. 얼마 후에 이 신부가 미국으로 왔다. 미국 워싱턴 바티칸 대사관 안의 작은 성당에서 최은희 부부 영세와 혼배성사가 거행되었다.

후에 자녀들도 세례를 받아서 온 가족이 가톨릭 신자가 되었다. 최은희의 뜨겁고 강한 신앙이 온 가족을 성가정으로 만든 것이다.

신상옥은 미국에서 종합검진을 받았다. C형 간염으로 판정되었다. 북한에 있을 때 감염된 것 같았다. 미국으로 망명해서도 초인적으로 일했기에 건강이 많이 상했다. 그 밝던 표정은 점점 어두워졌다.

최은희는 신상옥에게 고국으로 돌아가자고 했다. 신상옥은 이를 받아들였다. 20여 년 만에 귀국했다.

경기도 안양에서 다시 영화 일을 시작했다. 안양은 최은희 부부가 영화에 대한 사랑과 열정을 다 바친 곳이었다. 그곳에서 영화 전시회도 열었다. 많은 사람이 찾아와 축하해주었다.

신상옥의 건강이 악화되었다. 의사가 간이식 수술을 받아야 한다고 했다. 그래서 이식 수술을 했다. 황달이 찾아왔다. 건강이 더욱 나빠졌다. 또다시 간이식 수술을 했다. 그런데 수술 후 사후 관리를 잘못했다. 그것이 원인이 되어 결국 신상옥은 세상을 떠나고 말았다. 최은희는 가슴이 찢어지는 울음을 터뜨리며 주저앉았다. 장례식에서 공군군악대가 '빨간 마후라'를 연주했다.

후에 최은희는 한마음한몸운동본부가 추진하는 장기기증운동 홍보대사에 위촉되었다.

위촉식에서 최은희는 각막 기증을 서약하며 '생을 정리하면서 뭔가 뜻깊은 일을 하고 싶었습니다. 장기기증 홍보대사라는 하느님의 도구가 되어 열심히 활동하겠습니다.'라고 포부를 밝혔다.

실제로 최은희는 세상을 떠난 후에 자신의 눈을 기증했다. 최은희는 척추협착증으로 많은 고생을 했다. 또한 신장 투석을 정기적으로 할 정도로 건강이 좋지 않았다. 신상옥이 세상을 떠난 후에 심신이 극도로 쇠약해져 오랜 시간 투병했다. 결국 최은희는 세상을 떠나고 말았다. 세상을 떠나기 전에 자신의 삶을 고해성사하듯 적은 「최은희의 고백」이란 책을 남겼다.

한 영화평론가가 말했다.

최은희는 네 개의 페르소나를 갖고 있다고.

하나는 영화감독 신상옥의 페르소나, 다른 하나는 1960년대 한국영화사의 페르소나, 또 다른 하나는 한국전쟁과 분단으로 상처 입은 한국사의 페르소나, 마지막으로는 한국적 가부장제 이데올로기의 판타지를 고스란히 구현한 여성 페르소나.

내 영혼이 춤추고 노래하며

한국의 프리다 칼로, 천경자

천경자

❝

독사에게 살기가 느껴졌다. 그렇게 뱀과 한 달을 보냈더니
독사가 아름다운 꽃처럼 보이기 시작했다.
그래서 커다란 화폭에 뱀을 가득 그렸다.

❞

천경자. 「꽃과 영혼의 화가 천경자」. 랜덤하우스. 2006.

천경자. 「사랑이 깊으면 외로움도 깊어라」. 자유문학사. 1984.

천경자. 「탱고가 흐르는 황혼」. 세종문고. 1995.

유인숙. 「미완의 환상여행」. 이봄. 2019.

정중헌. 「정과 한의 화가 천경자」. 스타북스. 2021.

최광진. 「찬란한 고독, 한의 미학」. 미술문화. 2016.

서울시립미술관 홈페이지(영원한 나르시스트, 천경자)

"나는 그대로 나의 슬픈 눈망울만 내놓은 채 사막을 달리고 싶었다. …그렇다. 사막의 여왕이 되자. 오직 모래와 태양과 바람, 그리고 죽음의 세계뿐인 곳에서 아무도 탐내지 않을 고독한 사막의 여왕이 되자."

(천경자의 「영혼을 울리는 바람을 향하여」에서)

한 문화평론가는 천경자(데레사, 千鏡子, 1924-2015)를 '정(情)과 한(恨)의 화가', '불타는 예술혼으로 자신을 해방시킨 화가', '인생을 축제처럼 살다 간 축복받은 화가'라고 했다.

천경자는 전남 고흥에서 태어났다. 어린 시절, 마을에 곡마단과 유랑극단이 들어오곤 했다. 나팔 소리가 집 안방까지 들렸다. 그 소리에 가슴이 두근거렸다. 어렸을 때 동경했던 것은 연극배우였다. 스타 배우가 되고 싶었다.

그런데 키가 컸다. 학예회에서 주인공은 늘 키 작은 아이가 뽑혔다. 성탄절 교회 연극에서도 키가 커서 주인공이 되지 못했다. 성당에서 운영하는 유치원을 거쳐 보통학교에 입학했다.

학교에 들어가서 그린 그림이 '읍내에서 제일'이라고 칭찬받았다. 그림은 교실 벽에 붙여졌다. 그때의 기쁨은 이루 말할 수 없었다. 자신을 무척이나 예뻐했던 선생님이 떠나자 그 슬픔에 집 마루 벽에 온통 크레용으로 선생님의 모습을 그렸다. 저녁에 이를 본 어머니는 천경자를 때려 집 밖으로 내쫓았다.

그 후, 천경자는 여자고등보통학교(현 전남여고)로 진학했다. 시험

때인데 물리 문제를 풀지 못했다. 백지를 낼 수 없어 펌프로 물을 긷는 여인을 그려서 냈다. 제일 좋아한 숙제는 단체 영화 관람 후에 영화배우 얼굴을 그려서 내는 것이었다. 미술 수업에서는 늘 '갑(甲)'을 받았다. 이렇듯 천경자는 그림 그리는 것을 무척 좋아했다.

일본으로 유학 가서 훌륭한 화가가 되고 싶었다. 독실한 가톨릭 신자였던 선생님이 일본 유학을 도와주었다. 그런데 아버지는 의학을 공부하라고 했다. 아버지의 반대에 부딪히자 그 앞에서 갑자기 미친 시늉을 했다. 다듬잇돌 위에 앉아 히쭉히쭉 웃었다. 그러다가 울음을 터트리며 대성통곡했다. 그렇게 연극을 해 동경여자미술전문학교(현 동경여자미술대학)에 입학했다.

아버지는 딸에게 속은 것을 알고는 학비를 보내주지 않았다. 어머니는 패물을 팔아 딸의 학비를 댔다. 일본에서 열심히 공부했다. 그 결과로 '노점', '조부', '노부'의 대작을 그렸다.

'조부'와 '노부'는 방학 때 집에 와서 할아버지와 할머니를 모델로 해서 그린 그림이다. 몸이 불편했던 할아버지는 벽에 비스듬히 기대어 모델이 되어주었다. 그리고 머리가 하얗게 센 할머니는 긴 곰방대를 물고 책을 읽었다. 아버지와 동생을 모델로 짚신 파는 영감을 그린 작품이 '노점'이다. 이 작품으로 선전(조선미술전람회)에 처음 출품했는데 낙선하고 말았다. 그러나 '조부'와 '노부'는 입선했다.

학교를 졸업하고는 동경 미쓰코시 백화점에 취직했다. 천에 그림을 그리는 일을 했다. 낮에는 일하고 밤에는 그림을 그렸다.

그런데 집안이 몰락했다. 논밭은 물론 집까지 팔았다. 어서 귀국해 부모를 돌봐야 했다.

귀국할 배표를 구하려고 애쓰다가 한 한국인 유학생 도움을 받았다. 그는 문학작품의 주인공 같은 신비감을 주는 사람이었다. 천경자는 그를 배필로 생각했다. 그러고는 결혼하기로 마음을 먹었다. 조촐하게 예식을 올렸다.

그런데 그 남자는 생활력이 없었다. 그래서 생활은 어렵기만 했다. 천경자는 이런 삶이 슬펐다. 그러다가 모교에서 미술 교사로 와달라는 연락을 받았다. 미술 교사가 되어 생계를 꾸려나갔다.

친정어머니는 아기가 젖 먹을 시간이 되면 아기를 업고 학교로 왔다. 천경자는 숙직실에서 젖을 먹였다. 쉬는 시간에도 그림을 그렸다. 전남여고 강당에서 첫 개인전을 열었다. 그리고 광주여중 강당에서도 개인전을 열었다. 성과는 없었다.

한국전쟁이 일어났고, 그 남자는 행방불명이 되었다. 천경자는 마음을 가라앉히고 다시 그림을 그리기 시작했다. 서울 동화백화점(현 신세계백화점) 화랑에서 개인전을 열었다. 전시회는 성공적이었다. 관람객도 많았고, 그림도 많이 팔렸다. 미술계의 호평도 이어졌다.

그 무렵, 천경자는 광주여중 개인전에서 만났던 한 신문기자와 사랑에 빠졌다. 그런데 나중에 알고 보니 그 남자는 유부남이었다. 첫째 남자에 이어 둘째 남자도 천경자를 힘들게 했다. 그런 와중에 누이동생이 악성 결핵에 걸렸다. 그토록 사랑한 동생이 죽어가고 있었다. 동생의 약값을 구하려고 미친 듯이 뛰어다녔다.

결국 동생은 죽고 말았다. 병든 아버지도 세상을 떠났다. 힘들게 살아가던 어느 날, 갑자기 뱀이 생각났다. 어렸을 때, 사립문에서 능구렁이를 보았고, 지붕에 두 마리 뱀이 올라가 참새 새끼에게 덤벼드는 것을 보았고, 동네 친구와 산에 나물 캐러 갔다가 그 친구가 꽃무늬 허리띠 모양의 뱀을 집어 들다가 물려 죽은 것도 보았다. 그 후부터 뱀은 무서운 존재가 되었다.

서울에서 개인전을 마치고 광주로 내려가는 삼등 열차에서 갑자기 환상이 떠올랐다. 두 마리 실뱀이 햇빛에 꽃 비늘을 반짝이며 찔레꽃을 스쳐 가는 아름다운 정경이었다.

천경자는 스케치북을 들고 뱀집을 찾았다. 역 앞에 있는 한옥이었다. 그곳에서 비단뱀과 독사를 보며 묘한 생명력을 느꼈다. 다음 날도 뱀집을 찾았다. 주인은 뱀 한 마리를 꺼내 그리기 쉽게 목을 쥐었다. 다음 날에는 아예 뱀을 넣을 유리 상자까지 만들어 가져갔다. 주인은 수십 마리의 독사와 꽃뱀을 상자에 넣어주었다.

독사에게 살기가 느껴졌다. 그렇게 뱀과 한 달을 보냈더니 독사가 아름다운 꽃처럼 보이기 시작했다. 그래서 커다란 화폭에 뱀을 가득 그렸다. 하도 많이 그려 셀 수가 없었다. 뱀 머리마다 성냥개비를 하나씩 놓았다. 합쳐보니 서른세 마리였다.

두 번째 남자는 뱀띠였다. 그 남자의 나이에 맞춰 두 마리를 더 그려 35마리를 만들었다. 그 그림이 유명한 '생태'이다.

천경자는 이 그림으로 세상에 이름을 알렸다. 그 후에도 뱀을 소재

로 많은 그림을 그렸다. 천경자는 뱀이 자신의 생명과 예술을 연장시
켜 주었다고 믿었다.

그런데 사람들은 징그러운 뱀 그림을 사지 않았다. 다시 생활고에
시달렸다. 부산의 한 다방에서 대한미협전이 열렸다. 그곳으로 '생태'
를 비롯해 '개구리'와 '닭'을 들고 갔다. 주최 측은 '생태'가 너무 자극
적이라고 전시에서 제외했다.

천경자는 '생태'를 주방 구석에 두었다. 이를 시인 오상순이 발견했
다. 오상순이 이상한 소문을 내기 시작했다. 그 소문을 듣고 사람들이
몰려들었다. '생태' 때문에 주방이 졸지에 전시장이 되었다. 마침 국
제기구에서 천경자의 '개구리' 그림을 구입했다. 이것이 극장 뉴스에
나왔다. 천경자 그림은 인기가 치솟았다.

천경자는 경제적으로 어려웠던 때가 많았다. 도움을 줄 사람도 없
고, 혼자서 가족의 생계를 책임져야 했다.

'저녁에 먹을 쌀을 살 것인가? 아니면 그림 그릴 장미 꽃다발을 살
것인가?'

늘 이런 고민을 했다. 결론은 늘 장미 꽃다발이었다. 먹는 것보다
는 그림 그리는 것을 더 중요하게 생각했다. 힘들 때마다 자신이 전생
에 '어느 왕조의 황후'였다고 상상했다. 그러곤 현실의 시련과 고통
을 운명처럼 받아들였다.

어쩌면 '심청전'의 심청이가 바로 자신이라고 생각했을지도 모른
다. 부친의 눈을 뜨게 하려고 공양미 삼백 석에 인당수로 몸을 던지고
황후로 다시 환생해 부친의 눈을 뜨게 해주었다는 그 심청이. 천경자

는 황후의 꿈을 간직했고, 황후의 기품도 지녔다.

'길례 언니'는 천경자의 대표작이라 할 수 있다. 주인공은 노란 원피스에 하얀 챙이 달린 모자를 썼다. 모자 위를 색색의 장미로 장식했다. 그 장미 위에 파란 나비가 앉았다. 손으로 턱을 괴고 앞을 가만히 바라본다. 눈동자에는 깊은 우수가 담겨 있다. 미소를 머금은 듯한 표정은 무슨 말을 들려줄 것만 같다.

길례 언니는 집이 가난해 한센병 환자들이 사는 소록도에서 간호사가 되어 동생들 뒷바라지를 했다. 천경자가 보통학교에 다닐 때 학교에서 박람회가 열렸는데 구경 온 멋쟁이 언니를 보고 깊은 인상을 받아 상상력을 발휘해 그린 그림이 바로 '길례 언니'이다.

천경자는 그림 못지않게 글을 많이 썼다. 12권의 수필집과 기행문, 그리고 화집을 냈다. 수필집으로 「여인소묘」, 「유성이 가는 길」, 「캔맥주 한잔의 유희」, 「사랑이 깊으면 외로움도 깊어라」, 「영혼을 울리는 바람을 향하여」, 「탱고가 흐르는 황혼」 등이 있다. 자서전으로는 「내 슬픈 전설의 49페이지」가 있고, 기행문으로는 「천경자 남태평양을 가다」, 「아프리카 기행화문집」이 있다.

천경자가 지은 책은 출판되면 늘 베스트셀러가 되었다. 글이 워낙 진솔하고 개성이 강해서 독자들이 좋아했다. 그래서 천경자 개인전에는 책을 들고 사인받으려는 사람들로 넘쳤다.

천경자는 글 쓰는 일은 '푸닥거리와 같은 것'이라 했다. '맺힌 한을 풀어 버리고 싶어' 글을 쓴다고 했다.

천경자는 자신이 그린 그림이 흩어지지 않고 시민들에게 영원히 남겨지길 원했다. 그래서 93점의 작품을 서울시립미술관에 기증했다. 시민들과 후학들이 자신의 작품을 쉽게 만나 볼 수 있도록 기증한 것이다. 서울시립미술관에는 '영원한 나르시스트, 천경자'라는 주제로 천경자의 작품이 상설로 전시되고 있다.

작품 중에 나의 시선을 강하게 끈 것은 '페루 이키토스'였다. 천경자는 아마존 열대우림을 여행하기 위해 페루 이키토스로 향했다. 그곳에 밤 12시 넘어 도착했다. 아르미스 광장의 성요한성당을 보았다. 밤에 본 성당은 환상적이었다. 밤을 강조하기 위해 그림의 채도를 낮췄다. 성당은 빨간 지붕과 노란 벽면이 대비를 이루었다. 달빛 주변으로 검은 새들이 날아간다.

또 하나 눈에 들어온 작품은 '내 슬픈 전설의 22페이지'였다. 이 그림은 천경자의 대표적인 자화상이다. 여인은 뱀을 화관처럼 머리에 쓰고, 붉은 장미 한 송이와 함께 우수에 찬 눈빛으로 앞을 응시하고 있다. 눈동자를 노란색으로 표현했고 푸른색으로 눈자위를 칠했다. 그래서 분위기가 신비롭다. 야윈 얼굴, 긴 목, 꼭 다문 입에 황후의 기품이 서려 있다.

천경자는 시인 김현승의 '플라타너스'를 좋아했다.

'먼 길에 올 제/ 호올로 되어 외로울 제/ 플라타너스/ 너는 그 길을 나와 같이 걸었다.'

천경자는 김현승을 페루에 사는 야마나 알파카처럼 '순수한 휴머니스트'라고 했다. 천경자의 집에 쌀이 떨어졌다. 어느 날 저녁에 한 중학생이 쌀자루를 매고 찾아왔다. 그러면서 "아버지가 갖다 드리래요."라고 했다.

김현승은 아들에게 쌀자루를 매게 하고 뒤따라와 밖에서 기다리고 있었다. 그 후에도 김현승은 천경자가 어렵게 사니까 천경자에게 선물 받았던 '수국(水菊)' 그림을 돌려주면서 팔아 쓰라고 했다.

천경자는 시인 서정주와도 친분이 깊었다. 어느 잡지사에서 주관한 세계 여행 대담 자리에서 서정주를 만났다. 천경자가 말했다.

"브라질 가서 돈 많이 벌어 찍고, 바르고 온 오빠 같네요."

이러한 인사말을 건넬 정도로 가까웠다. 어느 해 겨울에 우편으로 서정주가 보낸 시집이 왔다. 천경자는 인왕산 기슭에서 어렵게 살고 있었다. 몸도 만삭이었고, 국전에 출품한 작품도 뜻대로 되지 않았다. 그래서 깊은 좌절감에 빠져있었다.

시집을 펼쳐보았다. "한 송이 국화꽃을 피우기 위해/ 천둥은 먹구름 속에서/ 또 그렇게 울었나 보다."라는 구절이 있었다. 그 시가 깊은 좌절감에 빠져있던 천경자를 구해주었다.

천경자의 작업실은 2층으로 마당이 내려다보였다. 방에는 대표작들이 걸려 있다. '생태', '이탈리아 기행', '내 슬픈 전설의 22페이지' 등. 새벽 5시쯤 눈을 뜨면 곧장 방으로 와서 오후 2시까지 그림을 그렸다. 이후에도 그곳에서 책을 읽고 쉬기도 했다. 그 방에 있는 시간이 가장 편안하고 행복했다. 아래층에 밥 먹으러 내려가는 것이 귀찮을 때는 도시락을 싸서 올려 달라고 했다.

그림을 그릴 때는 늘 모델이 있어야 했다. 그래서 가족 중에 누군가가 모델이 되었다. 그림은 바닥에 엎드려 그렸다. 평생 그런 자세로 그림을 그렸다. 그림을 그리고 나면 무릎이 아파 물파스를 발랐다. 저녁에는 영화를 즐겼다.

천경자는 그림에 대해서는 완벽주의였다. 마음에 들지 않으면 몇 년이고 다시 그렸다. 또한 완성된 작품이더라도 액자를 떼어 다시 그렸다. 그림 그리는 시간이 가장 행복했다. 그래서 작품을 서둘러 완성하기보다는 즐기며 천천히 그렸다.

천경자는 자신이 아끼는 작품은 팔지 않았다. 어쩌다 아끼던 작품을 팔면 그날 잠을 이루지 못했다. 그러곤 다음 날 그 그림을 다시 찾아왔다. 이처럼 작품을 자식처럼 아꼈다. 외출했다 돌아오면 그림을 보고 "집 잘 보았냐?" 하고 인사를 건넬 정도였다.

천경자의 어머니는 '요안나'로 세례를 받았다. 세례를 받던 어머니의 모습을 '장미꽃 조화가 달린 면사포를 두른 어머니의 표정은 참 아름다웠다.'고 기억했다. 아버지도 '베드로'로 세례를 받았다.

이렇게 부모가 모두 천주교 신자인데도 천경자는 종교를 갖지 않았다. 이유는 신앙을 갖게 되면 마음을 종교에 빼앗기게 되어 그림을 그릴 수 없게 될 것 같았기 때문이었다. 그림 그리는 작업을 신앙으로 생각한 것이었다.

그렇던 천경자는 자신에게 산기(産氣)가 왔을 때, 부모가 세상을 떠날 때, 사랑을 체념하지 못할 때 하느님을 불렀다. 천경자는 '하느님을 잘 모르지만, 우주에는 신이 있다.'고 믿었다. 눈부신 햇살과 소슬 바람 속에서 '신의 웃음'을 보았고, 어머니의 위대한 사랑과 일에 미쳐 뜨거운 감격에 젖을 때 '신의 숨결'을 느꼈고, 정직과 근면 그리고 아름다운 자연 속에서 '신의 힘'을 보았고, 운명과 맞서 싸워 이겼을 때는 '신의 승리'를 느낄 수 있었다고 했다.

어머니가 살아있을 때 집으로 성당 신자들이 찾아오곤 했다. 어머니는 거동이 불편했다. 신부가 집으로 와서 봉성체를 거행해 주기도 했다. 결국 어머니는 세상을 떠났다. 천경자는 그때 성당 신자들이 세상을 떠난 어머니가 하늘나라에 들어갈 수 있도록 정성을 다해 연도를 바쳐준 것과 성당에서 신부와 신자들이 장엄하게 장례미사를 봉헌해 준 것에 깊은 감동을 받았다.

이를 계기로 천주교 신자가 되기로 마음을 먹었다. 세례를 받으려면 교리 공부를 해야 했다. 집 근처에는 후에 한국가톨릭문인회 회장을 지낸 시인 홍윤숙(데레사)이 살고 있었다. 홍윤숙이 입교를 도와주었다. 그래서 천경자는 서울 분도 피정의 집에서 김영근 신부의 주례로 세례를 받았다. 세례명은 '테레사'였고, 대모는 홍윤숙이었다.

천경자의 '미인도'를 놓고 '진짜냐 가짜냐'의 논쟁이 심하게 붙었다. 그것이 바로 '미인도 사건'이다. 국립현대미술관이 소장하고 있던 '미인도'를 천경자는 자신이 그린 작품이 아니라고 했고, 반대로 미술관 측은 진품이라고 주장했다. 이러한 싸움에 전문가들이 개입해 '진품'이라고 결론을 내렸다.

이 사건은 당시 세상 사람들에게 커다란 관심거리였다. 천경자는 이 사건으로 감당하기 어려운 충격과 함께 엄청난 상처를 받았다. 이 때문에 절필을 선언했다. 식사도 할 수 없었고, 담배만 계속 피워 정신과 육체가 모두 피폐해졌다.

천경자는 어서 이곳을 떠나고 싶었다. 그래서 딸이 사는 미국으로 건너갔다. 그곳에서도 건강은 좋지 않았다. 잠시 귀국했다. 서울시립미술관에 작품을 기증하기 위해서였다. 다시 미국으로 돌아간 천경자는 뇌일혈로 쓰러졌다. 다행히 의식을 되찾았다.

그러나 건강은 급속히 나빠졌다. 오랫동안 병석에 누워있었다. '영원한 나르시시스트' 천경자는 끝내 미국에서 그 삶을 마무리했다. 뉴욕에 있는 성당에서 장례미사를 봉헌했다. 유골은 천경자가 즐겨 산책하던 뉴욕 허드슨강에 뿌려졌다.

길옥윤

어느 날, 길옥윤이 여관방에 홀로 누웠는데 비가 내리기
시작했다. 자신의 처지가 처량했다. 갑자기 악상이 떠올랐다.
미친 듯이 곡을 썼다. 그 노래가 '4월이 가면'이었다.

길옥윤. 「이제는 색소폰을 불 수가 없다」. 조선일보사. 1995.

임진모. 「유행가 3·6·5」. 스코어. 2022.

가톨릭신문(1995.3.26.) '길옥윤 씨 추모행사 마련'

가톨릭신문(1996.2.4.) '길옥윤 유작 성가집 "햇빛"'

한국 대중음악의 빛나는 별, 길옥윤

'빛과 그림자', '서울의 찬가', '이별', '하와이 연정', '사랑하는 당신이', '당신은 모르실 거야', '제3한강교', '감수광', '사랑이란 두 글자', '그대 없이는 못 살아', '당신만을 사랑해', '진짜 진짜 좋아해', '사랑은 영원히', '사랑의 세레나데', '서울이여 언제까지나'. '새벽 비', '옛사랑의 돌담길'….

이 노래들은 우리나라 60년대와 70년대에 대중들로부터 가장 많은 사랑을 받았다. 길옥윤(요셉, 吉屋潤, 1927~1995)이 대부분을 작사·작곡했다.

길옥윤은 평안북도 영변에서 태어났다. 영변은 김소월의 시 '진달래꽃'으로 유명한 곳이다. 할아버지와 아버지 모두 의사였다.

길옥윤도 후에 경성치과전문학교(현 서울대 치대)를 나왔으니 3대가 의사 집안인 셈이다.

길옥윤은 작은아버지 댁에 양자로 들어갔다. 작은아버지에게 자식이 없었기 때문이다. 평양의 종로보통학교에 다녔다. 그곳에서 후에 국회의장을 지낸 김재순을 만났다. 김재순은 졸업할 때까지 늘 1등이었고, 길옥윤은 늘 2등이었다.

보통학교를 졸업하고는 평양고등보통학교(평양고보)에 들어갔다. 두 명의 교사가 길옥윤에게 영향을 주었다. 한 교사는 파우스트, 싯다르타 같은 세계 명작을 빌려주며 길옥윤을 문학의 세계로 이끌었다. 또 한 교사는 교련을 가르쳤는데 관악기를 잘 연주했다.

학교에는 브라스 밴드가 있었다. 여섯 명이 정원인데 한 명이 결원이었다. 그 교사는 그 자리에 길옥윤을 넣었다. 그래서 길옥윤은 밴드에서 클라리넷을 연주했다. 수업을 마치면 대동강 강가나 만수대에서 악기를 연주했다.

평양고보를 졸업할 때 진로를 놓고 고민했다. 입학원서를 경성제국대학(현 서울대), 광산전문학교, 경성치과전문학교, 보성전문학교(현 고려대)에 냈다. 그런데 네 곳 모두 합격했다. 결국 의사 집안의 맥을 잇기 위해 경성치전으로 결정했다.

경성치전 2학년 때 해방이 되었다. 당시 학교는 서울 소공동에 있었다. 어느 날 밤에 미도파 백화점 근처를 지나다가 불이 환히 켜진 5층에서 흘러나오는 환상적인 음악 소리를 들었다. 그 음악에 내료되어 5층으로 올라갔다. 그곳은 미군 장교 클럽이었다. 재즈가 연주되고 있었다. 밴드 마스터에게 간청해 악보를 얻었다.

그때부터 재즈에 완전히 매혹되었다. 작은 아마추어 악단을 조직해 아르바이트했다. 경기고에서 피아노를 잘 쳤던 박춘석을 영입했고, 길옥윤은 색소폰을 불었다. 음악이 너무 좋았다. 그래서 전공을 치대에서 음대로 옮기려 했다. 그러나 뜻대로 되지 않았다. 다시 치대로 돌아와 겨우 졸업했다. 겨우 졸업한 까닭은 음악 활동을 하느라 치아 1백 개를 뽑는 임상실습을 제대로 못 했기 때문이다.

한국전쟁이 일어나던 해에 길옥윤은 배를 타고 대한해협을 건너 일본으로 건너갔다. 여비는 소중히 아끼던 전자 기타를 팔아 마련했다. 소지품은 가죽 책가방과 그 안에 든 팝송 책 몇 권이 전부였다. 일본에 간 목적은 재즈를 공부하기 위해서였다.

일본에서 천신만고 끝에 작곡가 오자와 히데오(小澤秀夫)의 제자가 되었다. 오자와는 길옥윤에게 많은 것을 가르쳐주었다. 그는 인격적으로도 훌륭한 스승이었다. 제자에게 예명을 지어주었다. 일본의 소설가 요시야 노보코(吉屋信子)와 준 이치로(谷崎潤一郎)의 이름에서 따온 '요시야 준'(吉屋潤)이었다.

그때부터 그의 이름은 최치성(본래 이름)이 아니라 '길옥윤'이 되었다. 오자와 악단에서 일하면서 많은 것을 배웠다. 그 후 길옥윤은 독립해 자신의 밴드를 만들었다. 그의 이름이 일본 전역에 알려졌다. 텔레비전 프로그램에도 출연했다.

길옥윤은 우리나라 사람들이 즐겨 부를 수 있는 '서울의 노래'를 만들고 싶었다. 세계 큰 도시에는 거기에 맞는 노래들이 있었다. 마침 '불도저'라는 별명으로 유명한 김현옥 서울시장이 길옥윤에게 서울을 상징할 수 있는 노래를 지어달라고 부탁했다.

길옥윤의 소망과 김현옥의 열정이 합쳐져 "종이 울리네/ 꽃이 피네/ 새들의 노래/ 웃는 그 얼굴/ 그리워라."로 시작하는 '서울의 찬가'가 탄생했다. 노래는 패티 김이 불렀다. 서울시의 강력한 후원으로 '서울의 찬가'는 동네 스피커를 통해 수시로 나왔다. 라디오에서도 길거리에서도 흘러나왔다. '서울의 찬가'가 대성공을 거두자 2탄으로 '서울의 모정'도 작곡했다.

길옥윤은 서울예전(현 서울예대)에 교수로 출강했다. 출강한 학과는 우리나라에서 처음 개설된 실용음악 전공이었다. 그런데 교수 임용에 어려움이 있었다. 서울대 치대를 나오고 경희대 대학원에서 치의학 석사 학위를 받았지만, 정식으로 음악을 전공하지 않았기에 장애가 있었다. 이를 적극적으로 해결해 준 사람이 국악과 학과장이었던 김희조였다. 당시 국악과에서는 교수 초빙 시 전공을 중요하게 여기지 않았다. 그런 사례를 적용한 것이었다.

학과가 초창기 때라 혼자서 모든 것을 해결했다. 그의 표현대로 '배부터 만들어서 사람을 구해 태우고, 거기에다가 사공도 태우고, 기관도 싣고, 내가 선장이 되어 무작정 항구를 떠나는 항해'와 같았다. 실용음악과 초창기 교수진은 길옥윤, 최창권, 정성조였다. 당대 최고의 작곡가들로 구성되었다.

서울예전에서 거의 1년 동안 매주 11시간의 수업을 했다. 학생들을 가르치기 위해서는 수업 시간의 몇 배나 되는 연구 시간이 필요했다. 게다가 교재까지 만들어야 했다. 그런 일에 시간을 너무 많이 빼앗겨 음악 활동을 제대로 할 수가 없었다.

그래서 결국 교수직을 사임하고 말았다.

길옥윤은 제자를 아끼고 사랑했다. 어떤 사람이 부산에서 가수가 되겠다고 찾아왔다. 노래를 들어보니 신통치 않았다. 그래서 집으로 돌아가라고 했다. 그러나 가지 않고 매일 찾아왔다. 그래서 밴드 보이를 하라고 했다. 당시 가수 지망생들은 밴드 보이부터 시작했다. 밴드 보이는 악기를 나르고, 잔심부름을 하는 사람으로 간혹 기회가 생기면 노래를 불렀다. 그러다가 그와 정이 들었다.

그러던 어느 날, 그가 갑자기 피를 토했다. 알고 보니 폐가 전부터 나빴다. 집에 돌아가서 병을 고치고 오라 했다. 나중에 길옥윤은 그에게 곡 하나를 선물해주었다.

또 이런 일화도 있다. 키가 아주 큰 이화여대 학생이었다. 이 학생은 학교 수업이 끝나면 기타를 들고 찾아왔다. 노래를 들어보니 잘 불렀다. 그래서 데뷔시키려고 했는데 학칙에 학생이 직업을 가지면 퇴학당하게 되어있었다. 그래서 결국 취입하지 못했다. 그는 홀로서기해서 히트곡을 냈다. 그가 부른 대표적인 노래가 '개여울'이다. 그가 바로 가수 정미조이다.

패티 김을 처음 만난 곳은 일본이었다. 패티 김은 무용단과 함께 동경 국제극장에서 공연했다. 공연단을 인솔한 단장은 길옥윤과 친했다. 단장이 길옥윤에게 "목소리가 시원시원한 사람이 있으니 노래를 들어보라."고 했다.

그래서 만났더니 실제로 목소리가 시원시원했고 행동도 세련되었다. 패티 김은 몇 가지 노래를 불렀고, 길옥윤은 몇 가지를 지적해주었다. 그것이 패티 김과 길옥윤의 첫 만남이었다.

그 후 길옥윤은 일본에서 벌인 사업이 망해 급히 서울로 왔다. 절망적인 상황이었다. 그때 다시 패티 김을 만났다. 지구레코드사에서 패티 김의 노래를 녹음하기로 했고 길옥윤은 편곡을 맡았다. 패티 김을 다시 만나니 좋아지기 시작했다.

어느 날, 길옥윤이 여관방에 홀로 누웠는데 비가 내리기 시작했다.

내 영혼이 춤추고 노래하며

자신의 처지가 처량했다. 갑자기 악상이 떠올랐다. 미친 듯이 곡을 썼다. 그 노래가 '4월이 가면'이었다. 길옥윤은 한밤중에 패티 김에게 전화를 걸었다. 그러고는 그 곡을 들려주었다. 길옥윤은 패티 김이 절망에 빠진 자신을 구원해줄 빛이라 생각했다.

패티 김과 함께 전방부대 위문공연을 갔다. 두 사람은 꼭 붙어 다녔다. 공연 끝내고 돌아오는 길에 차 사고가 났다. 탑승한 사람 중에 죽은 사람도 있었다. 자신들도 희생자가 될 뻔한 것을 알고 깊이 안도했다. 그해 두 사람은 결혼했다. 주례는 공화당 의장이었던 김종필이 섰다.

두 사람은 신혼여행 중에 월남으로 갔다. 자진해서 파월 장병들을 위문하러 간 것이었다. 그곳에서 주월한국군 사령관인 최명신 장군을 만났다. 헬기를 타고 종탄이 쏟아지는 고지를 찾아갔다. 악기는 기타뿐이었다. 죽음과 마주한 최전방의 병사들 모습은 실로 처절하고 눈물겨웠다. 부부는 그들을 위로하고 용기를 북돋아 주기 위해 있는 힘을 다해 노래했다.

안정적인 결혼생활 덕에 많은 작품을 쓸 수 있었다. 만드는 노래마다 히트했다. 두 사람은 1년 예정의 세계 여행을 떠났다. 6개월 후에 패티 김은 서울로 돌아왔고, 길옥윤은 재즈를 더 공부하려고 미국 뉴욕으로 갔다. 그곳 맨해튼음악학교에서 재즈를 공부했다.

그런데 안타깝게도 세계 여행은 두 사람을 갈라놓은 여행이 되고 말았다. 패티 김이 서울로 떠난 다음, 하와이에 홀로 남은 길옥윤은 달이 뜬 바닷가를 바라보며 곡을 떠올렸다.

"사랑이란 즐겁게 왔다가 슬프게 가는 것/ 훌라춤에 흥겹던 기쁨도 모래알에 새겨진 사연도….”라고 부르는 ‘하와이 연정’을 만들었다. 노래 가사에 자신의 마음을 그대로 담았다. 이 노래는 패티 김이 불러 대히트했다. 그리고 어느 날 밤에는 술에 취해 창가에 앉아 달을 바라 보다가 악상이 떠올랐다.

“어쩌다 생각이 나겠지/ 냉정한 사람이지만”으로 시작하는 ‘이별’ 이란 곡이다. 이 노래도 패티 김이 불러 크게 히트했다. 길옥윤은 자신이 만든 노래가 자신의 운명에 적중하는 것을 늘 느끼곤 했다. 특히 ‘이별’을 썼을 때, 패티 김과 이별할 것을 예감했고, 그것은 바로 현실이 되었다.

길옥윤은 패티 김과 헤어지기 전에 한 가지 약속을 했다. 세계가요제에 나가자는 것이었다. 그 약속은 지켜졌다. “봄날에는 꽃 안개/ 아름다운 꿈속에서/ 처음 그대를 만났네.”로 시작하는 ‘사랑은 영원히’가 동경 국제가요제에서 자랑스럽게도 동상을 받았다.

길옥윤은 태어나면서부터 크리스천이었다. 그의 고향 평안도에는 외국 선교사들이 제일 먼저 들어왔다. 어머니는 선교사 밑에서 교육받은 신심 깊은 신자였다. 가족 모두가 교회에 나갔다. 집에는 피아노가 있어 주일에는 집에서 부흥회도 열었다.

그런 분위기의 가정에서 자랐기에 교회에 꼭 나갔고, 합창단에서도 활동했다. 그 후의 신앙생활은 독실하지 못했다. 오로지 노래를 만들고 악기를 연주하는 일에만 매달렸다.

그러던 어느 날, 길옥윤에게 신앙이 우연히 찾아왔다. 우연이라기보다는 운명이었다.

내 영혼이 춤추고 노래하며

길옥윤의 오래된 일본인 팬이 있었는데 그는 길옥윤에게 한국말을 배우고 일이 있을 때는 도와주곤 했다. 길옥윤의 딸 안리는 그를 '작은 아빠'라 불렀다. 그는 한국 여성과 사귀었다.

그 여성이 천주교 신자였다. 그 남자는 3년 동안 한국 성당에 나가면서 교리 공부를 했다. 그러고는 성탄절에 성마리아성당에서 세례를 받았다. 길옥윤도 그 미사에 참례해 축하해주었다.

그 전에 그는 길옥윤의 딸 안리에게 자신이 다니는 성당에 한번 가자고 제안했다. 안리는 물론 길옥윤 내외까지 같이 갔다.

그리하여 길옥윤이 어렸을 때 가족과 함께 갔던 성당을 일본에서 처음으로 갔다. 그 후 주일마다 성당에 갔다. 그러고는 예비 신자반에 들어가 1년 동안 교리 공부를 했다. 성경 공부도 하고, 성가대의 피아노 반주도 하고 노래도 불렀다.

이렇게 해서 길옥윤은 일본에서 '요셉'으로 세례를 받고 천주교 신자가 되었다. 길옥윤은 어머니가 살아계실 때 두 가지를 약속했다. 하나는 성당에 나가는 것이고 또 하나는 성가집을 내는 것이었다. 한 가지 약속은 이행했다.

길옥윤은 방송국 드라마 주제곡 작곡 때문에 우리나라를 잠깐 방문했다. 그리고 일본으로 돌아가 며칠 안 되어 쓰러졌다. 그는 건강했었다. 30여 년 동안 매일 체육관에서 운동하며 체력을 관리했다. 운동하지 않으면 몸이 빨리 늙고, 음악 활동도 계속할 수 없다는 것을 알고 있었기 때문이다.

그렇게 건강했던 몸에 악성 암이 쳐들어온 것이다. 길옥윤은 구급

차를 타고 병원으로 갔다. 그는 울리는 사이렌 소리를 들으면서, 사람들의 모습을 보면서, 인생의 종말이 다가오는 것을 느꼈다. 병원에서는 모든 의료기기를 동원해 진단했다. 뢴트겐을 1백여 장이나 찍었고, CT를 비롯해서 초음파검사를 했다.

결과는 폐에 있던 결핵균이 척추로 옮겨와 척추에 종양이 생긴 것이다. 일본에서 가장 유명한 동경여의대 부속병원에서 척추 수술을 했다. 그 병원에서 반년 이상을 혹독하게 병마와 싸웠다.

암 수술을 했다. 수술 전에 하느님께 기도드렸다.

"하늘에 계신 아버지, 좋은 노래로 더욱 기쁜 찬양을 드리며 살게 해주십시오. 성모 마리아님 기뻐하소서. 주님께서 함께 계시니 여인 중에 복되시며 태중의 아들 예수님 또한 복되시나이다. 천주의 성모 마리아님, 이제 와 저희 죽을 때에 저희를 위하여 빌어주소서. 아멘."

수술은 장장 다섯 시간이나 걸렸다. 길옥윤은 그 다섯 시간을 '5백억 광년'의 시간이라 했다. '과거의 나'는 수술실에 들어가 죽었고, 수술실에서 나온 사람은 '새로운 나'라고 여겼다. 이제부터 오로지 사랑이 담긴 음악만을 만들고, 진실이 담긴 얘기만 하고, 쓸데없는 사람은 만나지 말고, 시간을 낭비하지 말고, 시간은 오직 음악과 예술과 찬양을 위해서만 쓸 것이라고 굳게 다짐했다.

최우선으로 둔 것은 성가 작곡이었다. 길옥윤을 영적으로 지도해 준 신부도 늘 "길옥윤이 만든 성모송이나 주의 기도가 있으면 좋겠다."고 했다. 길옥윤은 그동안 남녀 간의 사랑을 노래한 곡을 많이 만들었다. 그러나 지금부터는 거룩한 가톨릭 음악을 만들겠다고 결심했다. 그는 가톨릭 음악을 '제일 큰 사랑의 노래', '제일 깊은 사랑의 노래', '영원한 노래'라고 생각했다.

병상에 누워 미사를 생각했다. 성경에 하느님 나라를 한 알의 겨자씨에 비유한 말씀이 있다. 길옥윤은 그 말씀을 깊이 묵상했다. 그랬더니 영감이 떠올랐다. 그래서 급히 작곡 노트에 곡을 써나갔다. 성가 제목은 '한 알의 겨자씨'였다.

가사는 "뿌려진 씨앗은/ 어느덧 싹트고/ 이삭이 피기도/ 낟알이 맺힌다/ 하느님의 나라를/ 무엇에 견주나/ 하느님 나라를/ 무엇에 비유하나/ 그것은/ 한 알의 겨자씨 같아/ 보잘것없어도/ 조그만 씨앗은/ 자라고 뻗어서/ 드높은 하늘로/ 가지를 뻗치네/ 숭숭의 새들이/ 그 그늘에 깃들게 되리라."였다.

이것이 계기가 되어 '길옥윤 복음 성가' 앨범 한 권이 만들어졌다. 앨범에는 아름다운 성가 14곡이 담겼다. '한 알의 겨자씨'를 비롯해서 '길 되신 예수', '나는 거닐리라', '나는 순례자', '믿음', '보이는 모든 것이 사랑이라면', '사랑', '소망', '시간은 자꾸 가는데', '영원한 삶', '외쳐보아요', '우리와 함께하시는 주', '주님'이었다.

노래는 이기헌 신부, 김영자 수녀, 최희준(디모테오), 탤런트 김희애(마리아), 진성만, 정경화가 불렀다. 이 앨범은 최희준이 주도했고 영화인 김지미(세실리아)가 제작비를 지원했다. 길옥윤은 이렇게 해서 성가집을 만들겠다는 어머니와의 두 번째 약속도 지켰다.

병원에 입원하고 나서 처음으로 샤워했다. 거울에 비친 자기의 모습을 보고 놀랐다. 마치 나치 감옥에 있던 유태인의 모습과 너무나 흡사했다. 뼈하고 가죽만 남은 몸이었다.

길옥윤은 이 세상을 떠날 때가 왔다는 것을 알고는 이제껏 자신이 걸어온 삶을 녹음하기 시작했다. 그해 5월부터 12월까지의 투병 기록을 20여 개 카세트에 담았다.

그 안에는 고통스러웠던 투병 과정을 비롯해 과거의 화려했던 삶, 힘들었던 삶, 그리고 지우고 싶을 정도로 부끄러웠던 삶도 솔직하게 고백했다. 또한 마지막 삶을 하느님께 봉헌하며 성가를 작곡하고 싶다는 간절한 소망도 담았다.

이렇게 기록한 것이 그가 세상을 떠나기 전에 한 권의 책으로 나왔다. 책 제목은 「이제는 색소폰을 불 수 없다」로 '길옥윤 참회록'이란 작은 제목을 달았다.

결국 길옥윤은 그렇게 세상을 떠나고 말았다.

장례식장에서 입관 예절을 끝내고는 관에 소중히 아끼던 묵주와 색소폰을 넣어주었다. 장례미사는 명동대성당에서 김수환 추기경의 주례로 봉헌되었다. 영결식은 대학로 마로니에 공원에서 거행되었다. 최희준이 사회를 보았고 패티 김이 조가(弔歌)로 '서울의 찬가'를 불렀다. 그리고 연예인 색소폰 연주자 50여 명이 관을 운구했다.

내 영혼이 춤추고 노래하며

한국 영화의 최고 연기자, 김진규

김진규

"

'난중일기'는 대종상에서 작품상과 남우주연상을 받았다.
박정희 대통령은 김진규를 청와대로 불렀다.
대통령은 화랑정신이 들어간 영화를 만들자고 제안했다.
지원을 아끼지 않겠다고 약속했다.

"

김보애. 내 운명의 별 김진규. 21세기북스. 2009.

가톨릭평화신문(2001.9.24.) '사랑으로 사는 사람 될래요'(호스피스 봉사활동
영화배우 김진아 씨)

가톨릭신문(2006.12.24.) '입양 홍보대사 김진아 씨'

한국영화100년기념사업추진위원회. 한국영화 100년 100경. 돌베개. 2019.

한 영화평론가는 김진규(마르티노, 金振奎, 1923~1998)를 이렇게 평했다.

"한국영화사를 통틀어서 김진규만큼 대중의 심금을 울리고 대중의 사랑을 받은 인기스타가 또 있을까? 그리고 김진규만큼 많은 화제작에 출연한, 작품 운이 좋은 배우가 또 있을까?"

또 어떤 영화전문가는 "1970년 서울대생들이 선호하는 배우를 조사했을 때 김진규는 1위를 차지했다. 신영균과 신성일을 제치고 가장 나이 많고 활동 시기도 길었던 그가 선두를 차지한 것은 그의 페르소나가 갖는 호소력이 그만큼 크고 지속적이었음을 말해 준다."고 했다.

김진규가 출연한 영화는 삼백 편이 훨씬 넘는다.

그중에서 내가 본 영화는 '암행어사 박문수', '사명당', '고려장', '다정불심', '팔도강산', '카인의 후예', '성웅 이순신' 등이다. 주로 중고교 시절에 많이 보았다.

특히 '다정불심'은 박종화 원작을 각색해 신상옥이 감독한 작품인데 고려의 마지막 임금인 공민왕과 원나라에서 왕비로 맞이한 노국 공주와의 애틋한 사랑을 그렸다.

특히 공민왕(김진규)이 죽은 노국 공주(최은희)의 초상화 앞에서 처절할 정도로 슬퍼하던 장면은 아직도 눈에 선하다. 김진규와 많은 영화에 출연했던 최은희는 김진규를 이렇게 기억했다.

"'사랑방 손님과 어머니'에서 그는 고독하고 과묵한 사랑방 손님 역을 맡았다. 나는 그때 대청마루에 앉아 쇼팽의 야상곡을 치는 미망인 역을 했다. 정말 가슴이 뛰었고 연기 이상의 그 무엇이 우리 두 사

람 사이를 오갔다. '벙어리 삼룡'에서는 삼룡 역을 맡은 그가 마님인
나를 구하려고 불길 속으로 뛰어들었다. 그 충직한 머슴은 나를 들쳐
업고 뛰고 또 뛰었다. 심지어 남편 역을 맡은 박노식 씨에게 매를 맞
기까지 했다."

'벙어리 삼룡'의 감독이었던 신상옥은 생동감을 살리려고 박노식
에게 장작개비로 사정없이 김진규를 후려치라고 주문했다. 최은희는
그때 김진규가 얻어맞으면서 지른 비명과 흘린 눈물은 진짜였을 것
이라고 했다.

김진규는 충남 서천에서 태어났다. 아버지는 계모와 사이가 나빴
다. 계모는 어머니를 괴롭혔다. 어머니는 더 이상 견디지 못해 자식들
을 데리고 친가인 전북 전주로 갔다. 김진규는 그곳에서 외할아버지
에게 천자문을 배웠고, 보통학교에 들어갔다.

김진규는 극장 구경을 좋아했다. 전주 극장에 공연이 있으면 책가
방을 집에 던져놓고는 극장으로 달려갔다. 그곳에서 입장하는 손님
에게 넙죽 절을 하고는 손 좀 붙들고 들어가 달라고 애원했다.

한번은 이런 일이 있었다. 어느 손님의 손을 붙들고 들어가는데 표
받는 사람이 꼬마(김진규)의 얼굴을 알아보고는 손을 떼어놓고는 꼬
마를 극장 직원에게 데려갔다. 직원은 꼬마를 지하실로 끌고 가 호되
게 혼내주려고 했다. 그때 꼬마의 손을 잡아주었던 그 손님이 나서며
"아이가 얼마나 구경하고 싶었으면 그렇겠느냐?"고 하면서 극장 값
을 내주고는 안으로 데리고 들어갔다. 그날 그렇게 구경한 영화가 바

로 나운규가 주인공인 '아리랑'이었다.

김진규는 보통학교를 졸업하고는 대전중학교에 들어갔다. 집안이 어렵게 되자 일본으로 갔다. 그곳에서 전문학교를 다녔다. 그는 일본인 양부모 밑에서 고아처럼 외롭게 지냈다.

사람이 그리웠다. 그래서 연극 무대를 찾아갔다. 그곳에서 연기를 시작했다. 연기에 죽기 살기로 매달렸다. 일본에서의 생활은 너무도 힘들고 괴로웠다. 끔찍했던 그때를 생각하면 '몸이 떨릴 정도'라고 했다. 귀국 후에도 연극 무대에 섰다.

조선악극단이 서울 동양극장에서 뮤지컬 '카츄사'를 공연했다. 톨스토이의 「부활」을 각색한 작품이었다. 일본에서 제국음악학교를 나온 삼촌이 음악을 맡았다. 삼촌은 조카 김진규를 단역으로 출연시켰다. 그리고 후에 김진규의 부인이 된 이민자도 발탁했다. 후에 '한국의 에바 가드너'라고 불린 이민자가 먼저 주연급 배우가 되었다.

김진규는 이민자와 결혼했다. 그 후 삼촌은 무용과 세미클래식을 공연하는 '장미 악단'을 만들었다. 그 악단이 단성사에서 '아름다운 새벽'이라는 농촌 계몽극을 올렸다. 연일 매진이었다. 예상외로 큰 성공을 거두었다. 이승만 대통령 부부까지 관람했다.

그러다가 한국전쟁이 일어났다. 모든 것이 궁핍해졌다. 대중들에게 연극은 사치였다. 자연히 연극인의 삶도 비참해졌다. 김진규는 변하기 시작했다. 다른 여자를 사귀었고 부인에게 술주정과 손찌검을 했다. 부인은 가난과 폭력을 더는 견디지 못하고 집을 나갔다. 그들에게는 어린 아들이 있었다.

김진규는 영화 '피아골'에서 주인공을 맡았다. '피아골'은 그가 처음으로 출연한 영화였다. 지리산 빨치산(정규군이 아닌 민간인으로 조직된 유격대)을 소재로 한 영화였다. 그런데 영화는 개봉하기 전에 장애를 만났다. 정부 검열자는 주인공 빨치산 김진규가 잔혹한 이미지가 아니라 휴머니스트로 나온 것을 문제 삼았다.

반공을 국시(國是)로 삼았던 그 시절에 빨치산은 무조건 악인으로 나와야 하는데 영웅으로 나온 것이었다. '공산주의에 대한 비판성 결여'로 결국 상영이 무산되었다. 이에 영화사는 다시 펄럭이는 태극기를 극명하게 부각하고 지적받은 대사 일부를 잘라낸 후에 간신히 상영 허가를 받았다.

또 이런 해프닝도 있었다. 지리산 피아골에서 촬영을 끝낸 연기자들이 그 누더기 군복에 따발총을 맨 채 기차를 타고 서울역에 내렸다. 내리자마자 수사관들에게 붙잡혔다. 그들을 모조리 수사기관으로 끌고 갔다. 연기자들은 졸지에 빨치산 잔당으로 몰리며 취조받았다. 그들은 영화 시나리오를 꺼내 보여주고 따발총이 군에서 빌려준 연습용 총이라는 것을 증명한 후에 간신히 풀려났다.

영화 '피아골'은 그해 대박을 터뜨렸다. 그때부터 김진규는 연극배우보다는 영화배우로 이름을 날리기 시작했다.

김진규는 이민자와 이혼하고 혼자 살았다. 그때 영화 '옥단춘'을 촬영하고 있었다. 후에 김진규의 아내가 된 김보애도 단역으로 그 영화에 출연했다. 김보애는 어려서 무용가가 꿈이었다. 풍문여고 시절 대학 무용과 교수들이 학교로 찾아와 김보애를 무용과 신입생으로 스카우트했다.

김보애는 서라벌예술대학 무용과 학생이 되었다. 연극을 하고 싶은 마음에 연극영화과로 전과했다. 그곳에서 작품발표회를 끝낸 날에 이를 구경한 한 영화감독이 김보애에게 영화에 출연할 의향이 있는지 물었다. '옥단춘'이란 작품이었다.

완고한 부친은 딸의 영화 출연을 반대했다. 부잣집에서 금지옥엽으로 귀하게 키운 딸을 영화판으로 내보내고 싶지 않았던 것이었다. 그 당시 영화배우는 지금과 같이 선망하는 직업이 아니었다. 모친의 도움과 김보애의 '단호한' 행동에 결국 부친은 지고 말았다.

'옥단춘'은 전라도 광주에서 촬영했다. 김진규가 주인공이었다. 김진규는 분장 전에는 중늙은이 같았으나 분장 후에는 반듯한 선비가 되었다. 얼굴이 '조각처럼' 빛났다. 중후한 연기자로서 카리스마가 넘쳤다. 김보애는 영화 속에서 몸종 역을 했다. 그런데 촬영 도중에 병이 났다. 부친이 연락을 받고는 급히 내려왔다. 김보애가 부친을 따라 서울로 올라가기 전에 김진규는 김보애에게 연기론을 정리한 자신의 노트를 주겠다고 약속했다.

서울에서 건강을 회복한 김보애는 적선동에 사는 김진규를 찾아갔다. 그는 방 한 칸에 세 들어 살고 있었다. 대배우가 그런 곳에서 살고 있다는 것이 믿기지 않았다. 갑자기 불쌍한 생각이 들었다. 김진규는 약속대로 연기론 노트를 주었다. 러시아 스타니슬라프스키의 「배우수업」이란 책을 김진규가 나름대로 번역해 요약한 노트였다.

결국 그 노트가 김보애의 운명을 바꾸어놓았다. 김진규는 김보애에게 자신의 슬픈 과거를 모두 털어놓았다. 김보애는 그때부터 김진규에게 연민의 정을 느끼기 시작했다. 그를 자신이 보살피겠다고 결심했다. 결국 둘은 결혼했다.

김진규는 김보애를 '보애'라 불렀고 김보애는 김진규를 '선생님'이라 불렀다. 김보애는 대한민국 최고 스타가 자기 남편이 되었다는 사실에 크게 고무되었다. 갖은 정성을 다해 그를 뒷바라지했다.

결혼 이듬해에 김진규가 촬영한 작품은 무려 22편이나 되었다. 그중에서 신상옥 감독의 '성춘향'과 '사랑방 손님과 어머니' 그리고 유현목 감독의 '오발탄'은 한국영화사에서 길이 빛나는 명작이다.

특히 '사랑방 손님과 어머니'는 한국 영화로는 처음으로 베니스 영화제와 아카데미 영화제에 출품되었고, 아시아영화제에서 최우수 작품상을 받았다.

이 외에도 특별한 영화가 있다. 바로 '벙어리 三龍'이다. 신상옥이 감독하고 김진규와 최은희가 열연한 영화이다. 나도향의 원작을 각색한 작품이라 흥행을 기대하지 않았는데 히트했다.

김진규는 이 영화를 촬영하면서 집에 오면 김보애를 업어 주곤 했다. 각본에 아씨를 업고 달리는 장면이 있었기 때문이다. 또 집에 오면 솜으로 귀를 틀어막았다. 그러고는 손짓으로 의사를 표현했다. 말 못 하는 사람의 흉내를 내야 했기 때문이다. 서울역까지 나가 말 못 하는 흉내를 냈다.

그러던 어느 날, 촬영하고 집에 돌아와서는 이상하게도 끙끙 앓았다. 촬영할 때 아씨가 너무 무거워 둘러업고 뛰는 장면이 너무 힘들었다. 또한 앞서 말한 것처럼 아씨 남편 역을 맡은 박노식에게 장작으로 두들겨 맞기까지 했다. 그래서 끙끙 앓던 것이다.

이런 고생 덕에 이 작품은 작품성과 흥행 면에서 모두 성공했다. 대종상과 백상예술대상에서 큰상을 받았고, 김진규는 아시아영화제에서 남우주연상을 받았다.

또한 김진규는 유현목 감독의 '오발탄(이범선 원작)'과 '카인의 후예(황순원 원작)'에 출연하면서 문예영화 전문 배우가 되었다.

특히 '카인의 후예'는 해방 후 북한에서 벌어진 공산화 과정을 다룬 영화인데 김진규는 지주의 아들로 나오고, 박노식은 지주네 소작농을 관리하는 영감으로 나왔다.

나는 중학교 시절에 그 영화를 보았다. 김진규의 그 어질고 착한 모습과 반대로 박노식의 그 악마 같은 표정과 쇳소리 나는 목소리를 아직도 기억하고 있다. 그날 마침 나는 학교에서 나누어준 구충제 산토닌을 먹고 어지러워 얼굴이 노래진 상태에서 영화를 보았다. 그래서 그런지 현실이 영화 같고 영화가 현실 같았다.

김진규가 감독을 맡은 작품이 있다. '종자돈'이다. 신영균(황소를 가진 홀아비)과 김보애(암소 한 마리로 종자돈을 마련하려는 과부)가 주인공을 맡았다. '종자돈'에서 주요 소재는 '소'였다. 당시 집권당인 공화당의 상징도 '소'였다. 이것이 서로 맞아떨어졌다.

'종자돈'은 공화당 당원이면 필히 봐야 하는 영화가 되었다. 박정희 대통령까지 그 영화를 보았다. 대통령이 김진규 내외를 청와대로 초청까지 했다. 그 덕에 '종자돈'은 흥행에 크게 성공했다. 유현목 감독은 김진규를 이렇게 회고했다.

"김진규는 드물게도 고뇌하고 사색하는 모습이 어울리는 배우야.

더 나아가 그것을 표현할 줄 아는 배우지. 그래서 내가 그 사람과 가장 많이 일했던 것이야."

김진규는 영화 제작에도 뛰어들었다. 자신이 가진 돈과 살고 있던 집 그리고 은행에서 대출받은 돈까지 모두 합쳐 영화를 만들었다. 그 영화가 '성웅 이순신'이다. 김진규는 일본과 관련된 영화에 많이 출연했고 관여했다. 대표적으로 '독립협회와 이승만', '사명당', '청일전쟁과 여걸 민비', '요화 배정자', '일본 천황과 폭탄 의사', '성웅 이순신', '의사 안중근', '서산대사', '유관순', '난중일기' 등이다.

그는 일본에서 일본인들에게 설움과 고통을 받았기에 일본에 대한 반항심과 적개심이 컸다. '성웅 이순신'도 그런 맥락에서 자신의 모든 것을 바쳐 만든 것이다. 많은 사람이 영화 제작을 도와주었다. 관객도 10만 명이나 왔다. 그런데 흥행에는 실패했다.

결국 김진규는 '성웅 이순신'으로 파산했다. 그러다가 설상가상으로 김보애와 이혼까지 했다. 그런데 6년 후에 김진규는 또다시 '난중일기'를 제작했다. 그 영화에서도 이순신 역은 자신이 맡았다. 그리고 친한 사람들(박암, 장동휘, 장혁, 황해, 이대엽, 이낙훈, 하명중, 정애란, 태현실 등)을 배우로 출연시켰다. 또한 두 아들도 출연시켰다. '난중일기' 역시 흥행에서 빛을 보지 못했다.

그러나 '난중일기'는 대종상에서 작품상과 남우주연상을 받았다. 박정희 대통령은 김진규를 청와대로 불렀다. 대통령은 화랑정신이 들어간 영화를 만들자고 제안했다. 지원을 아끼지 않겠다고 약속까지 했다. 김진규는 기대와 희망을 안고 대본 작업과 현장 답사 그리고

전문가 고증을 받아 가며 준비하고 있었다. 그런데 갑자기 10.26 사건이 일어났다. 대통령이 중앙정보부장에게 시해된 것이다. 이렇게 해서 화랑 영화 제작은 시작도 못 하고 끝이 났다.

김진규는 영화와 손을 끊고 제주로 내려갔다. 그곳에서 터를 잡았다. 88올림픽 때는 제주 성화 봉송 주자로 달렸다. 미스 코리아 선발 때는 제주 지역 심사위원장으로 활동했다. 또한 문화계 원로로 봉사 활동도 했다.

김진규는 서울에서 살던 집을 처분해 제주에 땅을 사 가족호텔을 지었다. 그런데 호텔사업은 뜻대로 되지 않았다. 부채 압박이 커지면서 결국 파산하고 말았다. 술로 세월을 보냈다. 건강이 나빠졌다.

딸 김진아가 아버지를 서울 강남성모병원으로 모시고 가 진단을 받았다. 골수암이었다. 그리고 눈도 나빠져 각막 이식 수술을 받았다. 그때부터 김진규는 오랫동안 병원 생활을 했다.

김진아는 아버지를 간병하며 엄청난 치료비를 마련하기 위해 애를 많이 썼다. 어머니가 하던 음식점을 다시 시작했고, 뮤지컬에 출연했고, 드라마에도 출연했다.

어느 날, 김진규의 한쪽 팔이 심하게 부어올랐다. 담당 의사가 오더니 호스피스 병동으로 옮겨야 한다고 했다. 세상을 떠날 때가 되었으니 임종을 준비하라는 것이었다.

이를 알고 제주에서 한 신부님이 올라왔다. 바로 그 신부님이 김진규에게 세례를 주고 신앙을 갖게 한 신부님이었다. 신부님은 김진규의 손을 잡고 오랫동안 기도했다. 그러고는 이렇게 말했다.

"마르띠노 할아버지, 이제는 하느님의 나라로 가실 때가 되었습니다."

김진규는 병원에 입원하기 전에 가톨릭 세례를 받았다. 세례명은 마르티노였다.

필자는 김진규가 어떻게 해서 가톨릭 신앙을 갖게 되었는지 여기저기 자료를 찾아보았다. 일간지를 비롯해 가톨릭 신문에서도 찾을 수가 없었다. 제주 신문사 홈페이지에서도 찾아보았다. 그러나 어느 곳에서도 찾을 수가 없었다.

필자가 유추했다. 60년대는 '김진규의 시대'였다. 인기 절정이었다. 늘 선한 역과 지식인 역을 맡았다. 그래서 많은 여성 팬이 있었다. 그중에 일본서 공부한 국문과 여교수가 있었다. 시가 전공이었다. 서로가 일본서 공부했다는 공통점 때문에 가까워졌다.

김진규는 여교수를 만나면서 시집을 들고 다녔다. 그 여교수는 가톨릭 신자였다. 김진규에게 성모님 조각상을 선물로 주었다. 그러면서 가톨릭 신앙을 가지라고 권유했다.

그게 아니라면 김진규가 '포화 속의 십자가', '순교자', '원죄' 등을 비롯한 수백 편의 영화에서 각기 다른 역을 하면서 가톨릭 신앙과 만났을 것이다. 거기서 진정한 삶이란 무엇인지 깨달았을지도 모른다. 그런 것들이 계기가 되어 가톨릭에 관심을 가지게 되었고, 결국 제주에서 그 신부님께 세례를 받은 것이 아닌가 생각된다.

호스피스 병동으로 옮긴 후에 김진규는 전혀 다른 사람이 되었다.

가족이 가도 말도 하지 않고 천정만 바라보았다. 식사도 하지 않았다. 검버섯이 손과 얼굴에 번져갔다. 결국 김진규는 그렇게 눈을 감았다. 아내 김보애는 김진규의 마지막 모습을 이렇게 말했다.

"분장 케이스를 들고서 영화 촬영이라도 가듯 언제나처럼 뒤도 돌아보지 않고, 손 한 번 흔들어 주지 않고 소리 없이 떠났다."

유치진

"

릿쿄대학에서 프랑스 극작가 로맹 롤랑의 「민중예술론」에
깊이 빠졌다. 이 책은 조국과 민족을 위해 일해야겠다는
유치진의 막연한 생각에 구체적인 방향을 제시해주었다.
그는 일생 동안 연극을 하기로 결심했다.

"

유치진. 「동랑 유치진 전집 9」(자서전). 서울예대출판부. 1993.

유민영. 「한국연극의 아버지 동랑 유치진」. 태학사. 2015.

백형찬. 「한국예술의 큰 별 동랑 유치진」. 살림지식총서451. 살림출판사.

가톨릭신문(1972.3.12.) '풍자극 금관의 예수-이동진 작·최종률 연출'

가톨릭신문(1964.10.11.) '서울 세종로본당에서 10월 1일 저명인사 33명 입교'

가톨릭신문(1966.1.23.) 'TV에 전교 「드라마」, 의견 청취 CCK 신자 작가 초대'

가톨릭신문(1971.6.27.) '가톨릭 문우회, 당국에 진정서 제출'

가톨릭신문(1970.6.7.) '가톨릭문우회 창립'

서울예술대학교 홈페이지

한국 공연예술의 다빈치, 유치진

1970년대 초, 서울 남산에 있는 드라마센터에서 연극 '금관의 예수'가 공연되었다. 무대에는 머리에 금관을 얹은 예수 입상 하나, 그리고 나병환자, 걸인, 매춘부, 순경, 사장, 수녀, 신부 등 갖가지 인간이 등장해 황금만능주의에 대한 사회 정의의 타락과 위선을 이야기한다. 또한 썩어빠진 사회 현실 앞에 무기력한 종교의 모습도 드러난다. 이 작품은 가톨릭 단체인 '한국 팍스 로마나'가 주최하고 가톨릭 시보사와 한국정의평화위원회의 후원으로 공연되었다.

예전부터 종교단체는 선교의 수단으로 연극을 활용해 왔다. 그래서 종교단체에서 올리는 연극은 성스럽고 계몽적인 내용 일색이었다. 그런데 가톨릭 단체가 위선적인 그리스도인을 질책하며 가톨릭을 정면으로 비판한 연극을 올린 것은 매우 이례적인 일이었다.

유치진(돈보스코, 柳致眞, 1905~1974)은 자신이 건립한 드라마센터에서 공연된 '금관의 예수'를 보고 다음과 같은 평을 했다.

"예수는 외롭다. 왜? 예수는 황금이나 권력에 눈이 어두운 자들에게 둘러싸여 그들이 자기의 욕심을 채우기 위하여 예수를 팔며, 그러기 위해 입상의 머리 위에 금관을 씌워 놓았다. 정작 예수의 사랑과 자비가 필요한 사람들, 그리고 굶주리고 헐벗고 가난한 사람들에게서는 멀리 격리되어 그들에게 아무런 영향을 주지 못하고 있기 때문이다. 병고와 굶주림에 못 견디던 나병환자가 하루는 콘크리트 예수의 입상 머리 위에서 금관을 발견한다. 그 황금 덩어리가 탐이 나서 훔치려 든다. 콘크리트 입상이 입을 연다. '가시관이 마땅한 내게는 금관은 아무 소용 없다. 그 금관을 가지고 가라. 이왕이면 내 전신을 싸고 있는 콘크리트를 벗겨 나를 황금광과 권력광으로부터 해방시켜 나를 병들고 가난하고 외로운 사람들의 친구가 되게 해 달라.' 이 얼마나 오늘의 격하되어 가는 교회에 대한 대담하고 신랄한 비판인가?"

"얼어붙은 저 하늘 얼어붙은 저 벌판/ 태양도 빛을 잃어 아 캄캄한 저 곤욕의 거리/ 어디에서 왔나 얼굴 여윈 사람들/ 무얼 찾아 헤매나 저 눈 저 메마른 손길/ 오, 주여 이제는 여기에 …우리와 함께 하소서."

연극 '금관의 예수'에서 부른 이 노래는 시인 김지하가 작사하고 김민기가 작곡했다. 그리고 양희은이 노래를 불렀다. 이 노래는 한때 저항의 노래로 많이 불렸다.

유치진은 구한말 풍운이 몰아치던 위태로운 시기에 경남 통영에서 태어났다. 그는 맏아들이었고, 시인 청마 유치환이 동생이었다. 유치진은 심신이 허약했다. 한번은 보통학교 자연 시간에 선생님이 지진과 해일에 대해 설명했다. 그 이야기를 듣고는 무서워서 바닷가에 나가지 못했고, 산등성이에도 올라가지 못했다.

유치진은 키만 컸지, 몸은 마르고 다리가 길었다. 그래서 친구들이 '기린'이라고 놀렸다. 병치레도 잦아 감기, 소화불량, 배탈, 설사를 몸에 달고 살았다. 그래서 어린 나이에 죽음을 자주 생각했다.

학교를 졸업하고 통영우체국에서 일했다. 유치진은 부친에게 일본으로 유학 가고 싶다고 했다. 그러나 부친은 허락하지 않았다. 그러던 어느 날, 3.1운동이 일어났다. 횃불 들고 만세 부르던 사람 중에 동창생이 있었는데 일본 순사에게 체포되어 고문당해 옥사한 사건이 발생했다. 부친은 아들의 일본 유학을 허락했다.

유치진은 일본 도야마 중학에 입학했다. 그 시절에 철학책을 많이 읽었다. 특히 쇼펜하우어와 니체의 책을 즐겨 읽었다. 그러다가 유치진의 인생관을 크게 바꾼 사건이 일어났다. 진도 7.9의 간토(關東)대지진이 일어난 것이다. 도쿄와 요코하마를 비롯한 간토 일대가 초토화되었다. 사망자와 행방불명자가 40만 명에 이르렀다.

이때 '일본인을 살해하기 위해 조선인들이 우물에 독약을 넣었다.'는 소문이 급격히 돌았다. 일본인들은 총과 칼, 그리고 죽창을 들고 닥치는 대로 조선인을 죽였다. 이렇게 희생된 조선인은 1만 명 가까이 되었다. 유치진은 그 잔인함에 치를 떨었고, 피압박 민족의 설움을 강하게 느꼈다.

중학을 졸업하고 릿쿄(立敎) 대학 영문과에 입학했다. 릿쿄대학은 세인트 폴 대학(Saint Paul's University)으로 알려진 일본 최대의 기독교 계열 대학이었다. 유치진은 그곳에서 프랑스 극작가 로맹 롤랑의 「민중예술론」에 깊이 빠졌다. 이 책은 조국과 민족을 위해 일해야겠다는 유치진의 막연한 생각에 구체적인 방향을 제시해주었다. 그래서 일생 동안 연극을 하기로 결심했다.

이후 유치진은 극장을 많이 찾아다녔다. 그러면서 안톤 체호프와 셰익스피어 희곡을 읽었고, 스타니슬라브스키 「배우론」도 공부했다.

오랜 세월 영국의 식민지 지배받으며 수치와 고통을 겪은 아일랜드 연극에 마음이 와 닿았다.

그래서 만나게 된 인물이 숀 오케이시였다. 그의 작품에는 가난한 동포에 대한 뜨거운 사랑과 울분이 담겨있었다.

유치진은 유학을 마치고 귀국했다. 김진섭, 이하윤, 서항석, 이헌 구, 함대훈 등과 함께 '극예술연구회(극연)'를 만들었다. 극연은 해외 근대극을 번역해 공연하면서 신극 운동을 펼쳤다. 정지용, 김동인, 현 제명, 변영로, 이희승 등이 찬조 회원으로 가입하면서 극연은 단순한 공연단체가 아닌 민족운동의 성격도 띠게 되었다.

극연은 유치진의 '토막'을 무대에 올렸다. 유치진은 연출 공부를 하 기 위해 다시 일본 도쿄로 갔다. 그곳에는 김동원, 이해랑, 이진순, 황 순원 등의 유학생이 있었다. 그들과 함께 '조선의 민족의식을 일깨우 고 신극 문화를 만들어 나간다.'는 목표로 동경학생예술좌를 만들었 다. 첫 공연으로 유치진의 '소'를 올렸다.

귀국 후, 경성미술학교 영어 교사로 교편을 잡았다. 그곳에서 미술 을 가르치던 심재순을 만나 결혼했다. 심재순의 집안은 명문가 집안 이었다. 친할아버지는 고종 황제와 이종사촌으로 이조판서를 지냈 고, 외할아버지는 참정대신을 지냈다.

그러던 어느 날, 형사들이 유치진의 집으로 들이닥쳤다. 그러고는 종로경찰서로 연행해 갔다. 일본에서 공연한 '소'가 사회주의 선동극 이라며 그 배후를 대라고 혹독하게 고문했다. '소'는 농촌의 붕괴와 농민의 몰락을 묘사한 순수 농촌 극이었다.

유치진은 당시 고문의 후유증을 "육체적으로는 불치의 신경통이라는 고질병을 안겨주었고, 정신적으로 황폐할 정도여서 나로 하여금 모멸감을 갖도록 해줌과 동시에 잃어버렸던 유년 시절의 공포를 다시 불러일으켰다."고 했다.

조선총독부는 유치진에게 일제에 협력할 극단을 만들라고 협박했다. 이를 거절하자 경찰서로 연행해 일주일 동안 심문했다. 그리하여 국민연극을 내세운 '현대극장'이 급조되었다. 첫 작품으로 유치진의 '흑룡강'을 올렸다. 이는 일제의 분촌 정책을 합리화한 작품이 되었다. 이 때문에 유치진은 심한 자괴감과 수치심으로 괴로워했다. 또한 조선총독부는 현대극장에게 대동아전쟁의 승리를 위해 이동연극대를 만들라고 명령했다.

해방 후에 유치진은 3.1운동 이야기를 다룬 '조국'을 썼다. 그 작품은 우여곡절 끝에 국제극장 무대에 올랐다. 유치진은 이에 대한 감격을 "해방 이후 내 작품이 처음으로 무대에 올라가는 감격은 무어라 표현할 길이 없었다. 일제 말엽 치욕스러운 국책극을 하는 가운데 '북진대'를 공연한 뒤 자못 5년여 만에 정말 내가 하고 싶은 주제의 작품을 무대에 올렸다는 사실에 감격하지 않을 수 없었다."라고 말했다.

이후 유치진은 한국무대예술원 원장에 취임해 '전국연극경연대회'를 개최했고, 연극학회를 창립했다. 그리고 정부에 부민관(현 서울시 의회)을 국립극장으로 만들자고 건의해서 이것이 받아들여졌다.

유치진은 초대 국립극장장으로 임명되었다. 국립극장의 개관작품으로 유치진의 '원술랑'이 올랐다. 이어서 '만리장성', '춘향전' 등을 계속 올리면서 대성공을 거두었다. 특히 '뇌우'는 유치진이 직접 연출을 맡았는데 표를 사려는 사람들이 정동까지 늘어설 정도로 연극 공연 역사상 신기록을 수립했다.

유치진은 세계연극기행을 다녀왔다. 여행을 통해 무대의 필요성을 절감했다. '드라마센터를 짓고 싶다.'는 소망을 담아 미국 록펠러 재단에 편지를 보냈다. 고맙게도 재단에서 지원금을 보내왔다. 그 지원금은 센터를 짓는 데 일부분밖에 되지 못했다. 집에 있는 재산을 모두 건축비로 사용했다. 그런데도 돈이 크게 부족했다. 은행 융자를 받았다. 그런데 융자받은 돈을 제때 갚지 못해 수십 년 동안 살던 집과 처남의 십, 남은 부동산까지 모두 처분했다.

이제 유치진의 가족이 살 수 있는 곳은 드라마센터 뒤쪽에 임시로 마련한 거처뿐이었다. 드라마센터 설계는 건축가 김중업이 맡았다. 천신만고 끝에 드라마센터가 완공되었다.

드라마센터는 서양의 고대극장과 근대극장 구조를 모델로 했으나 가톨릭 성당 구조에서 중요한 힌트를 얻었다. 유치진은 '객석 뒤의 원형무대는 그리스의 야외극장을 본뜬 것이지만 힌트는 사실 가톨릭교회의 성가대 스테이지에서 얻었다.'고 했다.

드라마센터 개관기념 작품으로 셰익스피어의 '햄릿'이 올라갔다. 박정희 국가재건최고회의 의장이 육영수 여사와 함께 공연을 관람했다. 이후에도 드라마센터는 계속해서 공연을 올렸다. 그렇지만 공연 적자는 끝없이 불어났다. 이에 유치진은 처절한 고통을 느꼈다.

"사람이 빚에 시달리는 것 이상으로 고통스럽고 치사스러운 일은

이 세상에 없을 것이다. 거기에는 참으로 인격이니 체면이니 하는 것도 없다. 그것은 고문 그 자체이고, 오직 정글의 법칙밖에 없다는 생각이 든다.”

드라마센터는 공연뿐만 인재 육성에도 박차를 가했다. 전문 연기자와 학구적 연극 인재를 키운다는 목적으로 드라마센터 부설 연극 아카데미를 운영했다. 연극아카데미는 후에 서울예술대학교로 도약 발전하게 된다. 그곳에서 연극, 영화, 방송, 문학, 음악, 무용, 디자인 분야에서 기라성(綺羅星) 같은 예술가를 배출했다.

연기 분야의 대표적인 예술가로 신구, 전무송, 이호재, 정동환, 독고영재, 길용우, 유동근, 박상원, 최민수, 신동엽, 황정민, 전도연, 김하늘, 손예진 등을 들 수 있다.

유치진과 제자들 사이의 따뜻한 일화가 전해진다.

“내 이름은 원래 신순기다. 동랑(유치진의 호) 선생님이 ‘신순기’는 배우 이름으로는 너무 촌스러우니 하나 지어주시겠다고 말씀하셨다. …어느 날 선생님께서 나를 서재로 부르시더니 종이에 내 이름을 불쑥 써서 내미셨다. 바로 ‘신구(申久)’였다. …내게 영원히 붙어있는 선생님의 그림자는 바로 내 이름의 두 글자 ‘신구’다.”

(신구)

“선생님은 ‘배우가 되기 전에 먼저 인간이 되어야 해. 술과 여자를 조심해라. 넌 민들레 씨앗 같은 배우가 돼서 이 척박한 연극 풍토에 꽃을 피워야 해!'라고 말씀하셨다. 그때부터 지금까지 평생 '민들레 씨앗'은 내 인생의 지침이 되고 있다."

(전무송)

"주인공이었던 내가 무대에서 옷을 갈아입는 장면이 있었는데 선생님께서 내 팬티를 보시더니 당장 빨간 팬티를 사오라고 하셨다. 빨간 팬티를 사왔더니 입으라고 하셨다. 옷을 갈아입는 공연 장면에서 빨간 팬티를 본 관객들의 반응은 그야말로 폭발적이었다. 아무도 생각하지 못한 것을 지적해주신 선생님의 연출 감각에 모두 놀랐다."

(이호재)

"나는 학교에 다닐 때 선생님으로부터 무대의 막을 올리고 내리는 것을 배웠다. 선생님은 '연극은 막을 여는 것에서 시작해 막을 내리는 것으로 끝난다. 아무리 작품이 좋아도 막이 잘못 올라가면 연극 또한 시작부터 잘못되는 것이다. 막을 내릴 때도 역시 제때 내리지 못하면 마무리가 잘못되는 것이다.'라고 말씀하셨다. 이 말씀은 지금도 내가 무대에 설 때뿐만 아니라 인생을 살아가는 동안 가장 중요한 지침이 되고 있다."

(정동환)

유치진은 자신의 수필 '나의 이상적 여성 타입'에서 자애로 넘치는 성모 마리아를 '나의 영원한 동경이며, 구원(久遠)의 여성상'이라고 했다. 유치진은 극예술연구회가 제작한 영화 '애련송'에서 비록 단역이기는 하지만 자청해서 신부(神父) 역을 맡았다.

가톨릭과 직접적인 인연은 6.25 전쟁이 일어났을 때였다. 유치진은 가족을 데리고 부산으로 피난을 갔다. 국제시장 위쪽에 방 한 칸을 얻어 살았다. 지루한 피난 생활에서 가장 고통스러웠던 것은 제대로 먹지 못하는 것이었다. 그 결과는 병으로 나타났다. 유치진은 만성 맹장염을 앓았고, 딸은 폐렴, 큰아들은 늑막염, 막내아들은 심장병을 앓았다. 그래서 밤이면 온 식구의 앓는 소리가 여기저기서 들렸다. 다행히 미국 가톨릭 선교회가 운영하는 메리놀 병원에서 삼 남매가 무료로 치료받아 병이 다 나았다.

유치진 부부는 이에 크게 감격했고 가톨릭에 깊은 호감을 가졌다. 부인과 아이들이 가톨릭에 입교하기 위해 성당에 다니기 시작했다. 유치진의 가톨릭 입교에 결정적인 역할을 한 사람은 서울대 미대 교수였던 장발 루도비코였다. 그는 예술원 창립 때부터 유치진과 함께 일해오면서 돈독한 관계를 유지했다. 유치진은 6개월 동안 꼬박 교리 공부를 했다.

유치진 부부는 서울 세종로본당에서 세례를 받았다. 박귀훈 신부가 세례성사를 집전했고, 대부는 장발이었다. 유치진의 세례명은 '돈보스코'이고 부인 심재순의 세례명은 '데레사'였다. 그 세례식은 사회의 이목을 끌었다. 정치계, 학계, 경제계 등 사회 각계각층의 저명인사들 33인이 집단으로 세례를 받았기 때문이다.

유치진은 가톨릭 신앙을 연극으로 보답했다. 연극을 통해 선교활동을 한 것이다. 몇 가지 사례가 있다. 신춘문예를 통해 등단한 오혜

령 작가의 단막극 '성야(聖夜)'를 유치진이 직접 연출했다. 오 작가는 신앙심이 깊은 신자였다.

유치진은 자신이 추구하는 수도자의 성속(聖俗) 문제를 오 작가가 대담하게 묘사한 것에 대해 깊이 공감했다. 유치진은 오 작가를 유난히 아꼈다. 오 작가가 두 번째로 쓴 '인간적인 진실로 인간적인'도 직접 연출했다. 이 작품 역시 가톨릭 신부가 주인공으로 등장해 구원의 문제를 다루었다.

서울대교구는 유치진을 초청해 문화행사에 대해 자문을 받았다. 유치진은 노기남 대주교와 친분이 깊었다. 노 대주교는 드라마센터에서 가톨릭 정신을 기리는 작품이 공연되기를 희망했다. 유치진은 병인순교 100주년 기념행사에서 문화계 대표로 참여해 연극 공연으로 화답했다. 그 작품은 가톨릭시보사가 공모한 '이름 없는 꽃들'로 김대건 신부의 일생을 다룬 극이었다. 극단 드라마센터가 이 작품을 올렸다. 수많은 교우가 공연을 관람하고 깊은 감동을 받았다.

이듬해에는 중진 작가가 쓴 작품 '김대건 신부'를 드라마센터 무대에 또다시 올렸다. 또한 유치진은 가톨릭문우회에 가입해 활동했다. 회원은 시인 구상과 김남조, 극작가 이서구, 아동문학가 이석현, 평론가 구중서와 임중빈 등이었다.

그런데 임중빈이 「다리」지 필화사건으로 용공의 혐의를 받아 재판을 받게 되었는데 문우회는 '그는 독실한 가톨릭 신앙인으로 유물론적 공산주의를 철저히 배격하는 평론가'라는 진정서를 작성해 법원에 제출했는데 유치진도 이에 적극 참여했다.

또한 유치진은 한국천주교중앙협의회가 전교 사업의 일환으로 TV

'드라마' 상영을 계획하고 앞으로의 방향과 상영에 대한 의견을 듣는 모임에 초대되어 기탄없는 의견을 개진하기도 했다. 이렇게 유치진은 가톨릭 복음화를 위해 갖은 노력을 기울였다.

유치진은 연극인 간담회에 참석했다가 갑자기 뇌일혈로 쓰러졌다. 급히 병원으로 옮겨 치료했으나 회복되지 않았다. 결국 드라마센터에 있는 자택에서 세상을 떠나고 말았다. 장례미사는 유치진에게 세례를 준 박귀훈 신부의 집전으로 연극인장으로 거행되었다.

"유치진은 창작이나 이론 같은 어느 한 분야에 전념해온 예술인이 아니라 극작과 연출, 이론, 경영, 교육 등 연극의 모든 분야에 걸쳐 폭넓게 활약했기 때문에 문단의 이광수와 비견될만한 다빈치적인 인물이다."

(연극평론가 유민영)